《中国家庭基本藏书》

新闻出版总署优秀畅销书奖
全国优秀古籍图书普及读物奖
第十七届山西省优秀图书一等奖
第二届山西出版政府奖
山西出版集团2008年度十种好书

全套藏书累计销售500万册

中国家庭基本藏书（修订版）

诸子百家卷
《诗经》 《楚辞》 《论语·大学·中庸》 《孟子》 《老子》
《庄子》 《荀子》 《韩非子》 《孙子兵法·尉缭子·鬼谷子》
《墨子》 《周易》 《山海经》 《吕氏春秋》 《三十六计》

名家选集卷
《三曹诗集》 《陶渊明集》 《王勃集》 《孟浩然集》 《高适集》
《王维集》 《李白集》 《杜甫集》 《岑参集》 《韩愈集》
《白居易集》 《刘禹锡集》 《柳宗元集》 《元稹集》 《李贺集》
《杜牧集》 《李商隐集》 《李煜集》 《柳永集》 《欧阳修集》
《王安石集》 《苏轼集》 《黄庭坚集》 《秦观集》 《周邦彦集》
《李清照集》 《陆游集》 《范成大集》 《杨万里集》 《辛弃疾集》
《姜夔集》 《元好问集》 《文天祥集》 《唐伯虎集》 《李贽集》
《三袁集》 《张岱集》 《傅山集》 《纳兰性德集》 《郑板桥集》
《袁枚集》 《龚自珍集》

史著选集卷
《左传》《国语》《战国策》《史记》《汉书》《后汉书》《三国志》
《资治通鉴》

综合选集卷
《唐诗三百首》《宋词三百首》《元曲三百首》《千家诗》《古文观止》
《汉魏六朝小赋骈文选》《唐宋八大家文选》《明清小品文选》

笔记杂著卷
《蒙学六种——三字经·百家姓·千字文·增广贤文·幼学琼林·格言联璧》
《颜氏家训·朱子家训》《世说新语》《曾国藩家书》《金刚经·坛经》
《菜根谭·小窗幽记·幽梦影》《浮生六记》《闲情偶寄》《近思录》
《徐霞客游记》《古代书信精选》

戏曲小说卷
《元杂剧精选》《西厢记》《牡丹亭》《长生殿》《桃花扇》《今古奇观》
《三国演义》《水浒传》《西游记》《红楼梦》《聊斋志异》《儒林外史》
《封神演义》《古代话本小说选》《古代文言小说选》

中国家庭基本藏书 名家选集卷

李贺集

—唐— 李贺—著
张强 田金霞—解评

山西出版集团
三晋出版社

博学工作室

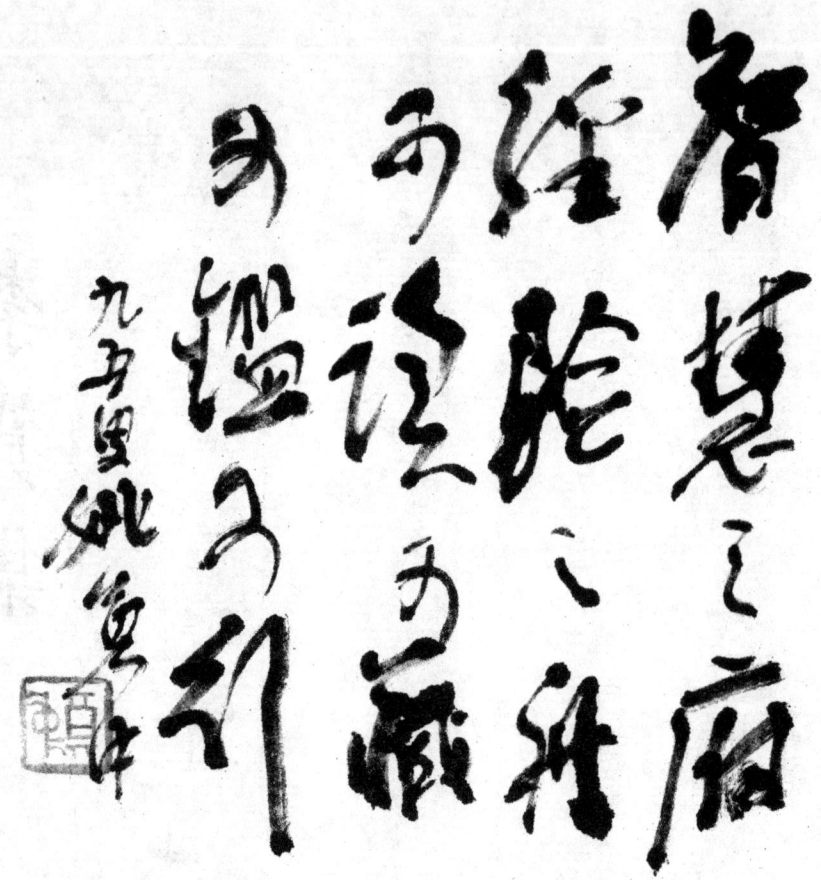

·山西大学教授姚奠中先生为《中国家庭基本藏书》题词

前言

老师讲了个故事。

古代有位诗人,一副异相。史书上说,诗人瘦骨嶙峋,两只眉毛连在一起,手指又细又长。早晨,诗人骑着瘸腿驴出门,身上背着一只破旧的锦袋,一路苦吟。为了一句诗,一个字,诗人反复推敲,满意时当即记下,投入锦袋。傍晚,诗人出游回家,奶奶让丫环取出诗句,总是重复一句话,吾儿要呕出血了。晚上,诗人上灯,研墨叠纸,将锦袋中的诗句重新抄录,投入另一个锦袋。

有一天,诗人重病在床,看见一位红衣人。红衣人驾着红色的巨龙,手持写满古篆的手版说,随我走吧。诗人看不懂手版上的文字,拖着病体趴到床下,有气无力地说,奶奶又老又病,我不能跟你走。红衣人笑道,上帝刚刚建成白玉楼,要召你写文章颂贺。天堂是极乐世界,一点儿不苦。听了此话,诗人独自哭泣,不一会儿,气绝身亡。

45年过去了,故事依旧萦绕在耳边。我记得,老师讲故事时,一副陶醉的模样；同学们听了，也如痴如醉。往事历历，记得的总是精彩的。起初，我以为是老师在编故事，是为了激励二年级的小学生。后来，才知道这位诗人的名字叫李贺，生活在唐代。又知道，老师讲的故事出自唐代诗人李商隐的《李长吉小传》。

没想到，小小的故事，让我与李贺建立了关系。上大学时，总希望多读几本关于李贺的书。读书之馀，总是想，李贺在唐代诗人中应占什么样的份额？后来，兴趣转移，但对李贺的喜爱依旧不减，总希望有机会为李贺做点什么。机会出现于1994年。当时，山西古籍出版社的落馥香女士邀请我写一本《李贺李商隐韦应物杜牧诗精选》（山西古籍出版社1995年版），那时很忙，但我答应了。这一切，只是为了童年的故事。小书出版后，从散发油墨清香的字句中，我看到李贺正向我走来，与我握手。欣喜之馀，又有些遗憾，心想，什么时候能出一本李贺诗歌的全集。落女士看透了我的心思，十多年后，又邀请我承担"中国家庭基本藏书·名家选集卷"中《李贺集》的编撰任务。我再次丢下手中的工作，全力承担以赴。本来，应没有遗憾了，可是，又冒出了遗憾，因解评的篇幅太大，超出了体例，故只得删减。看来，人生不可能有十全十美的时候，遗憾还是留到以后弥补吧。

最后需要交待的是，这本小书是在《李贺李商隐韦应物杜牧诗精选》的基础上拓展完成的，是我与田金霞老师合作的产物。田金霞老师是浙江大学毕业的中国古代文学专业的研究生，现又被浙江大学中文系录取为博士研究生，田老师来到淮阴师范学院中文系后担任我的助教，由于这样的原因，我有责任指导她的教学与科研工作。在撰写中，我们的分工合作是这样的：一、田金霞老师在《李贺李商隐杜牧韦应物诗精选》一书李贺部分的基础上续写新稿；二、在新稿的基础上，由我进行全部的修改和审订。在这一过程中，诗歌翻译部分由我完成，新评部分也由我完成，注释部分由我和田金霞老师共同完成。在撰写这本小书的过程中，我们对先贤的成果多有吸收，在此表示感谢。特别需要感谢的还有落馥香女士，没有她的信任和支持，这本小书是无法完成的。

张 强
2008年6月

李贺诗歌之特色(代序)

名家选集卷
李贺集·代序

张 强

李贺(790—816),字长吉,福昌(今河南宜阳)人,后世因称"李昌谷"。李贺是唐宗室郑王李亮的后裔,祖籍陇西,故自称"陇西长吉"。李贺少为诗章,十五六岁时,以工乐府与先辈李益齐名。凡少年得意者,大都命运多蹇。早岁,李贺受到前辈诗人皇甫湜、韩愈的奖掖。当是时,李贺意气风发,应进士第,然父名晋肃,"晋"、"进"同音,诋毁者怕其争名,遂攻击他不避父讳。为此,名震一时的大文学家韩愈为其鸣不平,作《讳辨》回击诋毁李贺者,然贺终不能登第。

后来,李贺入京任从九品的奉礼郎,官微俸薄,因困顿无援多有不平之气。在京时,李贺住崇义里,与名士王参元、杨敬之、权璩、崔植等成为密友。三年后,李贺辞官离开长安回昌谷老家。然贫无以继,遂赴潞州(今山西长治)依好友张彻。李贺一生体弱多病,27岁英年早逝。据杜牧《李长吉歌诗叙》,李贺曾将手编诗集四编付于好友沈子明,收诗233

首。稍后,李商隐亦称李贺诗存四卷。很有意思的是,杜牧与沈子明亦为至友;贺姊嫁给王氏,李商隐亦娶王氏之女。杜牧、李商隐的生活年代虽略晚于李贺,但由于他们与李贺有千丝万缕的关系,故这一说法基本上可信。据此可知,后世流传的李贺诗集实出自李贺之手,基本上保持了李贺诗集的原貌。亦可知,李贺诗名实播自唐代,得力于沈子明、杜牧、李商隐等人。

宋代以后,李贺诗名鹊起,与李白、李商隐并称"三李"。北宋初传的《李贺集》为四卷,诗为219首,卷数与自编卷数相同,但篇目、篇数、编次略有不同。后又有五卷本,在四卷本的基础上加《外集》一卷,收诗22首,与四卷本合计,共241首。五卷本今有汲古阁校刻的北宋鲍钦止本、董氏诵芬室及蒋氏密韵楼两家影刻的北宋宣城本,集名为《李贺歌诗编》。又有《续古逸丛书》影印的南宋本,名为《李长吉文集》。又有铁琴铜剑楼、《四部丛刊》影印的蒙古刊本,集名《李贺歌诗编》。

贺诗最早的注本为南宋吴正子的笺注本。以后,不同的注本相继问世,相比较而言,以清人王琦注本较为完备。王琦视野开阔,其《李长吉歌诗汇解》选录了吴正子、刘辰翁、徐渭、董懋策、曾益、余光、姚佺、姚文燮、钱饮光、吴炎牧等诸家的评注。王琦本最大的优点有三:一是汇集了前人精彩的点评和注释,为后人深入研究贺诗免除了多方求索之苦;二是注释精审,在字句发生歧义时,以求实的态度并存多解,当一些字词无法作出准确的诠释时,或以不确定的态度提出看法,或直言未详;三是注意把佚诗收入集中。其中,虽有不确定者,但不轻易剔除,采取存疑的态度。近年来,王琦本受到研究者的高度重视,自《三家评注李长吉歌诗》(王琦、姚文燮、方扶南三家注,中华书局1959年版)出版以后,王琦本获得了越来越大的影响。

进入20世纪以后,贺诗的新注本多有出现,其中,最有份量的当推叶葱奇的疏注本《李贺诗集》(人民文学出版社1959年版)。叶本有六个显著的特点:一是广泛吸收了先贤的成果,以王琦本为疏注的主要依据;二是引征古籍时一一标举书名,其中,书名相同者标出著者;三是凡遇诸本异同字时均用小字附注于下,并加以说明;四是除释字词外,对深奥纡曲的句子也加以阐释;五是充分考虑今人的接受能力,用白话文作新注;六是采用撮要疏解的方法帮助读者理解诗意。

李贺生活的年代是充满了危机和忧患的年代。早年,李贺历世不深。当他从相对闭塞的昌谷看待纷繁复杂的大千社会时,以为猎取功名如探囊取物,由此产生了"一朝沟陇出,看取拂云飞"(《马诗》十五)的自信。然时事维艰，当李贺面对宦官专政、藩镇割据等日益深重的社会危机时，当坎坷的人生与被剥夺施展抱负的痛苦拧结在一起时，李贺写下充满忧郁和悲愤的诗篇是必然的。换言之，身世之感、落魄失意与体弱多病、自知朝不保夕的心理混融在一起，反映到李贺个人的行为中，遂形成了以诗为载体倾诉个人情感的格局。从这一意义上讲，李贺诗歌关心的对象是个人的，但由于这种个体化情感表达的方式十分特别，特别之中又联系着时代的风云，因此，李贺在表达这种情感时很容易勾起人们相似的生活积累，进而引起共鸣。

在中唐诗坛上，李贺诗别具一格。前人认为李贺诗歌的艺术成就超过其思想成就，应该说，这一评价是中肯的。从艺术的角度看，李贺诗歌最显著的特征有二：一是想象奇特，诗歌节奏的跳跃性大；二是善于着色，用色彩词营造奇诡冷艳的艺术情境。

想象奇特造就了李贺光怪陆离、凄厉孤愤的诗风，为其诗歌形成跳跃性的节奏奠定了基础。为文时，人们经常会遇到辞不达意的情形，然李贺除了能竭尽山川万物之妙外，还能通过物象曲折己意，传达无法描述的心象。杜牧在称赞贺诗时写道："云烟绵联，不足为其态也；水之迢迢，不足为其情也；春之盎盎，不足为其和也；秋之明洁，不足为其格也；风樯阵马，不足为其勇也；瓦棺篆鼎，不足为其古也；时花美女，不足为其色也；荒国陊殿，梗莽丘陇，不足为其怨恨悲愁也；鲸呿鳌掷，牛鬼蛇神，不足为其虚荒诞幻也。"（杜牧《李长吉歌诗叙》）杜牧兼及两面，在赞美贺诗语言生动、准确、传神的同时，还充分肯定了李贺超越前人的想象能力。

想象奇特一是源于李贺独特的感悟力，二是与李贺的个人气质及行为有密切的联系。诗人长期生活在昌谷，昌谷山清水秀，给诗人留下了美好的印象和记忆。在现存的诗歌中，李贺直接以昌谷为题的诗有十首之多，昌谷有南园，以南园为题的诗又有近二十首。昌谷的奇山异水激荡在诗人的心中，培养了李贺不同凡响的想象能力。细致地观察和描摹昌谷山水四季变化中的景致，一方面为李贺摄物取象、写景抒情带来不同于他人的内容；另一方面使李贺诗歌显示出不同于他人的节奏。具体地讲，在表现情感与思想情绪变化时，李贺总能突破一般意义上的比兴，独具慧眼地选择新的寄托之物来承担复杂而丰富的情思。在这中间，物象与心象之间的链接，遂使贺诗产生了跳跃性的节奏。

晚唐诗人李商隐论述李贺独特的创作过程时写道："恒从小奚奴，骑蹇驴，背一古破锦囊，遇有所得，即书投囊中。及暮归，太夫人使婢探囊出之，见所书多，辄曰：'是儿要当呕出心乃已尔。'上灯，与食，长吉从婢取书,研墨叠纸足成之,投他囊中。"(李商隐《李长吉小传》)欧阳修、宋祁《新唐书·李贺传》亦有类似的记载。李贺出游时每得诗句,当即投入囊中,回家后再连缀成篇。然而,要想把佳句和谐地嵌入诗中,与诗所表达的思想融为一体,自然是件困难的事,由此产生跳跃的节奏是理所当然的事。先得佳句,佳句又必须出现在诗中,由此造成晦涩难懂的现象也就纯属必然。

刘昫《旧唐书·李贺传》云:"(李贺)尤长于歌篇。其文思体势,如崇岩峭壁,万仞崛起,当时文士从而效之,无能仿佛者。其乐府词数十篇,至于云韶乐工,无不讽诵。补太常寺协律郎。"(《旧唐书》卷137,中华书局1975年版)李贺擅长乐府,一生写下了数十首乐府歌行。在创作中,李贺或用乐府旧题写旧事,或用旧题写时事,或自创新题开拓乐府诗的领域。其主要价值取向是关注现实,具有远绍汉魏乐府、近袭老杜的思想特征。问题是,李贺为什么特别钟情于乐府?如果说仅仅是为了关心现实,那么,完全可以运用其他体裁。其实,这种选择与李贺精通音乐、娴熟地把握乐府歌行的抒情特点有极为密切的关系。《新唐书·李贺传》云:"乐府数十篇,云韶诸工皆合之弦管。"李贺的乐府歌行问世后,受到乐师的普遍欢迎,乐师以此配乐无不与管弦相合。李贺入长安后任奉礼郎一职,李贺乐府歌行创作的丰收期出现在任奉礼郎之后,以此为考察的原点,李贺乐府歌行的创作一是以精通音乐为前提,二是精通音乐又与李贺入长安任奉礼郎一职相关。奉礼郎一职掌祭礼、祭乐。职责上的要求,使本来就精通音乐的李贺在诗歌创作时有了自觉地以乐府为诗的艺术倾向。古人为李贺编集或论李贺诗歌时,将其称之为"歌诗"。这种做法虽有以偏概全的倾向,但它从一个层面说明了乐府歌行是李贺诗歌创作的重要组成部分,同时也说明了李贺擅长乐府与他精通音乐息息相关。

音乐是听觉艺术,诗歌是视觉艺术,乐府歌行是这两者的结合。与视觉艺术相比,听觉艺术更强调想象力。当李贺用乐府旧题或自选曲调创作歌行时,遂给诗歌创作带来了意想不到的收获。《新唐书·李贺传》在评价李贺诗歌时指出:"辞尚奇诡,所得皆惊迈,绝去翰墨畦径,当时无能效者。"追究其原因,应与李贺精通音乐有直接的关系。李贺直接吟咏乐师和描绘音乐形象的诗有《李凭箜篌引》、《听颖师弹琴歌》等。从"女娲炼石补天处,石破天惊逗秋雨"(《李凭箜篌引》)等诗句中,完全可以看到李贺对音乐的独特理解和把握。如果以此为绾合点考察李贺其他类型的诗作,我们明显地感到,是音乐涵养培养了李贺的空间想象能力,这种能力不但给李贺诗歌增添了浪漫主义的色泽,而且还为其完善诗歌跳跃性的节奏提出了探索的路径。进而言之,当音乐培养李贺想象能力时,比诗歌更强烈的音乐节奏则为李贺铸造跳跃性的诗风提供了先决条件。

在探讨李贺诗风的过程中,越来越多的人注意到他在锤炼字词以及选用色彩词方面的特点,注意到李贺通过色彩营造诗歌意境的特点。与其他诗人相比,李贺显然是善于着色的诗人。据统计,善于运用色彩词的唐代诗人有王维、韩愈等,其中,王维诗中的色彩词占总用字数的1.5%,韩愈是0.8%,李贺是3.3%。

注意到李贺诗歌善于着色的特点是从唐代开始的。如李贺的好友沈亚之在《送李胶秀才序》中说李贺之诗"多怨郁凄艳之巧"。唐代诗人张碧说:"尝读李长吉集,谓春拆红翠,霹开蛰户,其奇峭不可攻也。"(《唐诗纪事》卷四十五引)齐己《读李贺歌集》云:"玄珠与虹玉,灿灿李贺抱。"(《白莲集》卷十)唐人的认识直接影响宋人的看法。如李纲《读李长吉诗》云:"长吉工乐府,字字皆雕锼。"(《梁谿集》卷九)严羽《沧浪诗话》指出:"长吉之瑰诡,天地间自欠此体不得。"宋人引陆游语谓李贺诗:"如百家锦衲,五色炫耀,光夺眼目,使人不敢熟视。"(范晞文《对床夜语》卷二)承接唐宋馀绪,元明清三代继续对李贺善于着色展开论述,元人郝经《长歌哀李长吉》称赞李贺诗如"赤虬嘶入造化窟,千丈虹光绕明月"(《陵川集》卷八)。明人王思任谓贺诗"时而花肉媚眉,时而冰车铁马,时而宝鼎熇云,时而碧磷划电,阿闪片时,不容方物"(清·陈本礼笺注《协律钩玄·书首诸家评论》,《续修四库全书》,第1311册,第431页)。清代方扶南用"如铁网珊瑚,初离碧海,映日澄鲜"(清·陈本礼笺注《协律钩玄·书首诸家评论》,《续修四库全书》,第1311册,第432页,齐鲁书社1997年版)之语来形容贺诗的特点。清人毛驰黄认为贺诗"设色浓妙,而词旨多寓篇外,刻于撰语,浑于用意"(《诗辩坻》卷三,《四库全书存目丛书补编》第45册,第194页)。在前人的基础上,钱锺书先生亦指出:"长吉穿幽入仄,惨淡经营,都在修辞设色。……幻情奇彩,前无古人。"(《谈艺录》,中华书局1984年版,第46—49页)这些意见均从不同的角度关注到李贺诗善于着色的特点,从而使诗歌色彩成为李贺诗歌研究中重要方面。

色彩词与李贺的情感世界存在着某种内在的联系。在李贺的笔下,色彩除了具有静态的特点外,还有动态的、变幻不定的、单色的、混色的,等等。通过运用不同的色彩,诗歌既承担了诗人内心的苦痛与悲愤,同时也使诗人躁动不安的心灵在描绘色彩有过程中获得了解脱和慰藉,并有效地承担起了诗人关心的内容。如李贺喜爱描述白色,在诗人的笔下,白色不但具有了洁白无暇、神圣、纯真的象征意义,而且还映照着李贺忧愤伤感的心境以及孤高自赏的性格。进而言之,缤纷艳丽的色彩与李贺捕捉霎那间的感受拧结在一起,既宣泄了李贺个人的情绪,同时也为李贺创造冷艳、诡秘的意境打下坚实的基础。总之,李贺诗歌意新语丽,色彩缤纷,自备一格,堪称中国古典诗歌宝库中的璀璨明珠。李贺大胆地使用色彩艳丽的词汇,以色彩词表现自我,通过色彩词创造意境,从而形成了富有个性的艺术风格。

目录

名家选集卷
李贺集·目录

前言 /001
李贺诗歌之特色（代序）
　　　（张强）/001

◎诗

李凭箜篌引 /001
残丝曲 /003
还自会稽歌并序 /004
出城寄权璩、杨敬之 /005
示弟 /006
竹 /007
同沈驸马赋得御沟水 /008
始为奉礼忆昌谷山居 /009
七夕 /011
过华清宫 /012
送沈亚之歌并序 /013
咏怀二首 /015
　其一 /015
　其二 /016
追和柳恽 /017
春坊正字剑子歌 /018
贵公子夜阑曲 /020

目录

雁门太守行 /021
大堤曲 /022
蜀国弦 /023
苏小小墓 /024
梦天 /025
唐儿歌 /027
绿章封事 /028
河南府试十二月乐词并闰月
　　/029
　正月 /029
　二月 /030
　三月 /031
　四月 /032
　五月 /033
　六月 /034
　七月 /035
　八月 /036
　九月 /036
　十月 /037
　十一月 /038
　十二月 /039
　闰月 /039
天上谣 /040
浩歌 /042
秋来 /044
帝子歌 /045
秦王饮酒 /046
洛姝真珠 /048
李夫人歌 /049
走马引 /051

湘妃 /052
南园十三首（选五） /053
　其一 /053
　其二 /054
　其五 /055
　其十 /055
　其十三 /056
金铜仙人辞汉歌并序 /057
古悠悠行 /058
黄头郎 /059
马诗二十三首（选四） /061
　其一 /061
　其五 /061
　其九 /062
　其十 /062
申胡子觱篥歌并序 /063
老夫采玉歌 /065
伤心行 /067
湖中曲 /068
黄家洞 /069
南山田中行 /070
贵主征行乐 /071
酒罢，张大彻索赠诗。时张初
　　效潞幕 /073
罗浮山人与葛篇 /074
仁和里杂叙皇甫湜 /076
宫娃歌 /078
堂堂 /079
勉爱行二首送小季之庐山 /081
　其一 /081

其二 /082
致酒行 /083
长歌续短歌 /085
公莫舞歌并序 /086
昌谷北园新笋四首 /088
 其一 /088
 其二 /089
 其三 /090
 其四 /090
感讽五首(选二) /091
 其一 /091
 其二 /092
三月过行宫 /094
追和何谢铜雀妓 /094
送秦光禄北征 /096
画角东城 /100
谢秀才有妾缟练,改从于人,秀
 才引留之不得,后生感忆。
  座人制诗嘲诮,贺复继
  四首 /102
 其一 /102
 其二 /103
 其三 /103
 其四 /104
昌谷读书示巴童 /105
代崔家送客 /106
出城 /106
莫种树 /107
将发 /108
追赋画江潭苑四首(选二) /109

其一 /109
其二 /110
潞州张大宅病酒,遇江使寄上
 十四兄 /111
贾公闾贵婿曲 /113
王濬墓下作 /114
客游 /116
崇义里滞雨 /117
冯小怜 /118
赠陈商 /119
钓鱼诗 /122
奉和二兄罢使遣马归延州 /124
答赠 /125
题赵生壁 /126
感春 /127
仙人 /129
河阳歌 /129
春昼 /131
安乐宫 /132
梁公子 /134
牡丹种曲 /135
后园凿井歌 /136
开愁歌 /137
秦宫诗并序 /139
古邺城童子谣效王粲刺
 曹操 /141
杨生青花紫石砚歌 /142
房中思 /143
苦昼短 /144
章和二年中 /146

目录

春归昌谷 /148
铜驼悲 /152
自昌谷到洛后门 /153
七月一日晓入太行山 /155
秋凉诗寄正字十二兄 /156
艾如张 /158
摩多楼子 /159
猛虎行 /160
日出行 /162
苦篁调啸引 /164
拂舞歌辞 /165
夜坐吟 /167
箜篌引 /168
巫山高 /169
平城下 /171
神弦曲 /172
高轩过 /174

送韦仁实兄弟入关 /175
洛阳城外别皇甫湜 /177
江楼曲 /178
塞下曲 /179
野歌 /181
京城 /182
经沙苑 /182
南园 /183
高平县东私路 /184
听颖师弹琴歌 /185

◎附录

李贺年表简编 /188
李贺著作主要版本 /190
李贺研究主要著述 /196
《李贺集》名言警句 /197

◎ 诗

李凭箜篌引

诗描述了李凭演奏箜篌时的高超技艺。李凭：中唐时善于弹奏箜篌的宫廷乐师。唐·杨巨源《听李凭弹箜篌诗》："听奏繁弦玉殿清，风传曲度禁林明。君王听乐梨园暖，翻到云门第几声。"唐·顾况也有《听李供奉弹箜篌歌》。箜篌：古代弹拨乐器。有大箜篌、小箜篌、竖箜篌、卧箜篌、凤首箜篌等数种。元·马端临《文献通考》："箜篌，唐制似瑟而小，其弦有七，用木拨弹之。……有大箜篌、小箜篌。"唐·杜佑《通典》："竖箜篌，胡乐也，汉灵帝(刘宏)好之，体曲而长，二十有三弦，竖抱于怀中，用两手齐奏，俗谓之擘箜篌。"该诗有"二十三丝动紫皇"句，可知李凭所弹为竖箜篌。引：古乐府诗歌体裁名。

> 吴丝蜀桐张高秋，空山凝云颓不流。
> 江娥啼竹素女愁，李凭中国弹箜篌。
> 昆山玉碎凤凰叫，芙蓉泣露香兰笑。
> 十二门前融冷光，二十三丝动紫皇。
> 女娲炼石补天处，石破天惊逗秋雨。
> 梦入神山教神妪，老鱼跳波瘦蛟舞。
> 吴质不眠倚桂树，露脚斜飞湿寒兔。

吴丝蜀桐张高秋，空山凝云颓不流——这两句是说：九月，秋高气爽，李凭拨动琴弦。那美妙的箜篌声使群山为之一空，云彩因此而凝聚不动。吴丝蜀桐：指箜篌。当时制作箜篌所用丝弦，以吴地(今江浙一带)蚕丝为佳；所用木材，以蜀地(今四川)桐木为上。张：开，即弹奏。高秋：暮秋。唐·韩鄂《岁华纪丽》："九月曰高秋，亦曰暮秋。"山：一本作白。云颓不流：响遏行云之意。宋·郭茂倩《乐府诗集·杂歌谣辞》："薛谭学讴于秦青，未穷青之伎而辞归。青饯之于郊，乃抚节悲歌，声震林木，响遏行云。薛谭遂留不去，以卒其业。"颓，坠，此指堆积。

江娥啼竹素女愁，李凭中国弹箜篌——这两句是说：李凭在长安弹奏箜篌，悲凉的音调令湘妃为之垂泪，素女为之哀愁。江娥：一作湘娥，湘水的女神，即古代帝舜的妃子娥皇、女英。晋·张华《博物志》:"舜之二妃曰湘夫人,舜崩,以涕挥竹,竹尽斑。"素女:神话中的霜神。汉·司马迁《史记·封禅书》:"太帝使素女鼓五十弦瑟,悲,帝禁不止,故破其瑟为二十五弦。"中国:即国中,此指唐代京城长安。

昆山玉碎凤凰叫,芙蓉泣露香兰笑——这两句是说:箜篌的琴声时而清脆高昂,犹如昆山发出的玉碎声;时而和缓,犹如凤凰的鸣叫;时而幽咽,能使荷花哭泣;时而欢快,能使香兰怒放。昆山:一作荆山,即昆仑山,相传产玉。汉·韩婴《韩诗外传》:"玉出于昆山。"玉碎、凤叫:形容箜篌声。元·马端临《文献通考》:"燕乐有大箜篌、小箜篌,音逐手起,曲随弦成。盖若鹤鸣之嘹唳,玉声之清越者也。"与此诗意同。芙蓉:荷花。香兰:一作兰香。

十二门前融冷光,二十三丝动紫皇——这两句是说:箜篌之声能使气候发生变化,融聚寒气;也能感动天神,令天界为之震撼。十二门:指长安城门。古长安城一面三门,四面十二门。融冷光:即变易气候,取邹衍吹律而温气至之意。二十三丝:丝,一作弦。此指竖箜篌。紫皇:道教中的天帝,此指佞道的唐代皇帝。宋·李昉等《太平御览》卷六百五十九引《秘要经》:"太清九宫,皆有僚属,其最高者称太皇、紫皇、玉皇。"动紫皇:一作动紫簧,即感动天神。此言在圜丘奏乐时,天神纷纷降临之事。

女娲炼石补天处,石破天惊逗秋雨——这两句是说:美妙的琴声将人们带到女娲炼石补天的地方,猛然间,发生了石破天惊、秋雨骤落的景象。女娲:神话传说中的女神。汉·刘安《淮南子·览冥训》:"女娲炼五色石以补苍天。"逗:引出来。

梦入神山教神妪,老鱼跳波瘦蛟舞——这两句是说:令人陶醉的箜篌把人带入如梦的幻境,李凭走到神仙居住的山上向神女传授琴艺。听到这一美妙的音乐,潜居水中的老鱼和瘦蛟纷纷地跳波起舞。神山:一作坤山。神妪:神女。晋·干宝《搜神记》:"永嘉中,有神见兖州,自称樊道基,有妪号成夫人,夫人好音乐,能弹箜篌,闻人弦歌,辄便起舞。"老鱼句:化用《列子·汤问》"瓠巴鼓瑟而鸟舞鱼跃"句。

吴质不眠倚桂树,露脚斜飞湿寒兔——这两句是说:箜篌一直弹到深夜,连月中吴刚聆音听曲后,也难以入睡。此时,桂叶上的露珠斜飞,溅湿树下的寒兔,月光更显得清冷了。吴质:当是神话传说中在月宫砍桂树的吴刚。明·何孟春《馀冬序录》:"月中斫桂人,《酉阳杂俎》云吴刚,李贺诗云吴质,当是名刚字质也。"露脚:露滴。寒兔:借指月亮。汉·刘向《五经通义》:"月中有兔与蟾蜍。"

诗极写乐师李凭的高超技艺。首句七字点出箜篌名贵的质地,暗寓技艺绝伦,同时交代季节,为下文蓄势。随后展开联想,以行云不动、湘妃洒泪、素女愁容等衬托李凭音乐的精妙。其后以声拟声,移情于物,进一步渲染音乐的清越、幽美。其中昆山玉碎、凤凰鸣叫调动人的听觉,芙蓉泣、香兰笑则充分调动人的视觉。七至十二句由人间写到天上,由天上转入山川自然界,以融冷光、动紫皇、石破天惊、鱼蛟起舞等绚丽多彩的词汇,通过丰富的想像展示李凭弹奏箜篌的艺术魅力。末二句继续用典,以月宫的神话传说回扣首句,在强化环境的清幽之中给人以不尽的馀味。

残丝曲

这首诗通过写晚春之景,抒发了年华易逝的感慨。

> 垂杨叶老莺哺儿,残丝欲断黄蜂归。
> 绿鬓年少金钗客,缥粉壶中沉琥珀。
> 花台欲暮春辞去,落花起作回风舞。
> 榆荚相催不知数,沈郎青钱夹城路。

垂杨叶老莺哺儿,残丝欲断黄蜂归——这两句是说:垂杨的叶子渐渐老去,黄莺忙着哺育幼鸟。伤春时残丝欲断,无可奈何地看着黄蜂归来。

绿鬓年少金钗客,缥粉壶中沉琥珀——这两句是说:青鬓少男与头饰金钗的少女欢聚在一起,从青白色的酒壶中倒出像琥珀一样颜色的美酒。绿鬓年少:指男子。绿鬓,犹青鬓。年少,一作少年。金钗客:指女子。缥(piǎo)粉:青白色。琥珀:指美酒。因琥珀色黄净,和美酒的颜色相像。唐·李白《客中行》:“兰陵美酒郁金香,玉碗盛来琥珀光。”

花台欲暮春辞去,落花起作回风舞——这两句是说:暮春来临,花坛里的花朵已经凋谢,一阵旋风骤起,卷起落花在空中飞舞。回风:旋风。回,旋转、回旋。

榆荚相催不知数,沈郎青钱夹城路——这两句是说:起风后,榆荚纷纷落下,转眼间,铺满了两边筑有高墙的通道。榆荚:榆树未生叶时先生荚,像钱,略小,色白,成串,俗称榆钱。夹城:两边筑有高墙的通道。沈郎青钱:这里用来指榆钱。宋·叶廷珪《海录碎事·钱门》:“吴兴沈充铸小钱,谓之'沈郎钱'。”

“惜春常怕花开早,何况落红无数”。生机勃勃的春天为人所向往,残花满地、柳絮纷飞的暮春却常常惹人愁思。惜春、伤春是千百年来人们一种共同的情感体验,而多愁善感的诗人尤其怕见春尽。少年失志、敏感细腻的李贺更是如此。诗人用十分经济的笔墨勾勒出一幅暮春图画:垂杨叶老,黄蜂归去,榆钱满地,落花飞舞。春,来也匆匆,去也匆匆,人生的青春年华不也是如此吗?少男少女们深谙此理,暮春及时游玩,在享受最后的春景,也在享受匆匆易逝的青春年华。年少而不得志的李贺,见此暮春残景,坐看青春老去,怎能不为之伤情?

还自会稽歌并序

题解

这是一首通过拟写古人之悲慨来自抒困顿之感的诗。会稽:郡名,今浙江绍兴。庾肩吾:南朝梁代诗人。据唐·姚思廉《梁书·庾肩吾传》:庾肩吾字子慎。八岁能赋诗,初为晋安王(萧纲)常侍。王每徙镇,肩吾常随府。王为皇太子,肩吾兼东宫通事舍人,除安西湘东王录事参军,累迁中录事、谘议、参军、太子率更令、中庶子。侯景寇陷京都,矫诏遣肩吾使江州,喻当阳公大心。肩吾潜逃会稽,反贼宋子仙破会稽,搜捕肩吾,得之。谓曰:"吾闻汝能作诗,今可即作,当贷汝命。"肩吾援笔立成,且辞藻甚美。宋子仙因之释放肩吾,命其为建昌令。肩吾脱身后潜往江陵。宫体谣引:庾肩吾的诗作,今失传。唐·刘肃《大唐新语》:"梁简文(萧纲)之为太子,好作艳诗,境内化之,浸已成俗,谓之宫体。"

庾肩吾于梁时,尝作《宫体谣引》,以应和皇子。及国势沦败,肩吾先潜难会稽,后始还家。仆意其必有遗文,今无得焉,故作《还自会稽歌》,以补其悲。

野粉椒壁黄,湿萤满梁殿。
台城应教人,秋衾梦铜辇。
吴霜点归鬓,身与塘蒲晚。
脉脉辞金鱼,羁臣守迁贱。

野粉椒壁黄,湿萤满梁殿——这两句是说:昔日芳香的椒壁上沾满了暗黄色的粉屑,宫殿的梁柱上爬满了飞萤。这两句写侯景攻破台城后,宫殿破败的景象。椒壁:宫殿名,皇后的住所。其壁用香椒和泥涂抹。唐·颜师古《汉书注》:"椒房,殿名,皇后所居也,以椒和泥涂壁,取其温而芳也。"湿萤:萤多生于潮湿之地,故称之。《礼记》:"腐草化为萤。"萤,一本作蛍。

台城应教人,秋衾梦铜辇——这两句是说:秋夜中与君主、诸皇子唱和的庾肩吾拥着被子入睡,秋梦中还想着与太子相聚的时光。台城:古宫殿名。此指梁代的皇城。宋·周应合《景定建康志》:"台城一曰苑城,本吴后苑城。东晋成帝咸和中,新宫成,名建康宫。即所谓台城也。在上元县东北五里。"一说台城为禁城。宋·洪迈《容斋续笔》:"晋、宋间谓朝廷禁省为台,故称禁城为台城。"应教人:与君主、诸王唱和的朝臣。清·王琦注:"魏晋以来,人臣于文字间有属和于天子,曰应诏;于太子,曰应令;于诸王,曰应教。"铜辇:供太子乘坐的车。此指太子。宋·王应麟《玉海·车服·车舆》:"《六典注》:'古谓人牵为辇。'"唐·李善《文选注》:"铜辇,太子车饰。"

吴霜点归鬓,身与塘蒲晚——这两句是说:吴地的风霜染白了庾肩吾的双鬓,他那衰迈的身体就像秋天池塘里的蒲草一样。吴霜:吴地的风霜。吴灭越后,会稽归吴。侯景叛乱后,庾肩吾潜居会稽。晚:指衰老。

脉脉辞金鱼,羁臣守迍贱——这两句是说:面对纷乱的时局,庾肩吾不堪再仕,情愿辞去荣禄,与困顿和贫贱相守。脉脉:含情欲吐的样子。辞金鱼:辞去官职。金鱼,金鱼袋的简称。南宋·吴正子注:"金鱼,袋也。"鱼袋为大臣所佩带。羁臣:此指庾肩吾被迫接受伪职一事。迍:蹭蹬,遭遇挫折。

该诗为代言体。诗人有感于庾肩吾"潜难"会稽,故"以补其悲"。起笔写侯景之乱给台城带来的荒芜景象。三、四句宕开一笔,写宫廷诗人庾肩吾得宠时的往事。五、六句承首二句之势,写其落难时的狼狈。末两句为庾肩吾着想,直言伤乱带来的楚痛。细细品味,李贺关注的岂止是庾肩吾的伤痛呢?又何尝不是在写自己的伤痛呢?李贺的生活时代正是唐朝政治混乱的时代。身为"唐诸王孙",他大有用世之心,然因避父晋肃讳,李贺无法参加进士科考试。这种政治上的困顿使李贺以落难中的庾肩吾为同调。也就是说,从落难中的庾肩吾身上使李贺看到了自己的失意。从这一意义上讲,李贺关注庾肩吾的事迹,实际上是借此抒写自己的伤痛。

出城寄权璩、杨敬之

李贺科举受阻,被迫离开京城长安。因一腔悲愤无处宣泄,写下了这首寄情于友人的诗篇。权璩(qú):字大圭,元和(唐宪宗李纯年号,806—821)初进士,历监察御史,有美称。杨敬之:字茂先,元和初进士,累迁屯田户部二郎中,曾作《华山赋》,示韩愈,得到称赏。宋·欧阳修、宋祁《新唐书·李贺传》:"与游者权璩、杨敬之、王恭元。每撰著,时为所取去。"其交情深厚可窥一斑。

草暖云昏万里春,宫花拂面送行人。
自言汉剑当飞去,何事还车载病身?

草暖云昏万里春,宫花拂面送行人——这两句是说:春草泛绿,一片暖意,云烟万里迷濛,从宫廷里飘出的花香扑面而来,仿佛在为我这个失意的人送行。

自言汉剑当飞去,何事还车载病身——这两句是说:本来以为能科举成名,一举实现入世进取的人生理想,谁知道现在却拖着病弱的身体坐在车上独自还乡。汉剑:汉高祖刘邦的斩蛇剑。南朝宋·刘敬叔《异苑》:"晋惠帝(司马衷)元康五年,武库火,烧汉高祖斩白蛇剑、孔子履、王莽头等三物。中书监张茂先(张华)惧难作,列兵陈卫,咸见此剑穿屋飞去,莫知所向。"

李贺怀着一腔热情入京应试进士科,因避父讳晋肃不得不还家(晋、进同音),遭受这一意外的打击,诗人无疑是难以承受的,因之,向朋友倾诉内心的不平之气。首两句交代时间,"草暖"、"万里春"、"宫花拂面"都是乐景,然诗人嵌入"云昏"二字,则使诗生发出别样的味道。清代王夫之在《薑斋诗话》中深有体会地说:"以乐景写哀,以哀景写乐,一倍增其哀乐。"这种说法自然是对的。在乐景中糅入哀景,以此来表达失意的情怀,细细品味,首两句堪称典范。第三句用"汉剑飞去"之典,写诗人高远的志向。第四句笔锋一转,写诗人"还车载病身"的现实。两相对比,这是何等大的反差!从中可以体会到诗人难以承受的重压以及无法平息的愤懑之情。

示 弟

李贺赴长安三年任从九品小官奉礼郎,官卑俸微,身心受到极大的摧残,因而辞官回乡,写下这首与弟弟的谈心诗篇。

别弟三年后,还家一日馀。
醁醽今夕酒,缃帙去时书。
病骨犹能在,人间底事无?
何须问牛马,抛掷任枭卢!

别弟三年后,还家一日馀——这两句是说:回家才有一天多,与弟弟分别已三年了。一日:一作十日。

醁醽今夕酒,缃帙去时书——这两句是说:今晚对着案几上的醁醽酒,我想起三年前踌躇满志地背着书包离家的情景。醁醽(lùlíng):亦作醽渌,美酒,味甘美。晋·左思《吴都赋》:"飞轻轩而酌绿醽。"唐·李周翰《文选注》:"醁醽,酒名。"南朝宋·盛弘之《荆州记》:"渌水出豫章郡康乐县,其间乌程乡有井,官取水为酒,酒极甘美,与湘东灵湖酒年常献之,世称醁醽酒。"缃帙:浅黄色的包书布。唐·吕向《文选注》:"缃,浅黄色也;帙,书衣也。"

病骨犹能在,人间底事无——这两句是说:人生多故,什么事情不会发生呢?幸运的是我病后犹存,能回家和你相聚。病骨:病体。犹:一作独。底事:何事。

何须问牛马,抛掷任枭卢——这两句是说:何必去责问不辨贤愚率意而行的官吏呢?人生就像一场博戏,一旦抛掷出去,便无法知道好坏。牛马:此指有司即官吏。枭卢:古代的一种掷五木的博戏,类似后世的投骰子。唐·李翱《五木经》:"王采四、卢、白、雉、犊。眊采六、开、塞、塔、秃、撅、枭,皆玄(全黑)曰卢,皆白曰白,雉二白三曰雉,牛三白二曰犊……白二玄三曰枭。"宋·程大昌《演繁露》:"五子(博戏具名,最初用木制,所以称五木或五子,后来改用玉、石及骨制,今之骰子即由其演变而来)之形,两头尖,中间平广,状似今之杏仁,凡子悉为两面,共一面涂黑,黑之上画牛犊,以为之章,一面涂白,白之上画雉,凡投子者五皆现黑,则名其卢,卢者黑也……为最贵之采。"

失意还家,只留下一身病骨。借酒浇胸中块垒,饱含无限辛酸。病骨二句,为全诗的诗眼,既有对往事不平的回顾,又有一腔难以宣泄的悲愤。凝炼中富有艺术张力。世间万象,在"人间底事无"之中淋漓尽致地表达出来。末两句故作旷达,实为愤激语,发泄愤懑之情。

竹

这是首咏物诗。借竹子的文光劲节比人的才学、修养,以此抒发个人的抱负。

入水文光动,抽空绿影春。
露华生笋径,苔色拂霜根。
织可承香汗,裁堪钓锦鳞。
三梁曾入用,一节奉王孙。

入水文光动，抽空绿影春——这两句是说：亭亭翠竹倒映水中，倩影随水纹而荡漾；嫩绿的竹节直插天空，为春天增添了一道亮丽的风景。入水：指翠竹倒映水中。文光：指波纹泛起的光影。抽空：竹节拔空生长。

露华生笋径，苔色拂霜根——这两句是说：冒出春笋的小路上缀满晶莹的露珠，苍老的竹根上布满了绿色的青苔。生：一作垂。

织可承香汗，裁堪钓锦鳞——这两句是说：竹子可以做成美人手中的团扇，也可以砍截之后做成渔竿来钓鱼。香汗：代指美人。裁：砍截制作。锦鳞：泛指鱼类。

三梁曾入用，一节奉王孙——这两句是说：这些竹子曾经被用来作成太子诸王的三梁冠，现在，将其中的一节赠送给王孙。此言如承蒙国家擢拔，可入朝廷发挥作用。三梁：三梁进贤冠的省称，是太子、诸王的便帽。梁，帽子里面硬的横衬，用竹子做成。宋·李昉等《太平御览·周书》："成王（诵）将加玄服，周公（旦）使人来零陵取文竹为冠。"晋·徐广《舆服志》杂注："介帻五梁进贤冠，太子诸王三梁进贤冠。"王孙：此指王公贵族。

托物言志，直抒胸臆，是咏物诗的最大特征。此诗独辟蹊径，在以物比人之中，曲折己意，借竹子清幽的品质溢出个人的希冀，使诗句显得含蓄隽永。诗前四句状物，以动写静，突出"绿"字，全面描摹竹子不同凡响的品格。第五、六两句笔锋一转，言竹子一般的用途。似乎是闲笔，其实是为末两句蓄势。第七、八两句是对第五、六句的提升，由一般进入特殊，强调竹与朝廷的关系。在不着痕迹中将自己的志向袒露出来。

同沈驸马赋得御沟水

这是一首唱和之诗，咏物之外，也有对沈驸马的赞美之辞。

入苑白泱泱，宫人正靥黄。
绕堤龙骨冷，拂岸鸭头香。
别馆惊残梦，停杯泛小觞。
幸因流浪处，暂得见何郎。

入苑白泱泱,宫人正靥黄——这两句是说:清早,御沟里的水泱泱地流入宫苑,此时此刻,宫女们正梳妆打扮。苑:指宫庭内苑。泱泱:水深广的样子。靥(yè)黄:即面颊上涂一点黄粉,如后人眉心点胭脂一般。唐·段成式《酉阳杂俎》:"近代妆近靥如射月,曰黄星靥,靥钿之名盖自吴孙和邓夫人也。"宋·高承《事物纪原》:"妇人妆喜作粉靥,如月形,如钱样,或以朱若胭脂点。"靥,酒窝。

绕堤龙骨冷,拂岸鸭头香——这两句是说:环绕御沟的砌石泛着冷气,冲向岸边的绿水飘来阵阵的香气。龙骨:指沿着御沟砌的石条。鸭头:指绿色的水。唐时绿色的染料有"鸭头绿"之称。唐·李白《襄阳歌》:"遥看汉水鸭头绿。"

别馆惊残梦,停杯泛小觞——这两句是说:水声惊断了别馆中的晓梦;水流疾疾,可浮载游客放入的酒杯。泛小觞:即流觞。古人用小托子盛载酒杯,使其浮在曲折的流水上,酒杯流到谁的面前,谁就拿起酒杯喝酒。南朝宋·东阳无疑《齐谐记》:"周公成洛邑,因流水泛觞。"

幸因流浪处,暂得见何郎——这两句是说:很荣幸能在碧波荡漾的宫苑中与沈驸马一同游览,并赋诗唱和。何郎:指何晏。字平叔,三国时魏人。晋·陈寿《三国志·魏书·何晏传》:"晏长于宫省,又尚公主,少以才秀知名。"这里借指沈驸马。

唱和是诗歌中非常广泛的题材,它记载了泱泱诗国的风流雅韵。李贺和沈驸马同游宫苑以"赋得御沟水"为题,唱和赠答。首两句叙事,交代地点。第三、四句写景,"冷"补足"宫人正靥黄",点明同游宫苑的时间是早晨。"拂岸鸭头香"写温馨和谐之景,不言"绿"字,然意趣盎然。"停杯泛小觞"紧扣诗题,以浪漫的笔调突出了诗人与沈驸马的才情和诗兴。末两句为感激之辞,将沈驸马比作才貌兼备的何晏,赞美之中依稀传达了相聚时的欢快。

始为奉礼忆昌谷山居

李贺任奉礼郎,位卑职微,回忆往日,有感而发。奉礼郎:官名,隶属太常卿。宋·欧阳修等《新唐书·百官志三》称太常寺有属官"奉礼郎二人,从九品上。掌君臣版位,以奉朝会、祭祀之礼"。昌谷:县名,即今河南宜阳福昌。

扫断马蹄痕,衔回自闭门。

> 长铛江米熟,小树枣花春。
> 向壁悬如意,当帘阅角巾。
> 犬书曾去洛,鹤病悔游秦。
> 土甑封茶叶,山杯锁竹根。
> 不知船上月,谁棹满溪云?

【新解】

扫断马蹄痕,衙回自闭门——这两句是说:闲来无事,扫去门前稀少的马蹄印,独自回到衙门关上大门。

长铛江米熟,小树枣花春——这两句是说:用平底锅煮熟江米,静静的官舍中,伴随我的只有开花的小枣树。铛:即铛,有脚有耳的平底锅。江米:即糯米。

向壁悬如意,当帘阅角巾——这两句是说:墙壁上悬挂着如意,面对着房帘看自己的角巾。如意:一种象征吉祥的器物,或用来防身。防身的如意一般用铁铸成,长二尺有馀。角巾:方巾,四方有角,晋、唐人私居所戴。

犬书曾去洛,鹤病悔游秦——这两句是说:虽然爱犬常将我的书信送到洛阳的家中,如今妻子生病却不能回家看望,真后悔到长安来做官。犬书:用狗传递家书。据梁·任昉《述异记》,晋陆机有犬名黄耳,黠慧能解人语,机仕洛(洛阳)久无家信,戏语犬曰,"汝能送书驰取消息否?"犬作声应之,机为书系犬颈,犬走向吴,到家得答,仍驰还,计人行程需五旬,犬往还才半月。鹤病:用典,指妻子在家生病,自己无法回去看望。《古诗》:"飞来双白鹤,乃从西北方,十十五五,罗列成行。妻卒被病,不能相随,五里一返顾,六里一徘徊。吾欲衔汝去,口噤不能开;吾欲负汝去,毛羽何摧颓。"游秦:指入京。长安在秦故都咸阳东,旧属秦地,故唐人多用"秦"来称长安。

土甑封茶叶,山杯锁竹根——这两句是说:洛阳家中用瓦罐装的茶叶已经尘封许久,用竹根做的酒杯也空了很长时间。甑(zèng):瓦罐。竹根:指用竹根做的酒杯。据宋·乐史《太平寰宇记》:"巴州以竹根为酒注子,为时珍贵。"

不知船上月,谁棹满溪云——这两句是说:此时此刻,不知谁正划动双桨,乘着月色,摇动水中的云影。棹:船桨。一作掉,摇船向前。以上四句是回忆在昌谷老家的生活。

诗紧扣"忆"字,首两句写李贺官小职卑,门庭冷落,既没有车马往来,也没有仆从侍婢。以下八句借官舍冷清、生活清贫为诗人失意蓄势。孤独之中,诗人情不自禁地回忆起闲居昌谷的生活。遥想当年,虽不能富贵显达,但品茶饮酒却也悠闲自在。特别是月夜行船欣赏溪中的云影,那闲适的生活与今日的清冷形成巨大的反差。诗将昔日景与眼前情拧结在一起,旨在强调身在仕途无法实现理想抱负的喟叹。失落加上乡愁,更增添几分愁苦。此诗真实地记录了诗人进退两难的困境。

七 夕

这是一首吟咏七夕的诗。七夕:农历七月七日,传说牛郎、织女于此夜相会。南朝梁·宗懔《荆楚岁时记》:"七月七日为牵牛织女聚会之夜"。

别浦今朝暗,罗帷午夜愁。
鹊辞穿线月,花入曝衣楼。
天上分金镜,人间望玉钩。
钱塘苏小小,更值一年秋。

别浦今朝暗,罗帷午夜愁——这两句是说:今朝又逢七夕,天河隐暗,牛郎织女可以相会;而我却独处罗帷之中,半夜愁闷,难以入睡。别浦:指银河。为牛郎、织女二星隔绝之地。浦,水边。暗:俗称七月七日天河隐,故云。

鹊辞穿线月,花入曝衣楼——这两句是说:乌鹊从月下飞去,鹊桥消失了,牛郎和织女匆匆相会后又分离了。此时此刻,绚丽的花瓣飞入了晒衣的小楼。鹊:祥鸟,又指鹊桥。《白帖淮南子》:"乌鹊填河以成桥而渡织女"。穿线月:七夕月亮的别称。南朝梁·宗懔《荆楚岁时记》:"七夕人家妇女结彩缕,穿七孔针,陈瓜果于庭中,以乞巧。"因要穿线乞巧,故将这天的月亮称之为"穿线月"。曝衣:晒衣服。汉·崔寔《四民月令》:"七月七日曝经书及衣裳。"曝,晒。

天上分金镜,人间望玉钩——这两句是说:天上的月亮像半面破裂的镜子,双星合而后分,人间有多少离别的人盼望着重逢。分金镜:言七夕之月状如半镜。暗用破镜重圆的典故。宋·李颀《古今诗话》:"陈太子舍人徐德言尚乐昌公主,陈政衰,德言谓公主曰:'国破必入权豪家,倘情缘未断,尚冀相见。'乃破镜各分其半,及陈亡,公主果为杨素所得,德言为诗……公主见诗悲泣。杨素知之,召德言至,还其妻。"望玉钩:希望重合之意。钩,反还相连。唐·陆德明《经典释文·庄子音义下》:"钩,反也。"宋·杨侃集《两汉博闻》:"钩党。注云:'钩,谓相连也。'"又《灵帝纪》注:'钩,谓相牵引也。'"

钱塘苏小小,更值一年秋——这两句是说:我期待着与久别的情人苏小小相会,看来要等到明年的秋天了。钱塘:县名,即今浙江杭州。苏小小:钱塘名妓,南齐人。这里用来指所思念的人。更:一作又。

牛郎织女的故事是中国古老的神话传说。《诗经·小雅·大东》初显其故事的端倪,经过长期的文化积淀,六朝时七夕已成为全民的民俗节日。追溯其源头,七夕为后世抒写相思母题提供了重要的内容。在吟咏七夕时,古人大都将关注的焦点集中在抒写相思之苦方面,具体地讲,主要是抒写难舍而又无奈的离别之情,以此突出有情人的相知相爱。然而,李贺别具一格,将着力点放在企羡牛郎织女一年一度的相会方面。"别浦今朝暗,罗帷午夜愁",牛郎织女尚能一年一见,而自己和所思念的人却相会无期,只能望着缠绵话相思的二星独自悲愁。细细咀嚼,诗人以出人意料的笔法和构思将离别相思之情抒发得淋漓尽致,十分耐人寻味。

过华清宫

题解

这是一首咏史诗。诗人过华清宫,昔日繁华的宫殿现已破败不堪,不由得发出无限慨叹。华清宫:唐代著名的宫殿。《一统志》:"华清宫在陕西西安府骊山下,唐太宗(李世民)建。以温汤所在,初名温泉宫,玄宗(李隆基)改曰华清,治汤为池,环山列宫,帝每岁临幸,内有飞霜、九龙、长生、明珠等殿。"

春月夜啼鸦,宫帘隔御花。
云生朱络暗,石断紫钱斜。
玉碗盛残露,银灯点旧纱。
蜀王无近信,泉上有芹芽。

春月夜啼鸦,宫帘隔御花——这两句是说:春天的月夜里传来乌鸦的啼叫声,层层宫帘将御苑的花朵远远隔在窗外。

云生朱络暗,石断紫钱斜——这两句是说:云烟缠绕着早已褪色的红色的窗格,宫殿的石阶已经破裂,紫色的苔藓沿着裂痕而四处横生。朱络:用红漆漆成的窗格。汉·扬雄《方言》:"络谓之格。"紫钱:铜钱形状的紫色苔藓。

玉碗盛残露,银灯点旧纱——这两句是说:玉碗中盛着往日残留的露水,银灯照亮了早已被熏黑的旧纱。残露:残存的露水。暗指汉武帝造仙人承露盘以求仙露之事。

蜀王无近信，泉上有芹芽——这两句是说：还不清楚唐玄宗逃入蜀地后的消息，华清宫的温泉上就已经长出水芹的绿芽了。蜀王：指唐玄宗。安禄山作乱，唐玄宗逃避入蜀，所以称他为蜀王。

简评

首六句极写华清宫的破败苍凉。"神话"中的华清宫繁华无比，令人向往。然而，这一切都已成为过去。当李贺经过这座令人神往的宫殿时，不禁被眼前的景象震撼了：乌啼声声，苔痕杂乱，泉生芹芽……今昔对比，反差强烈，虽令人难以接受却又不得不接受。诗人以景语写情语，将胸中的喟叹与眼前景融为一体，不直发议论而议论自出，其感慨发人深省。

送沈亚之歌并序

题解

友人沈亚之落第，准备回家，李贺写诗送行。诗对朋友的不幸表示了深切的同情，严厉地指责了主考官的失职。同时，也勉励沈亚之不要灰心，它日再去应试，以展鸿鹄之志。沈亚之：字下贤，吴兴（今浙江吴兴）人。元和（唐宪宗李纯年号，806—821）十年进士。以文辞得名，尝游韩愈门，为当时名辈所称许。有《沈下贤集》。以：因为。书：文章。中第：考取。唐·杜佑《通典》："唐贡士之法有秀才、有明经、有进士、有明法、有明书、有明算。"吴江：泛指吴地的江河，这里代指沈亚之的家乡。勤请：再三请求。一解：乐府歌辞一章为一解。这里指一首诗。

文人沈亚之，元和七年，以书不中第，返归于吴江。吾悲其行，无钱酒以劳，又感沈之勤请，乃歌一解以送之。

吴兴才人怨春风，桃花满陌千里红。
紫丝竹断骢马小，家住钱塘东复东。
白藤交穿织书笈，短策齐裁如梵夹。
雄光宝矿献春卿，烟底蓦波乘一叶。
春卿拾才白日下，掷置黄金解龙马。
携笈归江重入门，劳劳谁是怜君者。
吾闻壮夫重心骨，古人三走无摧捽。

请君待旦事长鞭,他日还辕及秋律。

吴兴才人怨春风,桃花满陌千里红——这两句是说:在落花满径、残红千里的暮春时节,沈亚之不幸落第,失意归乡。吴兴才人:指沈亚之。沈亚之是吴兴人,故称。桃花满陌:落花满路。陌,田间小路。唐代科举,正月考试,春季发榜。唐人多用落花比落第。

紫丝竹断骢马小,家住钱塘东复东——这两句是说:失意之人敝车羸马,匆匆赶路,回到钱塘东面的家乡。紫丝竹:用紫丝竹做的马鞭。骢(cōng)马:青白色的马。鞭断、马小,即"敝车羸马"之意。钱塘:县名,即今浙江杭州。

白藤交穿织书笈,短策齐裁如梵夹——这两句是说:书箱用白藤条编织而成,书简放得整整齐齐就像用板夹起来的佛经经典一样。书笈(jí):书箱。策:指书籍。古代以竹简记事作书,称为策。梵(fàn)夹:指佛经。佛经用贝多树叶书写,以板夹之,故称为梵夹。隋·杜宝《大业杂记》:"新翻经本从外国来,用贝多树叶,形似枇杷叶而厚大,横作行书,约经多少,缀其一边如牒然,今呼为梵夹。"

雄光宝矿献春卿,烟底蓦波乘一叶——这两句是说:当初,沈亚之乘一叶扁舟,身披濛濛江雾,越过波涛,到京城参加科举考试,把自己的锦绣文章呈献给主考官。宝矿:金银宝石。此喻沈亚之的文章如同锦绣。春卿:礼部主考官。唐代科举考试由礼部主持。唐·白居易《白帖》:"礼部亦曰春卿。"烟:指江雾。蓦:越过。一叶:指小船。晋·罗含《湘川记》:"绕川行舟,遥望若一树叶。"

春卿拾才白日下,掷置黄金解龙马——这两句是说:礼部选取人才,是在光天化日之下进行的,没有想到的是,即使这样依旧错过了发现人才的机会。就好像见到黄金弃而不拾,遇到龙马也要解缰放走一样。拾才:选取人才。掷置:抛弃。解龙马:放走骏马。《周礼·校人》:"马八尺以上为龙,七尺以上为䮤,六尺以上为马。"

携笈归江重入门,劳劳谁是怜君者——这两句是说:携带书箱,越江而归,有谁会同情你呢?归江:一作归家。

吾闻壮夫重心骨,古人三走无摧挫——这两句是说:我听说壮士以有志向、有骨气为重,古人管仲多次遭受挫折都没有灰心丧气。壮夫:一作丈夫。重心骨:以有志向、有骨气为重。古人三走:用典。汉·司马迁《史记·管晏列传》引管仲语云:"吾尝三仕,三见逐于君。鲍叔不以我为不肖,知我不遭时也。吾尝三战,三走。鲍叔不以我为怯,知我有老母也。"李贺用此典,意在勉励沈亚之不要灰心。摧挫(zuò):挫折。

请君待旦事长鞭,他日还辕及秋律——这两句是说:请准备好长鞭,等到来年的秋天,再驱车来京师应考吧。待旦:等待天明。事长鞭:执鞭打马。事,使用。还辕:复至京师。辕,指车。秋律:秋月,秋天。古人以十二音律配合十二月,称秋月为秋律。《礼记·月令》："孟秋之月,律中夷则。仲秋之月,律中南吕。季秋之月,律中无射。"唐·杜佑《通典》："大抵选举人以秋初就路,春末方归。"

科举始于隋,盛于唐。作为帝王文化的重要组成部分,科举制吸引着无数企图走向仕途的举子。及第时的得意忘形,失意时的失魂落魄,折射到文学上,它给文学带来了新的表现主题。沈亚之落第还家,李贺写诗进行宽慰,这本是一般性的应酬之作。但由于诗人有切身的伤痛,对科举的弊端有所体察,故发出愤激之辞,痛斥主考官有眼无珠。"掷置黄金解龙马"一语,可谓是字字珠玑,铿锵有力。此诗是送别之作,需为落第之友着想,因而"携笈"二句表达出对朋友的深切关怀。最后四句则寄予厚望,鼓励朋友振作精神他日再试。其中"古人三走"用典贴切自然,起到画龙点睛的作用。

咏怀二首

第一首借司马相如事抒发诗人失意的情怀。第二首抒写不平之气,并力图自我宽解。

其 一

长卿怀茂陵,绿草垂石井。
弹琴看文君,春风吹鬓影。
梁王与武帝,弃之如断梗。
惟留一简书,金泥泰山顶。

长卿怀茂陵,绿草垂石井——这两句是说:相如晚年闲居茂陵,终日面对郁郁苍苔垂掩的石井,悠然自得。长卿:汉代辞赋家司马相如。字长卿,成都人。早年,司马相如事汉景帝刘启,为武骑常侍。因病免,客游梁,梁孝王令与诸生同舍。后以《子虚赋》为汉武帝刘彻所赏识,用为孝文园令。后病免,家居茂陵。及病重,武帝遣使取其所著之书,使至,相如已死。其遗书言封禅(筑土为坛,祭天曰封;辟地为场,祭地曰禅)事。后来,武帝封泰山、禅梁父(山名)。怀:怀居,表示留恋安逸。茂陵:汉武帝刘彻的陵园,在今陕西兴平东南。

弹琴看文君,春风吹鬓影——这两句是说:相如弹琴,文君倾心相听,春风吹拂着她的鬓发。文君:卓文君,四川临邛(qióng)巨富卓王孙之女,新寡,相如闻其才学及美貌,以琴相挑,文君为之所动,夜奔相如,遂结为夫妇。

梁王与武帝,弃之如断梗——这两句是说:梁孝王和汉武帝像丢掉折断的枝梗一样将相如抛弃到一边,不能赏识相如的才能。梁王:即梁孝王刘武,为景帝同母弟。

惟留一简书,金泥泰山顶——这两句是说:相如死后,留下《封禅文》一卷,被武帝用金泥封存,作为封禅泰山(报答天地之功,祭祀泰山)的依据。一简书:指司马相如的《封禅文》。古代文章写在竹简上,故称"简书"。汉·司马迁《史记·司马相如传》:"相如既病免,家居茂陵。天子曰:'司马相如病甚,可往从悉取其书。若不然,后失之矣。'使所忠往,而相如已死,家无书。问其妻,对曰:'长卿固未尝有书也。时时著书,人又取去,即空居。长卿未死时,为一卷书,曰有使者来求书,奏之。无他书。'其遗札书言封禅事,奏所忠。忠奏其书,天子异之。"金泥:用水银和金粉搅拌为泥,涂抹文书的封口。

诗紧扣司马相如事以宣泄胸中的郁结。首两句写司马相如闲居中的宁静,第三、四句进一步叙述其夫妇生活的融洽。从表层看,诗人是在赞叹这种悠闲自得的生活。从深层看,诗人以司马相如自比,已将投闲置散的不安隐于其中。后四句陡然一转,凭空翻出相如的不幸。生不为所用,死后得到重视,相如的遭遇引起李贺不可名状的悲情。

其 二

日夕著书罢,惊霜落素丝。
镜中聊自笑,讵是南山期。
头上无幅巾,苦檗已染衣。
不见清溪鱼,饮水得相宜。

日夕著书罢,惊霜落素丝——这两句是说:傍晚写完书后,白发像霜一样落下,让我又惊又怕。著书:一作看书。霜、素丝:都是指白发。李贺好苦吟,其母见其囊中诗多,曾担心地说:"是儿要当呕出心乃已尔。"

镜中聊自笑,讵是南山期——这两句是说:对着镜子暗自好笑,这样劳心过度,怎么能养生长寿呢?讵:岂。南山期:此指养生长寿。犹寿比南山。《诗经·小雅·天保》:"如南山之寿,不骞不崩。"

头上无帼巾,苦檗已染衣——这两句是说:出行时,连家居时的便帽都不戴,只穿乡村之人常穿的黄褐色衣服。帼巾:古人家居所戴的一种轻便软帽。苦檗(bò):又称黄檗,一种可作染料的黄色树皮,田野人家多穿这种黄褐色的衣服。

不见清溪鱼,饮水得相宜——这两句是说:你看,那清澈见底的溪水中,一条条的鱼儿饮水自得,是多么悠闲自在!相宜:一作自宜。

李贺是"苦吟"诗人,人生道路的坎坷以及"苦吟",使他少年早衰,英年早逝。后人因有"诗可以穷人"之说。然而,正是在这样的环境里才有可能创造出"诗穷而后工"的佳作。第二句中的"惊"字有情致,将诗人突然发现白发时的震惊表达了出来。随后以"笑"自嘲自解。末两句自作宽慰语,表示要像清溪里的鱼儿一样享受属于自己的空间。

追和柳恽

柳恽用齐梁旧题作《江南曲》,李贺读后和之。诗承接柳恽《江南曲》意,重在抒写离别后的欢聚之情。柳恽:齐梁时的著名文士,曾与沈约共定新律。唐·姚思廉《梁书·柳恽传》:"柳恽字文畅,河东解人也。少有志行,好学,善尺牍。"其《江南曲》云:"汀洲采白蘋,日落江南春。洞庭有归客,潇湘逢故人;故人何不返?春华复应晚。不道新相知,只言行路远。"

汀洲白蘋草,柳恽乘马归。
江头楂树香,岸上蝴蝶飞。
酒杯箬叶露,玉轸蜀桐虚。
朱楼通水陌,沙暖一双鱼。

汀洲白蘋草,柳恽乘马归——这两句是说:江边芳草郁郁,白蘋花开,柳恽骑着马回来了。汀洲:地名,在今浙江湖州城东。唐·白居易《白蘋洲五亭记》:"湖州城东南二百步,抵云溪,溪连汀洲。"白蘋草:水生植物。宋·罗愿《尔雅翼》:"蘋叶正四方,中拆如十字,根生水底,叶敷水上,五月有花,白色。"

江头楂树香,岸上蝴蝶飞——这两句是说:柳恽回来时,江边的山楂花四处飘香,岸上蝴蝶也在四处飞舞。楂树:一作栌树。即山楂树,果实圆而味酸。

酒杯箬叶露,玉轸蜀桐虚——这两句是说:回到家以后,饮酒弹琴,夫妻欢聚,共话离别相思之情。箬(ruò):酒名。宋·乐史《太平寰宇记》:"箬溪在湖州长兴县南五十步。"南朝陈·顾野王《舆地志》:"夹溪悉生箭箬,南岸曰上箬,北岸曰下箬,二箬皆村名。村人取下箬水酿酒,醇美胜于云阳,俗称箬下酒。"轸(zhěn):弦乐器上系弦线的小柱。可转动以调节弦的松紧。玉轸:用玉作的轸子。虚:琴身中空,故称"虚"。

朱楼通水陌,沙暖一双鱼——这两句是说:红色的小楼连接波光粼粼的水面。夫妇相聚时的欢乐,如同一对鱼儿优游在水底温暖的细沙上。沙暖:比喻居处舒适。一双鱼:喻夫妇。

首句写景,选取特有的景物"汀洲"、"白蘋",既写出家乡的温暖,又道出柳恽回乡的欢快心情。第三、四句写景,以"楂树香"调动嗅觉,"蝴蝶飞"调动视觉,一静一动,渲染了家乡的可爱。后四句写夫妻团聚后的欢乐和恩爱,一边畅饮家乡的美酒,一边弹着古琴,使相聚充满了诗情画意。这是一首别开生面的追和诗。柳恽的《江南曲》写男女相思之情,李贺的追和诗"柳恽乘马归"应之,将笔墨落实到柳恽身上。柳诗写相思之苦,李贺写相聚时的欢乐。柳恽原诗为齐梁流行的艳体,李贺以清新的笔调写夫妇相聚时的即景。因之,所谓"追和"倒不如说是反其意而用之。

春坊正字剑子歌

这首诗赞颂了春坊正字官所收藏的一把剑。春坊正字:唐代太子宫中掌校正经籍文字的官员,隶属于左春坊司经局,故称春坊正字。剑子:即剑。

先辈匣中三尺水,曾入吴潭斩龙子。
隙月斜明刮露寒,练带平铺吹不起。
蛟胎皮老蒺藜刺,鸊鹈淬花白鹇尾。
直是荆轲一片心,莫教照见春坊字。
挼丝团金悬麗珥,神光欲截蓝田玉。
提出西方白帝惊,嗷嗷鬼母秋郊哭。

先辈匣中三尺水,曾入吴潭斩龙子——这两句是说:春坊正字匣中的宝剑寒光如水,它曾经潜入吴潭,斩杀凶猛的蛟龙。先辈:指春坊正字。据宋·程大昌《演繁露》，唐代举人称已及第者为先辈。三尺水：即三尺剑，谓宝剑寒光如水。吴潭斩龙子：用西晋周处于义兴(今江苏宜兴)斩蛟除害的故事。南朝宋·刘义庆《世说新语·自新》："周处年少时，凶强侠气，为乡里所患，又义兴水中有蛟，山中有邅迹虎，并皆暴犯百姓，义兴人谓为'三横'，而处尤剧。或说处杀虎斩蛟，实冀三横唯馀其一。处即刺杀虎，又入水击蛟，蛟或浮或没，行数十里，处与之俱，经三日三夜，乡里皆谓已死，更相庆。竟杀蛟而出。闻里人相庆，始知为人情所患，有自改意。乃自吴寻二陆，平原不在，正见清河，具以情告，并云：'欲自修改，而年已蹉跎，终无所成。'清河曰：'古人贵朝闻夕死，况君前途尚可。且人患志之不立，亦何忧令名不彰耶？'处遂改厉，终为忠臣孝子。"义兴三国时属吴，故称吴潭。吴潭，一作吴江。

隙月斜明刮露寒，练带平铺吹不起——这两句是说：它像一道狭而长的月光，给露珠更增添了几分寒气；它又像一条洁白的练带平铺着，即使风吹也纹丝不动。隙月：隙中的月光，狭而长，似剑形。喻剑。练带：白色的带子。

蛟胎皮老蒺藜刺，鹎鵊淬花白鹇尾——这两句是说：剑鞘用沙鱼皮做成，上面有蒺藜一样的花纹。剑身上涂抹有鹎鵊油，像漂亮的白鹇尾羽一样光洁。蛟胎：用沙鱼皮制作的剑鞘。蛟：通鲛，沙鱼。晋·郭璞《山海经注》："鲛鱼皮有珠文而坚，尾长三四尺，未有毒螫人，皮可饰刀剑。"蒺藜：一种药草，结实大三分许，有刺。此处用以形容蛟皮上的花纹。鹎鵊(pìtí)：水鸟，用它的脂肪涂刀剑可防锈。淬(cuì)：染。白鹇(xián)：似山鸡的一种鸟。色白，尾长三尺。

直是荆轲一片心，莫教照见春坊字——这两句是说：这剑简直可以照见荆轲的一片赤诚之心，放在典校图籍的春坊官署是发挥不了作用的。荆轲：战国时卫国人，感燕太子丹知遇之恩，赴秦庭献图刺杀秦王嬴政，未遂被杀。莫教：一本作分明。

捋丝团金悬麗䍡，神光欲截蓝田玉——这两句是说：剑柄上悬挂着用金丝扎的穗子。发出如神的剑光，要在蓝田美玉上一试锋芒。捋(ruó)丝团金：用金丝裹扎成圆形穗子。捋，用双手揉搓。麗䍡(lùsù)：同籙籔，下垂的样子。蓝田玉：陕西蓝田出产的美玉。唐·杜佑《通典》："京兆郡有蓝田县，出美玉。"

提出西方白帝惊，嗷嗷鬼母秋郊哭——这两句是说：宝剑寒光闪闪，拿出来会让西方的白帝惊慌失色，会让鬼母在秋天的原野上嗷嗷大哭。西方白帝：古代神话中的西方神。鬼母秋郊哭：用汉高祖刘邦典。汉·司马迁《史记·高祖本纪》："高祖被酒，夜径泽中，令一人行前。行前者还报曰：'前有大蛇当径，愿还。'高祖醉，曰：'壮士行，何畏！'乃前，拔剑击斩蛇。……后人来至蛇所，有一老妪夜哭。人问何哭，妪曰：'人杀吾子，故哭之。'人曰：'妪子何为见杀？'妪曰：'吾子，白帝子也，化为蛇，当道，今为赤帝子斩之，故哭。'"诗人借此典故说明宝剑的威力。鬼母，一作鬼姥。

一曲剑歌,回肠荡气。自古名剑与侠义英雄相配,这本不为奇。奇就奇在一个小小的文官拥有此宝剑,并能同侠义之士的精神相接。诗人意趣高昂地铺排"剑气",奇诡地将气贯长虹的荆轲精神"嫁接"到春坊的文字之中。从其潜台词中不难发现,为铲除恶势力,文字一样雄健有力。因此,"直是荆轲一片心,莫教照见春坊字"是全诗的点睛之笔。

贵公子夜阑曲

此诗通过描摹贵公子的奢侈淫乐生活,对其进行讽刺。夜阑:夜深。

袅袅沉水烟,乌啼夜阑景。
曲沼芙蓉波,腰围白玉冷。

袅袅沉水烟,乌啼夜阑景——这两句是说:沉香袅袅,夜深乌啼。此时此刻,贵公子还在尽情地游乐。袅袅:缭绕动摇的样子。沉水:香名,又称沉香。三国吴·万震《南州异物志》:"沉水香出日南(今越南顺化一带),欲取,当先斫坏树着地,积久外自朽烂,其心至坚者,置水则沉,名曰沉香。"

曲沼芙蓉波,腰围白玉冷——这两句是说:曲折的沼池里泛起了芙蓉般的波浪,天将放晓,贵公子彻夜冶游,腰带上的白玉佩饰都沾上了冷气。白玉:指腰带上镶嵌的玉饰。

这首诗通篇写景,似无批判之意。然结合题目"贵公子夜阑"五字,可知诗人对贵公子通宵达旦的游乐是有讽刺和揭露之意的。诗末的"冷"字尤为警策,细细玩味,犹如一道冷酷的眼光直刺骄奢淫逸的贵公子,似一把利刃毫不留情地揭露其丑陋的一面。清代浦起龙评价杜甫《丽人行》有"无一刺讥语,描摹处语语刺讥;无一慨叹声,点逗处声声慨叹"的赞语,此语用来评价这首诗也非常贴切。

雁门太守行

这首诗为拟古乐府诗。描写了边塞守军的一次出征,诗人以极其浓艳的色彩,生动地描画出一幅秋夜出征图,着意渲染了出征时沉重的气氛。雁门太守行:乐府旧题,多写边地战事。雁门,秦汉郡名,治所在今山西右玉县南。太守,官名。为一郡之长。行,歌行,古诗的一种体裁。

> 黑云压城城欲摧,甲光向日金鳞开。
> 角声满天秋色里,塞上燕脂凝夜紫。
> 半卷红旗临易水,霜重鼓寒声不起。
> 报君黄金台上意,提携玉龙为君死。

黑云压城城欲摧,甲光向日金鳞开——这两句是说:沉重的乌云压向城楼,仿佛城墙就要被摧垮了似的。太阳透过云隙照在金色的铠甲上,像鱼鳞一样闪动着五光十色的异彩。黑云:黑色的浓云,喻敌军嚣张的气焰。金鳞:古代战甲以金属片缀成,状如鱼鳞,经光线照射闪亮如金。

角声满天秋色里,塞上燕脂凝夜紫——这两句是说:凄凉的号角声响彻原野,原野上到处是一派秋天的景象。边塞上色如胭脂的城墙凝成了黑紫色。角:军中的号角。塞上:一作塞土。燕脂:即胭脂,本是化妆用的红颜料,为燕国所产,故称。凝夜紫:晋·崔豹《古今注》:"秦筑长城,土色皆紫,汉塞亦然,故称紫塞矣。"一说战血凝土为紫色。

半卷红旗临易水,霜重鼓寒声不起——这两句是说:战士们扛着半卷起来的红旗向易水逼进。夜寒霜重,进军的鼓声沉闷不响。易水:河名,在今河北易县、定县之间。

报君黄金台上意,提携玉龙为君死——这两句是说:为了报答君主的知遇之恩,将士们愿意手提宝剑奋勇作战,以身殉国。黄金台:楼台名。故址在河北易县东南。战国时燕昭王筑台,置千金于上,招揽天下贤士。玉龙:指宝剑。

起句不凡,劈空而来,一个"压"字既渲染了敌军的来势凶猛,也突出了守城将士的临危不惧。写景莫若造境,号角满天,万木摇落,第三、四句分别从听觉和视觉突出战血夜凝的残酷氛围。"临易水"既交代了短兵相接的地点,又暗示将士们"风萧萧兮易水寒,壮士一去兮不复还"的激烈壮怀。末两句进一步拓展诗意,表现将士们视死如归、精忠报国的英雄气概。整首诗色彩浓艳,意境苍凉惨烈,可谓深得屈赋《国殇》之神韵。

大堤曲

题解

拟古乐府,诗用少女挽留情人的口吻表达了红颜易老、岁月易逝的感慨。大堤曲:古乐府歌名。起于梁简文帝,所谓《雍州十曲》之一。一说《大堤曲》源于南朝·宋·随郡王刘诞的《襄阳曲》。其词云:"朝发襄阳来,暮至大堤宿。大堤诸女儿,花艳惊郎目。"大堤:堤坝名。《一统志》:"大堤在襄阳府城外。"

妾家住横塘,红纱满桂香。
青云教绾头上髻,明月与作耳边珰。
莲风起,江畔春;大堤上,留北人。
郎食鲤鱼尾,妾食猩猩唇。
莫指襄阳道,绿浦归帆少。
今日菖蒲花,明朝枫树老。

妾家住横塘,红纱满桂香——这两句是说:少女家在横塘,身上的红纱衣时时散发着桂花的芳香。妾:古时女子的谦称。横塘:地名,与大堤相近,其地当在襄阳。红纱:指红纱衣。

青云教绾头上髻,明月与作耳边珰——这两句是说:青云般的黑发绾成高髻,明月般的珠子充作耳环。通过衣饰写女子的容貌之美。绾(wǎn):编系的意思。髻:束发于头顶。珰:用玉珠做的耳环。汉·刘熙《释名》:"穿耳施珠曰珰。"

莲风起,江畔春;大堤上,留北人——这四句是说:风从莲叶上刮过,江边仿佛是春天的景象。送别的大堤上,少女苦苦挽留北归的行人。

郎食鲤鱼尾,妾食猩猩唇——这两句是说:往日,我们相亲相爱,互相敬重。鲤鱼尾、猩猩唇:都是佳肴美味。秦·吕不韦《吕氏春秋·本味》:"肉之美者,猩猩之唇。"

莫指襄阳道,绿浦归帆少——这两句是说:不要指着通往襄阳大道说何时回来啊,你没看到绿色的渡口中归来的船帆日渐稀少吗?

今日菖蒲花,明朝枫树老——这两句是说:今天还是菖蒲花开的盛夏,明天就是枫叶凝红的深秋了。言下之意,时光易逝,红颜易老,应及时行乐。菖蒲花:一作菖蒲短。

经过诗人的刻意渲染,诗中的女性竟如此大胆可爱,她知道自己的美丽,也更懂得红颜易老。本来时光飞逝,"今日菖蒲花,明朝枫树老",再加上刻骨的"相思令人老",所以她不甘离别,要把最美丽的时光和情人共享,于是在襄阳路旁苦苦挽留。这首诗的语言自然流畅、平白如话,深得古乐府之神韵。细细玩味,诗中是否隐含了李贺别有寄托的情怀呢?

蜀国弦

这是一首拟乐府诗。蜀国弦:古乐府诗题。唐·吴兢《乐府古题要解》:"《蜀道难》备言铜梁、玉垒之险,又有《蜀国弦》与此颇同。"

枫香晚花静,锦水南山影。
惊石坠猿哀,竹云愁半岭。
凉月生秋浦,玉沙粼粼光。
谁家红泪客,不忍过瞿塘。

枫香晚花静,锦水南山影——这两句是说:幽静的夜晚,枫香弥漫,花朵摇曳。南山倒映在锦江上。枫香:枫叶发出的香味。晋·郭璞《尔雅注》:"枫树似白杨,叶圆而歧,有脂而香。"锦水:又名锦江。岷江支流,流经四川成都平原。宋·乐史《太平寰宇记》:"濯锦江即蜀江。江水至此,濯锦,锦彩鲜润于他水,故曰濯锦江。"

惊石坠猿哀,竹云愁半岭——这两句是说:嶙峋的山石摇摇欲坠,攀援在山中的猿猴发出凄切的哀鸣。山上的竹林笼罩在愁惨的烟云中。坠:一作堕。猿哀:猿猴发出凄惨的啼叫声。北魏·郦道元《水经注》:"每至晴初霜旦,林寒涧肃,常有高猿长啸,属引凄异,空谷传响,哀啭久绝,故渔者歌曰:'巴东三峡巫峡长,猿鸣三声泪沾裳。'"竹云:一作行云。

凉月生秋浦,玉沙粼粼光——这两句是说:凉月照到秋水上,照亮水底的白沙,发出粼粼的寒光。粼粼:指水清澈的样子。此指月光照到水底的细沙,使其发出闪亮的光芒。汉·许慎《说文解字》:"水生石间粼粼也。"

谁家红泪客，不忍过瞿塘——这两句是说：不知是谁家的少女，因舍不得离开乡土，哭泣着不忍越过瞿塘。红泪客：指流泪的女郎。前秦·王嘉《拾遗记》："薛灵云闻别父母，歔欷累日，泪下沾衣，至升车就路之时，以玉唾壶盛泪，壶则红色，既发常山，及至京师，壶中泪凝如血。"瞿塘：瞿塘峡，长江三峡之一，今属重庆市，为长江三峡之首。峡谷险峻，两崖对峙，中贯一江，自古为入蜀的门户。

蜀地的奇山异水激起李贺极大的兴趣。全诗以"枫香"二字领起，通过调动人的视觉和嗅觉写蜀地的秀美。在诗人的笔下，夕阳下与红枫相映的花朵、锦江中的山影无不给人以诗情画意般的静谧之感。第三、四句笔锋一转，陡然托出蜀地的峭拔险峻之势。"惊石坠"与"猿哀"相对，"竹云愁"与"半岭"相对，在调动视觉和嗅觉的同时，又将音响嵌入画面。此二句与首两句对应，一写蜀地的秀美，一写蜀地的壮美，可谓是相映成趣。第五、六句回转，与首两句呼应，通过"凉月"、"秋浦"、"玉沙"、"粼粼光"等意象的连缀，进一步渲染蜀地秀美的山川。使人从第三、四句的惊险中走出，对蜀地山水留下深刻而美好的记忆。末两句以反诘语总结全诗，"谁家"回扣前六句，既点明告别父母、即将走出蜀地的"红泪客"的身份，同时托出"不忍过瞿塘"的诗句，以突出对家乡的依恋。诗一波三折，可谓是韵味十足。

苏小小墓

题解

这首诗通过绮丽的幻想，塑造了一个美丽而又森冷的女鬼形象。苏小小墓：钱塘名妓苏小小的坟墓。宋·沈建《乐府广题》："苏小小，钱塘名娼也。盖南齐时人。"宋·祝穆《方舆胜览》："苏小小墓，在嘉兴县西南六十步。乃晋之歌妓。"

幽兰露，如啼眼。
无物结同心，烟花不堪剪。
草如茵，松如盖。
风为裳，水为珮。
油壁车，夕相待。
冷翠烛，劳光彩。
西陵下，风吹雨。

幽兰露,如啼眼——这两句是说:墓旁的兰花沾满了幽凄的寒露,它就像苏小小哭红的眼睛。

无物结同心,烟花不堪剪——这两句是说:没有什么信物可以让她和情郎结为同心,那虚幻迷濛的烟雾无法和情郎共剪。结同心:用花草或别的东西打成连环回文样式的结子,表示爱情坚贞如一。古乐府《苏小小歌》云:"我乘油壁车,郎乘青骢马。何处结同心?西陵松柏下。"

草如茵,松如盖。风为裳,水为珮——这四句是说:芊芊绿草如同茵褥;亭亭青松如同伞盖。春风拂拂,是她的衣袂飘飘;流水叮咚,是她的环珮声响。茵:垫子。盖:车盖,车上遮阳防雨的伞盖。珮:衣服上悬挂的玉饰。

油壁车,夕相待——这两句是说:准备好油壁车,终日等待情郎的归来。油壁车:以青油涂壁的车子。一说车厢用油布蒙饰起来的车子。夕:一作久。

冷翠烛,劳光彩——这两句是说:那幽冷翠绿的烛光,徒然闪耀着冷艳的光彩,爱人不来,也无人和她在烛光中共话相思。冷翠烛:冷绿色的烛光,指磷火,俗称鬼火。磷光幽冷而色绿,故称"冷翠烛"。劳:徒然。

西陵下,风吹雨——这两句是说:西泠桥下,凄风吹落一片冷雨。西陵:今杭州西泠桥一带。旧称西陵。风吹雨:一作风雨吹。

李贺"鬼"诗,别具一格,后人论述莫衷一是,他因此被人目为"鬼才"、"鬼仙"。《苏小小墓》是其中有代表性的篇什之一。"幽"字总领全诗,既呼应了题中的"墓"字,又指出了人鬼隔世"结同心"的不可能。这样,就为全诗定下了凄婉哀怨的基调。"烟花"二字极佳,墓地幽花与凄艳的氛围拧结,为塑造女鬼苏小小冷艳而又孤寂的形象作了必要的铺垫。中间"草如茵"六句,写景状物,期待中的失落与屈原《九歌·山鬼》有异曲同工之妙。尾四句,以写景代写人,凄风苦雨,鬼火森冷,飘零无依的艺术形象跃然纸上。

梦 天

这是一首梦中登天的游仙诗。梦天:梦中登天。

老兔寒蟾泣天色,云楼半开壁斜白。

玉轮轧露湿团光,鸾珮相逢桂香陌。
黄尘清水三山下,更变千年如走马。
遥望齐州九点烟,一泓海水杯中泻。

老兔寒蟾泣天色,云楼半开壁斜白——这两句是说:天光月色,明净如水。月宫的大门半开半掩,皎洁的月光斜照在云壁上。老兔寒蟾:兔和蟾,都是指月。宋·李昉等《太平御览》卷九零七引《典略》:"兔者,明月之精。"又卷九四九引张衡《灵宪》:"羿请不死之药于西王母,姮娥窃之以奔月。遂托身于月,是为蟾蜍。"所以民间把月中的黑影叫做蟾,也叫做兔。蟾蜍,蛤蟆的一种。蟾,蟾蜍的简称。泣天色:天光月色,明净如水。云楼:指月宫。壁斜白:指月光斜照在墙壁上,一片洁白。

玉轮轧露湿团光,鸾珮相逢桂香陌——这两句是说:玉制的车轮被冷露沾湿,已经是深夜时候了,在桂花飘香的月宫大路上我遇到了腰系玉佩的嫦娥。玉轮:玉制的车轮,指月亮。轧:辗。鸾珮:刻有鸾鸟形状的玉佩,借指腰系玉佩的月宫嫦娥。桂香陌:月宫里的大路。因为月宫里有桂树,所以一路上桂子飘香。

黄尘清水三山下,更变千年如走马——这两句是说:从天上向下看,环绕三神山的陆地一会儿变成沧海,一会儿又变成桑田,千年来的沧桑之变,像马儿疾驰那样地迅速。黄尘:此指陆地。清水:此指海洋。三山:传说大海中有三座神山。晋·葛洪《神仙传》:"海上有三神山:曰蓬莱、曰方丈、曰瀛洲。"走马:言时间过得飞快,如同骏马奔驰,转眼间无影无踪。晋·葛洪《神仙传》:"麻姑云:接待以来,见东海三为桑田;向到蓬莱,水又浅于往日会时略半耳,岂将复为陵陆乎?"这里化用其意。

遥望齐州九点烟,一泓海水杯中泻——这两句是说:从天上往下看,辽阔的九州像九点烟尘;浩瀚的大海像倒在杯中的水。齐州:九州,指中国。九点烟:古代中国分为九州,从天上俯视九州,小得像九点烟尘。一泓:一汪,一片。泓,水深而清的样子。

全诗紧扣"梦"字,写梦游天空时所见。首四句写游月宫所见,以浪漫的手法描绘了一个碧净如洗的宁静世界。第五、六句笔锋一转,由天上俯视人间巨变,沧海桑田,迅捷如跑马一般。天上才一日,世上已百年。诗人将不同的时空观糅合到一起,便使得辽阔的九州和浩瀚的大海渺小得像九点烟和一杯水一般。诗意雄阔超迈,人世间的感慨在思索中得到生发。

唐儿歌

题解

这首诗赞美了唐儿。旧注:"杜邠公之子。"唐·韦庄《又玄集》作"杜家唐儿歌"。唐儿:杜邠公杜黄裳之子。后晋·刘昫等《旧唐书·杜黄裳传》:"杜黄裳字遵素,京兆杜陵人也。登进士第、宏辞科,杜鸿渐深器重之。为郭子仪朔方从事,子仪入朝,令黄裳主留务于朔方……寻拜平章事……封邠国公……载(杜载,杜黄裳子)为太子仆,长庆中,迁太仆少卿、兼侍御中丞。充入吐蕃使。载弟胜,登进士第,大中朝位给事中。"按,唐玄宗以幽类幽,改邠。

> 头玉硗硗眉刷翠,杜郎生得真男子。
> 骨重神寒天庙器,一双瞳人剪秋水。
> 竹马梢梢摇绿尾,银鸾睒光踏半臂。
> 东家娇娘求对值,浓笑书空作唐字。
> 眼大心雄知所以,莫忘作歌人姓李。

新解

头玉硗硗眉刷翠,杜郎生得真男子——这两句是说:唐儿的头骨隆起,眉毛如刷上一抹翠色,真是杜家的好男儿。头玉:头骨如玉。硗硗(qiāo):坚硬的样子。这里指头骨隆起,一副异相。眉刷翠:指眉色如翠。真:一作奇。

骨重神寒天庙器,一双瞳人剪秋水——这两句是说:唐儿体态稳重,神奇沉静,眼睛清澈流转如秋水,堪称朝廷的栋梁之材。骨重:不轻而稳。神寒:不躁而静。天庙器:供宗庙而荐鬼神之器。此指栋梁之材。

竹马梢梢摇绿尾,银鸾睒光踏半臂——这两句是说:唐儿骑着竹马跳跃奔跑,竹马露出绿色的尾梢,摇摇晃晃。背心上画着银色的鸾鸟,一闪一闪地上下跳跃。睒(shǎn):眨巴眼,这里作闪字解。半臂:即现在的背心。银鸾:清·王琦注为半臂上用银粉画的鸾鸟,本也可通,但黎简说是项圈下的坠子,似乎更确切,因为小儿一跳跃,银坠便一摆动,银鸾仿佛在半臂上一踏一踏似的,所以用"踏"字。

东家娇娘求对值,浓笑书空作唐字——这两句是说:东家女孩希望和他结为小夫妻,他嫣然一笑用手指在空中写了个"唐"字。娇娘:指娇小的姑娘。对值:犹匹偶。书空:一作画空。指用手指在空中写字。唐·房玄龄等《晋书·殷浩传》:"终日书空作咄咄怪事。"

眼大心雄知所以，莫忘作歌人姓李——这两句是说：像这样眼界高远、心有雄伟大志的孩子，将来肯定会有成就的。到那时候，你可别忘了有一个姓李的人曾写诗称赞你啊。

【新评】

天真无邪的儿童常常被文人写入诗中，为古代文学注入一股醇美的童趣。左思的《娇女诗》、李商隐的《骄儿诗》都是这类题材的优秀作品。李贺的《唐儿诗》亦不例外，也是同类题材中的佳作。不过，李贺不是在写自己的儿女，而是写一国公之子。在这里，李贺集中笔墨写其活泼可爱的一面，骑竹马嬉戏，在空中写唐字，可掬之憨态历历在目。同时又以看其骨相补足，以"真男子"、"天庙器"称赞唐儿为栋梁之材。末句为戏言，"莫忘作歌人姓李"，给这首诗增添几分诙谐的情调。

绿章封事

【题解】

此诗由观吴道士夜醮，抒发了寒士落寞孤苦的不平之气。绿章：青词，是道士祭天时，在青藤纸（绿纸）上用朱笔写成的奏文。封事：古代臣子向皇帝上奏章时，为防止泄漏其中的内容，把它装袋封口。这里指道士上给天帝的表章。题注："为吴道士夜醮作。"醮（jiào）：俗称打醮。道士祭告天帝的一种仪式。目的在于祈求消灾赐福。

　　青霓扣额呼宫神，鸿龙玉狗开天门。
　　石榴花发满溪津，溪女洗花染白云。
　　绿章封事咨元父，六街马蹄浩无主。
　　虚空风气不清泠，短衣小冠作尘土。
　　金家香衖千轮鸣，扬雄秋室无俗声。
　　愿携汉戟招书鬼，休令恨骨填蒿里。

【新解】

青霓扣额呼宫神，鸿龙玉狗开天门——这两句是说：道士叩头呼唤天宫中的神灵，守卫天宫的鸿龙、玉狗把天门打开了。青霓：一作青猊。绣有云霓的青色道袍，代指道士。扣额：叩头。扣，同叩。鸿龙玉狗：守天门的神兽。

石榴花发满溪津，溪女洗花染白云——这两句是说：石榴花开满了溪头和渡口，清新洁白的花瓣像被美丽的溪女洗过一样，映照着天上的白云。

绿章封事咨元父，六街马蹄浩无主——这两句是说：消灾度厄的道士上表禀告天帝:瘟疫流行,长安城里一片混乱,失去主人的马匹相逐而行。咨(zī):询问,此指禀告。元父:元气之父,即天帝。六街:代指长安。唐时长安有左右六街。

虚空风气不清泠,短衣小冠作尘土——这两句是说:空气十分浑浊,老百姓大都化作了尘土。虚空风气:即空气。清泠(líng):清爽,洁净。短衣小冠:指普通人,与身着长袍大冠的达官贵人相对而言。作尘土:化为尘土。

金家香衖千轮鸣,扬雄秋室无俗声——这两句是说:显贵人家的门前终日车流不断,传来隆隆的车轮声。寒士扬雄门前冷落,从书房中传出了琅琅的读书声。金家:泛指显贵人家。金日磾(mì dī)原是匈奴休屠王太子,汉武帝时归顺,为汉武帝的侍卫、近臣,功勋显著,儿孙几代显贵。香衖(xiàng):豪华的里巷,指达官贵人的住宅区。扬雄:字子云,汉代著名文士,常闭门读书,生活贫寒。这里代指一般寒士。秋室:指冷落的书屋。无俗声:没有繁杂的应酬声,即只有读书声。

愿携汉戟招书鬼,休令恨骨填蒿里——这两句是说:愿手持汉戟为书生招魂,免得让他的遗骨埋葬在蒿草丛生的墓地,留下千古遗恨。汉戟(jǐ):指扬雄做郎官(侍卫官)时所执的兵器。传说招魂时要用死者生前熟识的器物。书鬼:书生的鬼魂。蒿里:古时死人的葬地,即墓地。

诗人有感而发,由吴道士夜醮而触发一腔心事。首四句纵笔铺排天宫绚丽的景象,激起人们的神往之情。中四句把人间苦难上告天帝。在对比中,使天宫的清丽与人间的混浊形成巨大的反差。尾四句承上语意,把人间的浑浊具体化为达官贵人的骄奢和寒士的落寞,在鲜明的对立之中诉说人间的不平。最后,收笔于招魂,与开端祭天遥相呼应,进一步点明打醮的用意。

河南府试十二月乐词并闰月

这是应府试而作的一组命题之诗,分咏了一年十二月及闰月的不同节候特征。艺术上不拘一格,富于变化,时出新意。元·孟昉评曰:"读李长吉《十二月乐词》,其意新而不蹈袭,句丽而不惝淫,长短不一,音节亦异。"

正月

上楼迎春新春归,暗黄著柳宫漏迟。
薄薄淡霭弄野姿,寒绿幽风生短丝。
锦床晓卧玉肌冷,露脸未开对朝暝。

官街柳带不堪折,早晚菖蒲胜绾结。

上楼迎春新春归,暗黄著柳宫漏迟——这两句是说:登上高楼迎新春,满眼春色拂面而来。你看,那柳枝已染上淡淡的黄色,白昼开始渐渐变长。上楼迎春新春归:一作正月上楼迎春归。宫漏迟:天渐长的意思。宫漏,古时用铜壶贮水,分层漏滴,以计时刻。

薄薄淡霭弄野姿,寒绿幽风生短丝——这两句是说:薄薄的云雾掠过原野,小草在春风的吹拂下生出细丝般的嫩芽。幽风:一作幽泥。因正月风尚寒冷,所以称作"幽风"。

锦床晓卧玉肌冷,露脸未开对朝暝——这两句是说:锦床上晓睡的美人,睡梦中感觉到丝丝的春寒,矇眬的睡眼对着即将来临的曙光。脸:应为"睑",即上下眼皮。暝:晦暗。

官街柳带不堪折,早晚菖蒲胜绾结——这两句是说:早晨,街道两旁的柳枝还不堪攀折,到了晚上,生长很慢的菖蒲都已经可以挽结了。官街:指大街,因为是公家建筑的,所以称"官街"。

春色渐近,万物都笼罩在朦胧的春意之中。"新春"点出时节,"著"字传神,淡得几乎看不见的黄色似乎是用画笔点染到柳枝上一样。"弄"字赋予春姿以人的精神,和张先的名句"云破月来花弄影"之"弄"字有异曲同工之妙。末两句写春天来得迅捷。早晨,街道两旁的柳条因细嫩还不堪攀折,但到了晚上,生长在野外的菖蒲已能挽结。诗情景相谐、极有韵味。另外,这一组诗在写景中多写闺情。对此,清人朱潮远评道:"诸诗(《十二月乐词》)大半闺情多于宫景,妇人静贞,钟情最深。三百篇夏日冬夜,有不自妇人口中出者乎?以此阅诗,可以怨矣。"

二 月

二月饮酒采桑津,宜男草生兰笑人,
蒲如交剑风如薰。
劳劳胡燕怨酣春,薇帐逗烟生绿尘。
金翘峨髻愁暮云,沓飒起舞真珠裙。
津头送别唱流水,酒客背寒南山死。

二月饮酒采桑津，宜男草生兰笑人，蒲如交剑风如薰——这三句是说：天气渐暖，人们相约郊游，在津头饮酒；宜男草生得正盛，兰花开放，笑脸迎接游人。蒲叶渐长，交叉似剑，春风柔暖，含着香气。二月句：一作饮酒采桑津。采桑津：渡口，在今山西乡宁西。《左传·僖公八年》："晋里克帅师，梁由靡御，虢射为右，以败狄于采桑。"晋·杜预注："平阳北屈县西南有采桑津。"宜男草：植物名，金针菜。晋·周处《风土记》："鹿葱，宜男草也，高六七尺，花如莲，怀妊妇人带佩必生男。"宋·罗愿《尔雅翼》："萱草又名宜男草。"交剑：一作绞刀。薰：香气，暖气。汉·司马迁《史记·乐书》："南风之薰兮，可以解吾民之愠兮。"

　　劳劳胡燕怨酣春，薇帐逗烟生绿尘——这两句是说：忙碌的燕子呢喃不休，仿佛在诉说着春风的怨情，设在郊外的蕙帐仿佛在挑逗烟雾，时隐时现在绿色的尘烟之中。胡燕：一作莺燕。南朝梁·陶弘景《神农本草经集注》："斑黑而声大者是胡燕。"酣春：是说春气舒畅。薇帐：犹言兰幄、蕙帐，这里指郊游所设的帐幔。生绿尘：一作香雾昏。

　　金翘峨髻愁暮云，沓飒起舞真珠裙——这两句是说：远远望去，金簪上翘起的高髻如同一团团暮云，美人身着真珠裙踏歌起舞，如梦如幻。翘：即钗翘。峨髻：一作蛾髻。即高髻。三国魏·曹植《洛神赋》："云髻峨峨，修眉联娟。"沓飒：形容舞姿优美。真珠裙：饰有珍珠的裙子。唐·李延寿《北史·后妃列传下》："武成为胡后造真珠裙袴，所费不可称计，被火烧。"

　　津头送别唱流水，酒客背寒南山死——这两句是说：渡口送别时唱起《流水》，寂静的南山如同死去一般，刚才还在豪饮的酒客独自忍受着二月的风寒。此用游客散后，山野的空寂来反衬游春的喧闹。流水：歌曲名。

　　仲春时节，结伴同游津渡，"笑"字写出了兰花绽放的绚烂。勤劳的燕子飞来飞去，增添无限生机。远远望去，设在郊外的帷帐仿佛在挑逗烟雾，时隐时现；再看近处，"金翘峨髻"翩翩起舞，所有的这一切，构成了一幅生动的春游画面。然而，欢聚是愉快的，但也总有分离的时候，分别前唱上一曲《流水》，离别后的空寂真让人难以承受。这首诗，情景交融，缔造了诗意朦胧的"有我之境"。

三　月

　　东方风来满眼春，花城柳暗愁杀人。
　　复宫深殿竹风起，新翠舞衿净如水。
　　光风转蕙百馀里，暖雾驱云扑天地。

军装宫妓扫蛾浅,摇摇锦旗夹城暖。
曲水漂香去不归,梨花落尽成秋苑。

东方风来满眼春,花城柳暗愁杀人——这两句是说:一夜东风,春色满眼。花朵簇拥宫城,绿柳成荫,给人带来了伤春之愁。柳暗:一作柳禁。是说柳树已成浓荫。愁杀人:一作愁几人。

复宫深殿竹风起,新翠舞衿净如水——这两句是说:春风吹拂一座座幽深的宫殿,送来阵阵竹香。翠绿的新竹明净如水,随风起舞。复宫:犹深宫。新翠舞衿:言新竹像穿上舞衣一样随风而舞。舞衿:舞衣。衿,衣服的斜领,又叫小襟。

光风转蕙百馀里,暖雾驱云扑天地——这两句是说:和风百里,拂过兰蕙,把和暖的香雾吹向天地的每一个角落。光风转蕙:言雨后天晴,阳光明媚,草木沐浴在阳光之中,和煦的轻风拂过兰蕙草。战国楚·屈原《招魂》:"光风转蕙,泛崇兰些。"汉·王逸注:"光风谓雨已日出而风,草木有光也。转,摇也。"

军装宫妓扫蛾浅,摇摇锦旗夹城暖——这两句是说:穿着军装的宫女淡扫蛾眉,锦旗飘扬在夹城中,喧闹非常,弥漫着一股暖气。军装宫妓:指穿着军装的宫女。蛾:指蛾眉。蚕蛾触须细长而曲,所以古人用来比女子的长眉。夹城:唐代著名的宫苑建筑。宋·程大昌《雍录》:"开元(唐玄宗年号,713—742)二十年,筑夹城,通芙蓉园,自大明宫夹东罗城复道,由通化门、安兴门,次经春明门、延喜门,又可以达曲江芙蓉园,而外人不知也。"

曲水漂香去不归,梨花落尽成秋苑——这两句是说:曲江四处飘香,春游的人流连忘返,久久不愿离去。雪白的梨花落到地面,将整个宫苑装点成秋天的模样。曲水:曲江,唐代著名的宫苑。在今陕西西安南。秋苑:一作愁苑。

这首诗着力写宫中的春来春往。人皆爱春,春来之时游春人盛,宫中更是如此。皇帝出游,声势浩荡,宫女、锦旗左拥右护,春日为之升温。"摇摇"写出了游春队伍的气势,尽显皇家威武。曲江之水荡漾着春满意得的香波,然而,诗人犹嫌不足,又以"梨花落尽"给富有万紫千红的"满眼春"添上白色,使满园的春色更富有诗意。很有意味的是,诗最后收句于"秋苑"二字,如将此二字与前面的"愁"字对应起来看,应该说,在这首诗中,诗人还表达了伤春的情绪,是在借宫女伤春写自己的感伤。

四 月

晓凉暮凉树如盖,千山浓绿生云外。

依微香雨青氤氲,腻叶蟠花照曲门。

金塘闲水摇碧漪,老景沉重无惊飞,

堕红残萼暗参差。

新解

晓凉暮凉树如盖,千山浓绿生云外——这两句是说:四月的早晚透着凉气,此时,绿树如撑起的巨伞,连绵起伏的群山一片浓绿,与白云遥相呼应。

依微香雨青氤氲,腻叶蟠花照曲门——这两句是说:深户内的石榴花开得正艳,雨打树上,花香四溢。青氤氲:一作过清氛,又作青氲氲。氤氲(yūn),形容气盛的样子。腻叶蟠花:指石榴树绿油油的叶子和重叠的花瓣。曲门:犹言深户。

金塘闲水摇碧漪,老景沉重无惊飞,堕红残萼暗参差——这三句是说:石砌的池塘里碧波荡漾,浓绿之处,看不见鸟儿惊飞,只留下遍地的残红和蔫萎的花朵错落相间。金塘:用石头砌成的池塘,形容坚固若金。漪:水纹。老景:夏景。入夏后,绿色苍郁,故以"老景"相称。沉重:一作沉帖。惊飞:指落花飞舞。萼:花瓣的外部,花瓣凋落后,残存枝头,俗称花蒂。堕红:指蔫萎下垂的残花。暗参差:指花叶茂盛,错落不齐。

新evaluator

春去夏来,虽然几朵不甘谢去的残花还在枝头作最后的回望,然而,夏天的浓绿还是无情地代替了春日的红艳。红红的石榴花在春花落尽之后开放了,"待浮花浪蕊都尽,伴君幽独"(苏轼《贺新郎》),万绿丛中一点红,自然别有意趣。细品此诗,最大的特色是浓笔设色。如第二句在"绿"字前加一"浓"字,"浓"字前冠以"千山","绿"的后面又用"生云外"三字继续着色,色彩的绚丽仅用七个字就丰富地表现出来了。又如写季节转换时,以"老景沉重"说明"金塘闲水摇碧漪",随后又用"堕红残萼暗参差"一语补足夏日色调浓厚的意境。此外,诗成功地应用了通感手法。如视觉中的雨打榴花却出之以嗅觉,令人似闻雨点之"香"。又如写树叶油绿,用"腻叶"一词打通人的视觉和触觉之间的隔膜。

五 月

雕玉押帘额,轻縠笼虚门。

井汲铅华水,扇织鸳鸯纹。

回雪舞凉殿,甘露洗空绿。

罗袖从徊翔,香汗沾宝粟。

雕玉押帘额,轻縠笼虚门——这两句是说:雕玉的镇押装饰在门帘的额头上,轻纱质地的门帘挂在敞开的房门上。雕玉:以雕玉为饰,作门帘的镇押。汉·班固《汉武故事》:"以白珠为帘,玳瑁押之。"帘额:一作帘上。轻縠:薄纱。以薄纱为帘帷。

井汲铅华水,扇织鸳鸯纹——这两句是说:从井中打上清澈碧绿的井水,手中拿着绣着鸳鸯的纨扇。铅华水:指水色深碧,如铅一般的光华。《神农本草经》:"凡井以黑铅为底,能清水散结,人饮之无疾。"又,"井水以平旦第一汲为井华水"。

回雪舞凉殿,甘露洗空绿——这两句是说:在凉荫的宫殿中舞动如雪般的舞袖,就像碧绿的甘露一样从天而降。回雪:指舞袖。汉·张衡《舞赋》:"裾若飞燕,袖如回雪。"空绿:指天空青绿。

罗袖从徊翔,香汗沾宝粟——这两句是说:飞动的舞袖来回地飞翔着,舞女的香汗像晶莹的米粒滚滚而下。罗袖从徊翔:一作罗绶从风翔。宝粟:古人在金玉珮玦上雕琢细粒,如粟状,以为花饰。这里指汗珠。

仲夏来临,那些达官贵人是怎样避暑的呢?这首诗描述了他们追求声色享受的情况。首句以"雕玉"二字点明描写对象的身份。后四句描绘了舞蹈的场面,优美的舞姿,给人以诗意般的美感。在"凉殿"中跳舞依旧"香汗"淋漓,可见天气是炎热的。那么,是谁在看舞蹈呢?诗人没有说,但从描绘的场景看,自然不是一般人。也就是说,李贺在引导我们看一场精彩的舞蹈时,从一个侧面抨击了耽于声色的达官贵人。真可谓不著一字,尽得风流。

六 月

裁生罗,伐湘竹,
帔拂疏霜簟秋玉。
炎炎红镜东方开,
晕如车轮上徘徊,
啾啾赤帝骑龙来。

裁生罗,伐湘竹,帔拂疏霜簟秋玉——这三句是说:裁剪薄纱作披肩,仿佛披着一层淡淡的秋霜。劈伐湘竹作席子,仿佛睡在凉玉上一般。湘竹:斑竹。宋·僧赞宁《笋谱》:"舜死,二妃泪下,染竹成斑。"妃死为湘水之神,所以称湘妃竹,或湘竹。

帔(pèi)：披肩。簟(diàn)：竹席。

炎炎红镜东方开，晕如车轮上徘徊，啾啾赤帝骑龙来——这三句是说：火球般的太阳从东方升起，像车轮一样的太阳在空中徘徊。隆隆的响声呼啸而过，原来是赤帝骑龙走来了。红镜：指太阳。啾啾：龙鸣声。赤帝：指祝融。晋·葛洪《枕中书》："祝融氏为赤帝。"《山海经·海外南经》："南方祝融，兽身人面乘两龙。"按，祝融为火神，主炎热。《礼记·月令》："孟夏之月，其神祝融。"所以俗称夏天为祝融当令。

诗别具一格，先从薄纱披肩、湘妃竹席入笔，以"霜"、"秋玉"为铺垫，通过描述清凉的景象，为下面写六月的炎热蓄势。在诗人的笔下，初升的太阳如同火球一般炙热，更何况还在空中徘徊一天呢！面对此情此景，万物将要遭受怎样的煎熬！在这里，诗人展开丰富的想像，通过对比、反衬、夸张等手法渲染了夏日的炎热。

七　月

星依云渚冷，露滴盘中圆。
好花生木末，衰蕙愁空园。
夜天如玉砌，池叶极青钱。
仅厌舞衫薄，稍知花簟寒。
晓风何拂拂，北斗光阑干。

星依云渚冷，露滴盘中圆——这两句是说：天河星悬，微有冷意，承露盘中滴满了圆圆的露珠。云渚：即天河。盘：指汉武帝时的仙人承露盘。

好花生木末，衰蕙愁空园——这两句是说：芙蓉开得正盛，败落的蕙兰愁容满面地对着空荡荡的园子。好花：指木芙蓉，落叶灌木，干高四五尺，俗简称芙蓉。晋·傅玄《怨歌行》："芙蓉生木末。"衰蕙：衰败的蕙兰花。蕙兰夏日最盛，故云。空园：一作故园。

夜天如玉砌，池叶极青钱——这两句是说：月夜层云犹如玉砌的台阶，池中荷叶小如青钱。砌：石阶。云层叠积，月光照射，形状如玉。青钱：指荷叶。唐·杜甫《漫兴》："点溪荷叶叠青钱。"

仅厌舞衫薄，稍知花簟寒——这两句是说：因嫌舞衫单薄，可知睡在织花的竹席上已有凉意。花簟：织有花纹的竹席。

晓风何拂拂，北斗光阑干——这两句是说：清晨吹来阵阵凉风，此时北斗横斜，天已破晓。阑干：横斜的样子。古诗《善哉行》："月没参横，北斗阑干。"拂晓时，北斗七星倾斜到天边,故有"光阑干"之说。

观察细腻。第六句用"极"字,写荷叶初生尚小,如同一枚小小的青钱。第七、八句用"仅厌"、"稍知"数字,巧妙地写出了乍凉还热的微妙细节。经此,新秋所带来的气候变化已真切可感。

八 月

孀妾怨长夜,独客梦归家。
傍檐虫缉丝,向壁灯垂花。
帘外月光吐,帘内树影斜。
悠悠飞露姿,点缀池中荷。

孀妾怨长夜,独客梦归家——这两句是说:独居的离妇怨恨黑夜太长,梦中仿佛看到客居他乡的游子回到家中。孀妾:一作宫妾。

傍檐虫缉丝,向壁灯垂花——这两句是说:檐梁上悬挂着蛛丝,面向墙壁的油灯,垂下了没人剪去的灯花。虫:指蜘蛛。一说指莎鸟,其鸣声如纺丝,故俗称纺织婆。缉丝:一作织丝。

帘外月光吐,帘内树影斜——这两句是说:月光明亮,横斜的树影映入帘内。帘内:一作帘中。

悠悠飞露姿,点缀池中荷——这两句是说:空中飘落的露水,点缀到荷花上,更增添了荷花的风姿。悠悠:闲静的样子。

李贺作诗力避陈言,不作人云亦云语。明代余光云:"二月送别不言折柳,八月不赋明月,九月不咏登高,皆避俗法。"此诗从"怨"字入笔,写相思离别之情。八月正是中秋月圆的时节,"每逢佳节倍思亲",诗人别开生面地写独守空房的离妇梦见离人回乡,既道出了离妇思远之情,也突出了离妇内心的孤寂。末四句宕开一笔,写八月秋凉之景,深化了凄怨孤独的情感内涵。

九 月

离宫散萤天似水,竹黄池冷芙蓉死。

月缀金铺光脉脉,凉苑虚庭空澹白。
露花飞飞风草草,翠锦斓斑满层道。
鸡人罢唱晓珑璁,鸦啼金井下疏桐。

【新解】

离宫散萤天似水,竹黄池冷芙蓉死——这两句是说:蓝天似水,寂寞的离宫中只有少许飞萤。竹叶泛黄,冰冷的池塘中只有干枯的荷叶。离宫:天子出游时临时住的宫殿。《三辅黄图》:"离宫,天子出游之宫也。"散萤:一作散云。七、八月间萤还很多,到九月就消失殆尽了。芙蓉:指荷花。

月缀金铺光脉脉,凉苑虚庭空澹白——这两句是说:月光冷冷地斜照在金铺上,空荡荡的宫苑里只留下一片淡淡的白光。金铺:铜铺首,指门环下面的圆形铜片。宋·毛晃、毛居正《增韵》:"所以衔环者,作龟蛇之形,以铜为之,故曰金铺。"一说是金铺首的省称。

露花飞飞风草草,翠锦斓斑满层道——这两句是说:霜露飞坠,凉风萧飒,树叶红黄相间,像斑斓的锦翠布满了高低不平的道路。露花:一作霜花。指露水凝聚成霜花。层道:道旁的地面高低不平,望去像有层次一样,故曰"层道"。

鸡人罢唱晓珑璁,鸦啼金井下疏桐——这两句是说:鸡人报晓后,乌鸦在井旁悲啼,稀疏的桐叶不时地飘落。鸡人:司晨报晓的官员。《周礼·春官·鸡人》:"鸡人掌共鸡牲,辨其物。大祭祀,夜呼旦以叫百官。"汉·应劭《汉官仪》:"宫中不畜鸡。卫士候朱雀门外,专传鸡鸣于宫中。"按:卫士闻鸡鸣则唱《鸡鸣歌》,以报晓。珑璁:这里指晓色,犹朦胧意。

宋玉《九辩》云:"悲哉,秋之为气也!萧瑟兮草木摇落而变衰。"这首诗描绘了一幅萧瑟苍凉的深秋图画。"散萤"、"竹黄"、"芙蓉死"、"露华"、"鸦啼"、"疏桐"都是非常典型的深秋景象,连缀到诗中,使整幅画面充满了飒飒凉意。诗人用"冷"、"死"、"凉"、"虚"、"空"等幽冷的字点缀其中,给诗平添了几分清幽。

十 月

玉壶银箭稍难倾,缸花夜笑凝幽明。
碎霜斜舞上罗幕,烛笼两行照飞阁。
珠帷怨卧不成眠,金凤刺衣著体寒,
长眉对月斗弯环。

玉壶银箭稍难倾,缸花夜笑凝幽明——这两句是说:天气渐冷,玉壶中的漏水似乎也不再流畅。灯光若明若暗,十分微弱。玉壶银箭:古人计时用铜壶滴漏。壶里贮上水,中置一竹箭,箭上刻着度数,随水的漏减看箭上的度数,以辨明时刻早晚。玉壶银箭指壶漏装饰华美。缸花:灯花。

碎霜斜舞上罗幕,烛笼两行照飞阁——这两句是说:零落的霜花飘落到帷幔上,两行灯笼悬挂在高高的阁楼上。烛笼:一作烛龙。即灯笼。飞阁:高高的阁楼。

珠帷怨卧不成眠,金凤刺衣著体寒,长眉对月斗弯环——这三句是说:珠帐里的女子看着弯弯的月亮难以入眠,她虽然穿着刺有金凤的衣裳,但还是感到寒意逼人。珠帷:缀珠的帷幔。金凤:用金线绣凤的衣服。长眉:细眉。晋·崔豹《古今注》:"魏宫人好画长眉。"

首句"稍"字贴切自然,写出了天气变冷、寒夜渐长的特点。第二句"凝"强调了初冬的萧瑟和凝重。末三句写人,因"怨卧"不能入睡,因之"长眉对月",这一细节的捕捉,补足了诗人刻意营造的初冬氛围。

十一月

宫城团围凛严光,白天碎碎堕琼芳。
挝钟高饮千日酒,却天凝寒作君寿。
御沟泉合如环素,火井温泉在何处。

宫城团围凛严光,白天碎碎堕琼芳——这两句是说:皇城被包围在一片寒光之中,大白天如同琼玉般的雪花簌簌落下。琼芳:指雪花。

挝钟高饮千日酒,却天凝寒作君寿——这两句是说:敲打钟鼓为畅饮美酒助兴,天气寒冷,宫廷里正热火朝天地为君王祝寿。挝(zhuā)钟:古时帝王饮宴之时,要撞钟、击鼓助兴,故称。挝,敲,击。千日酒:美酒名。晋·张华《博物志》:"刘元石于中山酒家酤酒,酒家与千日酒,忘言其节度。归至家当醉,而家人不知,以为死也,埋葬之。酒家计千日满,乃忆元石前来酤酒,醉向醒耳,往视之,云:'元石亡来三年,已葬。'于是开棺,醉始醒。"却天:一作战却。

御沟泉合如环素,火井温泉在何处——这两句是说:皇宫里的御沟冻得结结实实,如同玉环、素练一般。传说中的火井、温泉到底在哪里呢?泉合:一作冰合。火井、温泉：晋·常璩《华阳国志》："临邛县有火井，夜时光映上照。民欲其火光，以家火投之，顷许如雷声，火焰出，通耀数十里，以竹筒盛其光藏之，可拽行终日不灭。邛都县有温泉穴，冬夏热，其温可瀹（yuè，煮也）鸡豚，下流治疾病。"温泉，一作温汤。

写严冬离不开雪，此诗用"琼芳"代雪，用"碎碎"写雪花簌簌、漫天飞舞。最后，用浓墨重笔出之，直言御沟之水冻结得坚固如环。需要补充的是，诗人喜欢用"凝"字，如"塞上胭脂凝夜紫"、"缸花夜笑凝幽明"，此诗也用了"凝"字，"却天凝寒"四字非常到位地突出了冬日的严寒。

十二月

日脚淡光红洒洒，薄霜不销桂枝下。
依稀和气排冬严，已就长日辞长夜。

日脚淡光红洒洒，薄霜不销桂枝下——这两句是说：柔弱的阳光透着寒意，无法融化桂树上的薄霜。日脚：日光下垂。此指阳光柔弱，照在身上只留下寒意。唐·杜甫《羌村三首·其一》："日脚下平地。"洒洒：寒栗的样子。

依稀和气排冬严，已就长日辞长夜——这两句是说：过了冬至，和暖之气渐渐排解了冬日的严寒，长夜过去，白昼就要变长了。排：一作解。

摄物取象，"薄"字极具匠心，补足了"霜"的形状。由此回扣首句，突出了寒气逼人的意象。柔弱的阳光虽无法融化挂在桂树上的"薄霜"，无法驱走严寒，但毕竟长夜即将过去，给人带来难以感受到的和暖之气。"依稀"体察细微，传达了诗人的诉求；"排"字具有张力，袒露了诗人美好的希冀。

闰 月

帝重光，年重时。
七十二候回环推，天官玉琯灰剩飞。
今岁何长来岁迟，王母移桃献天子，
羲氏和氏迁龙辔。

帝重光，年重时——这两句是说：皇帝父子相接，发扬光耀。一年四季中，也有月份相重的闰月。重光:指延续和发扬圣王的优秀品质。《尚书·顾命》:"昔君文王(姬昌)、武王(姬发)宣重光,奠丽陈教,则肄肄不违,用克达殷集大命。"唐·孔颖达疏:"日月星也。太极上元十一月朔旦冬至,日月如叠璧,五星如连珠,故曰重光。"宋·蔡沈注:"武犹文,谓之重光,犹舜如尧,谓之重华也。"此言周武王的光辉品质像周文王一样广大,故称"重光"。重时:指闰月。

七十二候回环推,天官玉琯灰剩飞——这两句是说:一年有七十二个节候终始循环,各自有自己的气候特征。在七十二节候中,惟独闰月没有属于自己的气候特点。七十二候:据唐·孔颖达《礼记正义》,一年里有二十四个节气,如春分、谷雨等,每个节气又分为三候,所以一年有七十二候。天官:指主管天文气象的官。玉琯:玉做的律管。据秦·吕不韦《吕氏春秋》,黄帝命伶伦取竹为管,长短各不相同,用来分别声音的高低、清浊,以制定各种乐器的乐音,名叫作律,阳律六,阴律六,统称十二律。灰剩飞:据南朝宋·范晔《后汉书·律历志》,古时用葭莩的灰置在律管内,来测验气候,到某一气候,则适应该气候的律管里的灰就会自然吹动出来。十二个律管配合十二个月。闰月没有它的特殊气候,因此无灰可吹,所以说"灰剩飞"。

今岁何长来岁迟,王母移桃献天子,羲氏和氏迁龙辔——这三句是说:有了闰月,因此今年比往年的时间长,第二年也会推迟一个月来临。王母献桃祝汉武帝长寿,羲和所驾龙车放慢了步伐,时光因而变得漫长了。王母移桃献天子:汉·班固《汉武外传》:"七月七日王母降,侍女以玉盘盛桃七颗,大如鸭子,形圆色青,以呈王母。王母以四颗与帝,三颗自食,桃味甘美,口有盈(馀)味。"羲氏、和氏:神话传说中的人物。宋·苏轼《书传》:"重黎之后,羲氏、和氏世掌天地四时之官。"三国魏·张揖《广雅》:"日御谓之羲和。"唐·徐坚《初学记·天部》:"爰止羲和,爰息六螭。"注:"日乘车,驾以六龙,羲和御之。"这里指为太阳驾龙车的羲和。"羲氏和氏",是把两事合起来用。

诗人写出了闰月在节候中的特殊地位。并紧贴府试诗题,表达了祝福健康长寿的美好愿望。用王母献桃之典非常准确,以"羲氏和氏迁龙辔"写时日之加长也非常生动形象。

天上谣

这是首游仙诗,表现出诗人对理想境界的向往和追求。

天河夜转漂回星,银浦流云学水声。
玉宫桂树花未落,仙妾采香垂珮缨。
秦妃卷帘北窗晓,窗前植桐青凤小。
王子吹笙鹅管长,呼龙耕烟种瑶草。
粉霞红绶藕丝裙,青洲步拾兰苕春。
东指羲和能走马,海尘新生石山下。

【新解】

天河夜转漂回星,银浦流云学水声——这两句是说:漂浮不定的星星与银河一道运转到夜间,银河中流动的白云像流水一样发出泠泠的响声。回星:运转的星星。漂:一作杓。浮,动,流。银浦:银河,天河。学水声:是说天河中的行云发出流水般的响声。

玉宫桂树花未落,仙妾采香垂珮缨——这两句是说:月宫中桂树上的桂花尚未飘落,身着玉佩的仙女正忙着采摘芳香的桂花。玉宫:指月宫。仙妾:即仙女。缨:指系玉佩的丝带。

秦妃卷帘北窗晓,窗前植桐青凤小——这两句是说:仙女卷起帘子,北窗射进黎明之光,窗前的桐树上小小青凤在欢快地鸣唱。秦妃:指秦穆公的女儿弄玉,这里借称仙女。汉·刘向《列仙传》:"萧史者,秦穆公(赢任好)时人,善吹箫,能致孔雀、白鹤。穆公女弄玉好之。公妻焉,乃教弄玉作《凤台》,一旦夫妻同随风飞去。"卷帘北窗晓:一作卷罗八方晓。植桐:一作食桐。植,倚。青凤小:即小青凤,因押韵倒置。春秋·师旷《禽经》:"青凤谓之鹖(hé)。"南朝梁·任昉《述异记》:"涂修国献青凤。"

王子吹笙鹅管长,呼龙耕烟种瑶草——这两句是说:仙人王子乔吹动形如鹅毛管的竹笙,呼唤神龙在云烟中耕耘,播种瑶草。王子:即王子乔,周灵王太子,名晋,传说擅长吹笙,这里泛指仙子。鹅管:形如鹅毛管的笙管。耕烟:在云烟中耕耘。瑶草:灵芝一类的仙草。汉·东方朔《十洲记》:"方丈洲在东海中心,群仙不欲升天者皆往来此洲,仙家数十万,耕田种芝草,课计顷亩。"吹笙:一作吹箫。

粉霞红绶藕丝裙,青洲步拾兰苕春——这两句是说:仙女们穿着粉红色的衣衫,纯白色的裙子,腰间佩戴着红色的丝带,在铺满青草的水洲上一边走一边采摘兰苕,享受美好的春光。粉霞:粉红色的衣衫。绶:丝带。藕丝裙:纯白色的裙。藕丝,藕丝般的颜色即纯白色。青洲:一作青州。即青邱,南海中草木茂密的仙洲。步拾:边走边采。兰苕(tiáo):兰草的茎。泛指香花香草。

东指羲和能走马,海尘新生石山下——这两句是说:时光运行如马儿奔驰一般疾速,海底尘土新从石山脚下扬起,沧海将要变成桑田了。羲和:为太阳驾龙车的羲和。海尘:海底扬起的尘土。

诗人神游,以富丽的想像建构了一个美丽祥和的天上乐园。那里天河夜转,星云似水,月桂花繁,仙女采香,秦妃卷帘,王子吹笙,神龙耕种,艳女拾芳……一幅幅绚丽而又新奇的画面,无不令人心动神摇。在诗人观照的物象中传达着其个人的人生理想。诗由仰望开始,以俯视作结。一仰一俯,由现实进入理想,又由理想回到现实,诗人追求美好的情怀也由此显得格外深刻隽永。

浩 歌

与朋友春游饮宴后,李贺写下了这首自我宽解和奋勉的诗。浩歌:放声高歌。语见楚·屈原《九歌·少司命》:"望美人兮未来,临风恍兮浩歌。"

南风吹山作平地,帝遣天吴移海水。
王母桃花千遍红,彭祖巫咸几回死?
青毛骢马参差钱,娇春杨柳含细烟。
筝人劝我金屈卮,神血未凝身问谁?
不需浪饮丁都护,世上英雄本无主。
买丝绣作平原君,有酒惟浇赵州土。
漏催水咽玉蟾蜍,卫娘发薄不胜梳。
看见秋眉换新绿,二十男儿那刺促。

南风吹山作平地,帝遣天吴移海水——这两句是说:南风把大山吹倒夷为平地。天帝命令天吴将海水移到这里。帝:天帝。天吴:水神。《山海经·海外东经》:"朝阳之谷,神曰天吴,是为水伯。"

王母桃花千遍红,彭祖巫咸几回死——这两句是说:西王母的桃花已红过上千次,长寿的彭祖、知命的巫咸也不知已经死过几回。王母:西王母,神话传说中的女神。汉·班固《汉武内传》:"王母桃花三千年一开花,三千年一生实。"彭祖:传说中长寿成仙的人,为夏、商之际人。汉·刘向《列仙传》:"彭祖,殷大夫也。姓钱名铿,帝颛顼之孙,陆终氏之子。历夏至殷末八百余岁,常食桂芝,善导引行气,后升仙而去。"巫咸:古代的神巫,能知人生死。汉·王逸《楚辞章句》:"巫咸,古神巫也。……—云名咸,殷之巫也。"晋·郭璞《巫咸山注》:"巫咸者,实以鸿术为帝尧医,生为上公,死为贵神。"

青毛骢马参差钱,娇春杨柳含细烟——这两句是说:骢马身上的斑点参差如钱,早春的杨柳笼罩在轻薄的烟雾之中。骢马:青白色的马。参差钱:指骢马身上不规则的钱形斑点。娇春:初春、早春。

筝人劝我金屈卮,神血未凝身问谁——这两句是说:弹古筝的人拿着屈卮殷勤地劝我喝酒,我虽为青年,但也不胜酒力,不知不觉中喝多了,不知身将归属于何方。筝人:弹筝的人,指歌妓。屈卮(zhī):有弯柄的酒器,形如菜碗。神血未凝:精神气血尚未坚固,指青年时期。身问谁:即身子属于谁。问:馈赠,引申为归属的意思。

不需浪饮丁都护,世上英雄本无主——这两句是说:没有必要与丁都护在一起狂饮,更没有必要来借酒浇愁,世上的英雄本来就很难遇到明主。浪饮:一作乱舞。丁都护:又作丁督护,晋、宋间乐府歌曲名。唐代边州设都护府,这里所说的"丁都护",有可能是李贺的友人。

买丝绣作平原君,有酒惟浇赵州土——这两句是说:买来丝线绣成平原君的肖像,将美酒浇到平原君的坟头,来祭奠和怀念这位慧眼识才的先贤。平原君:赵武灵王之子,战国时期著名的"四大公子"之一,以善于养士闻名于世。汉·司马迁《史记·平原君列传》:"平原君赵胜者,赵之诸公子也。诸子中胜最贤,喜宾客,宾客盖至者数千人。"赵州土:指平原君墓。据唐·李吉甫《元和郡县志》,平原君墓在洺州肥乡县东南七里,不在赵州。因平原君是赵公子,又是赵相,故以赵州相称。

漏催水咽玉蟾蜍,卫娘发薄不胜梳——这两句是说:时光飞快地流逝,年轻美貌的侍酒女子已经变老,乃至于头发稀疏,无法再用梳子梳理。漏:滴漏,古代计时器。铜器贮满清水,上装铜龙,水从龙口吐出;下作蟾蜍形的盛水器,张口承水,再流入铜壶,以计算时刻。卫娘:指侍候喝酒的女子。

看见秋眉换新绿,二十男儿那刺促——这两句是说:眼看绿眉一瞬也变成衰白,正当壮年的男子哪能碌碌辛苦,受着无谓的驱策,而不自奋发呢?秋眉:衰眉,即眉毛脱落。新绿:古人形容发眉乌黑,多用绿字。此指青春年少。刺促:受人驱使而劳碌不休的意思。

【简评】

春日景明,神驰物外,李贺一扫胸中的阴霾,放声歌唱。首四句从神话传说入手,归结到人生有限的命题。第五至第八句宕开一笔,写春天游宴之况,以"神血未凝"再度提出生命短暂的思索,用"身向谁"三字提出抱负何时才能施展的问题。第九至第十二句,一起一落,将诗人的振作与无机遇的矛盾心情,借祭奠平原君祖露出来。尾四句进一步深化全诗的主旨,在感慨之中又一次思考人生不能虚度,应奋发努力的问题。综观全诗,虽有英雄不为世用之感,但格调昂扬,充满着追求建功立业的豪情。

秋　来

因秋感兴。

　　桐风惊心壮士苦,衰灯络纬啼寒素。
　　谁看青简一编书,不遣花虫粉空蠹?
　　思牵今夜肠应直,雨冷香魂吊书客。
　　秋坟鬼唱鲍家诗,恨血千年土中碧。

　　桐风惊心壮士苦,衰灯络纬啼寒素——这两句是说:吹过梧桐的阵阵秋风惊撼了我的心灵,在微弱的灯光下,伴着纺织娘的悲啼,我作诗苦吟。桐风:吹过梧桐的秋风。壮士:诗人自称。络纬:一种小虫,鸣声像纺织娘,又叫促织。啼寒素:秋来寒生,啼以促织。

　　谁看青简一编书,不遣花虫粉空蠹——这两句是说:谁会赏识我写成的书稿,不让蛀虫把它蛀成碎屑呢?青简:竹简,指书籍。一编书:古人以青竹片写书,用绳串编成册,故称一册书为一编书。这里代指诗人自己的作品。花虫:指蛀虫。粉空蠹:蛀虫把竹简蛀空,留下碎屑。

　　思牵今夜肠应直,雨冷香魂吊书客——这两句是说:一想到这些,迂曲的愁肠都要被拉直了。令人欣慰的是,在冷冷的秋雨中,还有香魂前来慰问我这个写书的人。肠应直:曲肠也该愁得变直,形容痛苦至极。香魂:指古代诗人才士的灵魂。吊:慰问。书客:诗人自谓。

　　秋坟鬼唱鲍家诗,恨血千年土中碧——这两句是说:在萧瑟的秋夜中,坟头上好像有鬼魂在吟唱鲍照悲愤哀怨的诗歌。诗人抱恨千年,鲜血已化成了碧玉。鲍家诗:南朝·梁·鲍照有《蒿里行》诗,蒿里是古来丛葬之地,这里用鲍照泛指古代诗人。恨血句:用典。《庄子·外物》:"苌弘死于蜀,藏其血,三年化碧。"

　　秋风骤起,触景生情,迎面扑来的是时光易逝、壮志难酬的一腔悲情。一个"苦"字表面上是说呕心沥血的诗篇被蛀虫蛀蚀,其深层的忧虑则是才华无人赏识,在孤寂中消逝。那迂曲百结的愁肠困扰着诗人,如何解脱呢,唯有一个"吊"字。"吊"十分传神,本该是生者向死者告慰,李贺一空依傍,硬是让鬼魂来安慰不幸的生者。鬼唱鲍诗、恨血化碧,诗人引幽灵为同调,就在于他们有着同样抑郁难伸的情怀。

帝子歌

【题解】

这首诗为吟咏洞庭神灵之作。帝子:天帝之女,洞庭之神。《山海经·中山经》:"又东南一百二十里,曰洞庭之山……帝之二女居之,是常游于江渊。澧沅之风,交潇湘之渊,是在九江之间,出入必以飘风暴雨。"

　　洞庭帝子一千里,凉风雁啼天在水。
　　九节菖蒲石上死,湘神弹琴迎帝子。
　　山头老桂吹古香,雌龙怨吟寒水光。
　　沙浦走鱼白石郎,闲取真珠掷龙堂。

洞庭帝子一千里,凉风雁啼天在水——这两句是说:洞庭女神管辖的地方十分广阔,秋天来了,凉风阵阵,大雁悲鸣,广阔的洞庭与天相接。洞庭帝子:一作洞庭明月。一千里:言其所治广阔。

九节菖蒲石上死,湘神弹琴迎帝子——这两句是说:仙人食用的九节菖蒲已在石头上死去,湘水女神亲自操琴,希望帝子早日降临。菖蒲:水生植物,可食用。《古诗》:"石上生菖蒲,一寸八九节。仙人劝我餐,令我好颜色。"湘神:湘水女神。

山头老桂吹古香,雌龙怨吟寒水光——这两句是说:等候帝子的时间太久了,乃至于山头的老桂散发着幽香,寒水中的雌龙发出幽怨的沉吟。古香:因为桂老,故谓"古香"。

沙浦走鱼白石郎,闲取真珠掷龙堂——这两句是说:不见尊贵的帝子降临,只有一群群的小鱼跟随小神白石郎奔走。真让人失望啊,只好取出美丽的珍珠把它投向河伯的住所。白石郎:指水中小神。《古乐府》:"白石郎,临江居,前导河伯后从鱼。"闲取:犹漫取,暂且拿的意思。龙堂:水神河伯的居所。楚·屈原《九歌·河伯》:"鱼鳞屋兮龙堂,紫贝阙兮朱宫。"汉·王逸注:"河伯所居,以鱼鳞盖屋,堂木画蛟龙之文。"此句化用屈原《九歌·湘君》:"捐予玦兮江中,遗予佩兮澧浦"之意。

诗有承接《九歌·湘君》、《湘夫人》的一面。对洞庭之神的描写明显地受到了屈原的影响。"湘神弹琴"迎接帝子的场面,与《湘夫人》中"九嶷缤兮并迎,灵之来兮如云"写侍从之盛的场面如出一辙。向神投献祈福的描写也受到了屈赋的影响。"凉风"、"雁啼"、"老桂吹古香"、"雌龙怨吟"等景色,为求神增加了新的意趣。王琦注曰:"此篇全仿《楚辞·九歌》,会其意者,绝无怪处可见。"这一认识是有见地的。

秦王饮酒

题解

这是一首借写秦王饮酒之事寓含深意的诗作。秦王:指秦始皇。

秦王骑虎游八极,剑光照空天自碧。
羲和敲日玻璃声,劫灰飞尽古今平。
龙头泻酒邀酒星,金槽琵琶夜枨枨。
洞庭雨脚来吹笙,酒酣喝月使倒行。
银云栉栉瑶殿明,宫门掌事报一更。
花楼玉凤声娇狞,海绡红文香浅清。
黄鹅跌舞千年觥,仙人烛树蜡烟轻,
清琴醉眼泪泓泓。

秦王骑虎游八极,剑光照空天自碧——这两句是说:秦王骑着猛虎遨游八方,手中的宝剑寒光闪闪,照亮天空,使天空更加碧蓝。八极:八方。

羲和敲日玻璃声,劫灰飞尽古今平——这两句是说:羲和驾车载着太阳在空中运行,他挥动鞭子,发出清脆明亮的响声。经历劫难以后,从此灾难不再发生,到处是太平的景象。羲和:给太阳驾车的人。敲日:挥动鞭子使太阳车运行。玻璃声:形容声音清脆明亮。劫灰:远古劫烧后剩下的馀灰。南朝梁·释慧皎《高僧传》:"昔汉武穿昆明池得黑灰,问东方朔。朔曰:'可问西域梵人。'后竺法兰至,众人追问之,兰云:'世界终尽,劫火洞烧,此灰是也。'"按佛经说,经过一次大水、大火、大风,毁坏掉一切后,重新建立,叫作经历一劫。劫灰飞尽,即灾难不作。古今平:一作今太平。

龙头泻酒邀酒星,金槽琵琶夜枨枨——这两句是说:秦王用龙头倒出美酒,邀请酒星来共饮,宴会上琵琶声声,彻夜不停。龙头:盛酒的器皿。晋·戴延之《西征记》:"太极殿前有铜龙,长二丈,铜尊容四十斛。正旦大会群臣,龙从腹内受酒,口吐之于尊内。"泻酒:倒酒。酒星:一名酒旗星。唐·房玄龄等《晋书·天文志》:"轩辕右角南三星曰酒旗,酒官之旗也,主飨宴饮食。"金槽:琵琶上端架弦索的地方嵌檀木一块,称檀槽。嵌金,称"金槽"。枨枨:弦声。

洞庭雨脚来吹笙,酒酣喝月使倒行——这两句是说:宴会上,乐师吹笙,美妙的音乐如同洞庭湖洒下的雨点;酒兴大发,简直可以呼唤月亮,使其倒行。言外之意,不愿月亮隐去,早早地结束宴会。雨脚:雨点,指笙声像雨点一般。

银云栉栉瑶殿明,宫门掌事报一更——这两句是说:月光透过一层层的白云,照亮了一座座琼楼玉宇般的宫殿。长夜即将过去,宫门郎报告已经是一更时分了。栉栉:密密地排列,相比次的样子。宫门掌事:职官名,即宫门郎。掌管内外宫门的钥匙。后晋·刘昫《旧唐书·职官志三》:"宫门郎掌内外宫门管钥之事。"

花楼玉凤声娇狞,海绡红文香浅清——这两句是说:雕花的楼阁里歌女娇滴滴的笑声不断,红色底纹的绡纱散发出阵阵清香。玉凤:指歌女。一说指箫声,言玉箫声音如凤鸣。狞:当作伫。弱、困之意。海绡:即鲛绡。据南朝梁·任昉《述异记》,南海出鲛绡纱,一名龙纱,其价百馀金,以为服,入水不濡。此指舞女之衣,或手中之巾。

黄娥跌舞千年觥,仙人烛树蜡烟轻,清琴醉眼泪泓泓——这三句是说:身着黄衫的宫女们一边跳舞,一边劝酒称颂千秋。彻夜宴饮后,仙人烛台上的蜡烛快要烧完,嫔妃们个个醉眼蒙眬,像要流下眼泪一般。黄娥:一作黄娥。指穿黄衫的舞女。跌舞:犹舞蹈。觥:酒杯。本用犀牛角做成,叫做兕觥。后以铜或木仿制,称觥。仙人烛树:一说是用仙人雕刻的烛台。又,《海录碎事》云:仙人烛树似梧桐,其皮枯剥如筒桂,以为烛。清琴:一作青琴。古神女。汉·司马相如《上林赋》:"靡曼美色,若夫青琴宓妃之徒。"这里用来指宫中的嫔妃。泪泓泓:泪汪汪。

想像奇特。诗虽题为"秦王饮酒",但有很强的现实针对性。清人姚文燮注:"为德宗(李适)作。德宗性刚暴,好宴游,常幸鱼藻池,使宫人张水嬉,彩服雕靡,丝竹间发,饮酒为乐。"王琦注:"德宗为雍王时,尝以天下兵马元帅平史朝义,又以关内元帅出镇咸阳,以御吐蕃,所谓'骑虎游八极,剑光照空天自碧'者,此也。"所说甚是。此诗旨在对唐德宗英年早逝深感惋惜。唐德宗早年富有才华,即位后却纵情宴饮,乃至身亡。诗人出于对时局的关心,借古喻今,故多叹息之辞。诗中"羲和敲日玻璃声"一语富有张力,可谓是出语惊人。

洛姝真珠

题解

这首诗写真珠的美丽幽静、坚贞愁怨。洛姝:洛阳的美女。真珠:洛阳美女的名字。

真珠小娘下青廓,洛苑香风飞绰绰。
寒鬓斜钗玉燕光,高楼唱月敲悬珰。
兰风桂露洒幽翠,红弦袅云咽深思。
花袍白马不归来,浓蛾叠柳香唇醉。
金鹅屏风蜀山梦,鸾裾凤带行烟重。
八骢笼晃脸差移,日丝繁散曛罗洞。
市南曲陌无秋凉,楚腰卫鬓四时芳。
玉喉窈窕排空光,牵云曳雪留陆郎。

新解

真珠小娘下青廓,洛苑香风飞绰绰——这两句是说:真珠像从天而降的仙女,那舒缓飘逸的样子给洛阳的宫苑带来阵阵香风。青廓:犹言青天。因天色青而寥廓,故称。绰绰:舒缓的样子。

寒鬓斜钗玉燕光,高楼唱月敲悬珰——这两句是说:真珠乌亮的鬓发上斜插着一支名贵的玉燕钗,钗子在月下闪闪发光。真珠登上高楼对月歌唱,敲响玉佩以合节拍。玉燕:玉燕钗。南朝梁·任昉《述异记》:"汉武帝元鼎元年,起招灵阁,有神女留一玉钗与帝。帝以赐赵婕妤。至昭帝(刘弗陵)元凤中,宫人见此钗光莹甚异,共谋欲碎之,明视钗匣,惟见白燕直升天去,故宫人作玉钗,因名玉燕钗。"唱月:对月歌唱。敲悬珰:敲击玉佩,以应节拍。

兰风桂露洒幽翠,红弦袅云咽深思——这两句是说:在这到处都飘浮着兰风和桂露的夜晚,真珠拨动红色的丝弦诉说心意,袅袅的琴声飞入高高的云端。幽翠:指兰桂的叶子。红弦:染成红色的筝弦。

花袍白马不归来,浓蛾叠柳香唇醉——这两句是说:那身着锦袍的白马少年为什么还不回来?真珠眉头紧锁,香唇不启,忧闷满怀。花袍白马:指女子所恋的少年。《古歌行》:"绿衣白马不归来,变成倚槛春心醉。"浓蛾:黛眉。叠柳:柳叶眉紧锁。

金鹅屏风蜀山梦,鸾裾凤带行烟重——这两句是说:真珠倚着金鹅屏风睡着了,希望在梦里像巫山神女那样去寻找自己的情郎。然而,身受鸾裾凤带的拖累,无法出门。金鹅屏风:指用金线绣制,绘有鹅形图案的屏风。蜀山:指巫山。楚·宋玉《高唐赋》:"昔者先王尝游高唐,怠而昼寝,梦见一妇人曰:'妾巫山之女也……'去而辞曰:'妾在巫山之阳,高丘之阻,旦为朝云,暮为行雨,朝朝暮暮,阳台之下。'"鸾裾凤带:绣有凤凰的衣服和腰带。行烟:即行云行雨之谓。重:言不能出门寻找所企盼的人。

八骢笼晃脸差移,日丝繁散熏罗洞——这两句是说:清晨,阳光照到四面的窗户上,照到真珠的睡脸上。透过窗纱细洞的晨光如繁丝一般。这是写真珠幽雅秀静和满怀愁思、昼夜无聊的情味,非常细腻贴切。八骢:八窗。指四面的窗户。笼晃:笼照晃荡。晃,晃动。熏:入。罗洞:窗纱上的细洞。

市南曲陌无秋凉,楚腰卫鬓四时芳——这两句是说:妓女的住所门庭若市,没有萧条冷清的时候,她们扭动着细腰、梳着闪亮的头发在门前搔首弄姿。市南、曲陌:此指妓女的住所。秋凉:冷清。楚腰:指楚国女子的细腰。《韩非子·二柄》:"楚灵王好细腰,而国中多饿人。"卫鬓:汉代卫皇后的头发。宋·李昉等《太平御览》:"卫皇后字子夫,与武帝侍衣得幸,头解(头发松开了),见其发鬓,悦之,因立为后。"

玉喉窕窕排空光,牵云曳雪留陆郎——这两句是说:妓女们亮开歌喉,歌声响遏行云,她们牵曳着衣裳挽留前来冶游的男子。以此反衬真珠的寂寞不乐。窕窕:歌声婉转。排空光:响遏行云之意。牵云曳雪:牵曳衣裳。陆郎:泛指冶游的男子。乐府《明下童曲》:"陆郎乘斑骓。"

这首诗通过外在美来表现人物的内在美,可谓是深得汉乐府之神韵。《陌上桑》描述采桑女罗敷时的形象时写道:"罗敷憙蚕桑,采桑城南隅。青丝为笼系,桂枝为笼钩。头上倭堕髻,耳中明月珠。缃绮为下裙,紫绮为上襦。"两相对比,可知李贺的这首诗有取法汉乐府的一面。如诗中通过对真珠外在衣饰、居处精美等方面的刻画,成功地表现了其美好的形象。也就是说,通过烘托渲染真珠的外在美,旨在表现其脱俗的精神面貌。诗的最后用搔首弄姿的妓女作反衬,丰富了真珠高雅不俗的形象,给人以美的享受。

李夫人歌

此诗吟咏李夫人,笔调凄怨。李夫人:汉武帝的宠妃。汉·班固《汉书·外戚传》:"孝武李夫人,本以倡进。……平阳主因言延年有女弟,上乃召见之,实妙丽善舞。由是得幸,生一男,是为昌邑哀王。李夫人少而蚤卒,上怜闵焉,图画其形于甘泉宫。……上思念李夫人不已，方士齐人少翁言能致其神。乃夜张灯烛，设帷帐，陈酒肉，而令上居他帐，遥望见好女如李夫人之貌，还幄坐而步。又不得就视，上愈益相思悲感，为作诗曰："是邪，非邪？立而望之，偏何姗姗其来迟！令乐府诸音家弦歌之。上又自为作赋，以伤悼夫人。"

> 紫皇宫殿重重开，夫人飞入琼瑶台。
> 绿香绣帐何时歇，青云无光宫水咽。
> 翩联桂花坠秋月，孤鸾惊啼商丝发。
> 红壁阑珊悬佩珰，歌台小妓遥相望。
> 玉蟾滴水鸡人唱，露华兰叶参差光。

紫皇宫殿重重开，夫人飞入琼瑶台——这两句是说：天宫的大门重重开启，李夫人飞身进入了琼瑶台。这是说李夫人的逝世。紫皇：道教中的天帝。汉武帝喜好神仙，追求长生不死。宋·李昉等《太平御览》卷六百五十九引《秘要经》："太清九宫，皆有僚属，其最高者称太皇、紫皇、玉皇。"琼瑶台：指神仙居住的地方。

绿香绣帐何时歇，青云无光宫水咽——这两句是说：绿色绣帐中李夫人的体香还没有消失，蓝色的天空已失去光彩，御河中的流水也发出悲伤的呜咽声。此句形容李夫人死后在宫中引起的悲痛。

翩联桂花坠秋月，孤鸾惊啼商丝发——这两句是说：美丽的李夫人像桂花一样坠落在秋月下，深爱着她的汉武帝悲痛不已，拨动琴弦弹奏悲伤的乐曲。翩联：犹翩翩。桂花坠秋月：言李夫人死于七月。孤鸾惊啼：言汉武帝的悲痛。商：五音之一。古代音乐由宫、商、角、徵、羽五个音阶组成。商为秋声，为金音，五音之中，商声最悲。汉武帝《李夫人赋》："秋气潜以凄泪兮，桂枝落而销亡。"

红壁阑珊悬佩珰，歌台小妓遥相望——这两句是说：红色的椒墙上依旧挂着李夫人的玉佩，歌台上的侍女远远地望着李夫人安葬的地方，怀念着李夫人。红壁：用花椒和泥涂的墙壁，因花椒是红色，故称。晋·潘岳《悼亡诗》："遗挂犹在壁。"歌台小妓：指宫中侍奉李夫人的歌女。此句借用铜雀台之事。小妓，一作小柏。

玉蟾滴水鸡人唱，露华兰叶参差光——这两句是说：夜阑天晓之时，坟墓上一片幽暗阴森，只有点缀着露珠的兰叶参差发光而已。玉蟾滴水：刻漏滴水。见《浩歌》注。鸡人：司晨报晓的官员。

这是一首代言体诗，通篇抒写了汉武帝思念李夫人的情感。古人将潘岳的《悼亡诗》称为"千古悼亡之祖",此诗深得其韵。"翩联桂花"喻李夫人,畅言其高贵和香郁。"坠秋月"补足"翩联桂花"。八月桂花遍地飘香,然生命短暂而绚丽。诗人以此作比,既言其高洁,又交代去世的时间,一笔并写两面,足见其匠心独运。第六句承第五句而来,写汉武帝对李夫人的思念之情。"惊啼"二字贴切,为引出"商丝发"作自然铺垫。李夫人死后,汉武帝曾令人"图画其形于甘泉宫",又亲自作诗作赋以表达思念之情。"红壁阑珊悬佩珰,歌台小妓遥相望",人去物存,仿佛一切都笼罩在悲凉的氛围之中。末两句承上两句之意而来,继续深化李夫人死后留下的悲痛。略有不同的是,"红壁"两句写白天,末两句写夜间。由此将汉武帝的思念拓展到更为深广的时空。

走马引

这首诗对游侠进行了讽刺。走马引:古曲名。晋·崔豹《古今注》:"'走马引',樗里牧恭所作也。为父报仇杀人而亡,藏于山谷之下,有天马夜降,围其室而鸣,夜觉闻其声,以为吏追,乃奔而亡去,明旦视之,马迹也,乃惕然大悟曰:'岂吾所居之处将危乎?'遂荷衣粮而去,入于沂泽,援琴鼓之,为天马之声,号曰'走马引'。"

　　我有辞乡剑,玉锋堪截云。
　　襄阳走马客,意气自生春。
　　朝嫌剑花净,暮嫌剑光冷。
　　能持剑向人,不解持照身。

　　我有辞乡剑,玉锋堪截云——这两句是说:我有辞家出外游侠的宝剑,锋芒锐利,简直可以斩断天上的白云。我:襄阳侠客自谓。玉锋:指剑锋白净如玉。截云:断开白云。

　　襄阳走马客,意气自生春——这两句是说:襄阳侠客骑马奔驰于四方,春风拂面,一路意气风发。襄阳:一作长安。

　　朝嫌剑花净,暮嫌剑光冷——这两句是说:因专门做打抱不平的事,倘若一天无事,便早晨嫌剑上干净无血,晚上也觉得宝剑沾不到热气。

　　能持剑向人,不解持照身——这两句是说:侠客只知道持剑对准别人,却从来不把剑锋对准自己。

【新评】

此诗用了欲抑先扬的手法。先写襄阳客的豪侠之气,"堪截云",气势逼人。末两句,笔锋陡转,"能持剑向人,不解持照身",对其明于责人、昧于责己的行为进行了讽刺和批判。

湘 妃

【题解】

此诗吟咏湘妃。湘妃:湘水的女神,帝尧的女儿娥皇、女英,后来嫁给帝舜为妃。

筠竹千年老不死,长伴秦娥盖湘水。
蛮娘吟弄满寒空,九山静绿泪花红。
离鸾别凤烟梧中,巫云蜀雨遥相通。
幽愁秋气上青枫,凉夜波间吟古龙。

【新解】

筠竹千年老不死,长伴秦娥盖湘水——这两句是说:沾满泪水的竹子啊,千年常在。它们长久地陪伴着二妃,将高大的绿荫映入湘水之中。筠竹:此指斑竹,长有斑纹的竹子。晋·张华《博物志》:"尧之二女,舜之二妃曰湘夫人。舜崩,二妃啼,以泪挥竹,竹尽斑。"秦娥:指湘水女神湘夫人。

蛮娘吟弄满寒空,九山静绿泪花红——这两句是说:当年帝舜安葬的九嶷山上,只有无忧无虑的村女在吟唱,她们的歌声响遍了整个山谷。再看那九嶷山,到处都是绿色,红花点缀于其中,仿佛是湘妃思念帝舜的泪水。蛮娘:村女。九山:九嶷山。《山海经·海内经》:"晋·郭璞注:南方苍梧之丘,苍梧之渊,其中有九嶷山,舜之所葬,在长沙零陵界中。"又曰:"山今在零陵营道县南,其山九峰,皆相似,故曰九嶷,古者总名其地为苍梧也。"

离鸾别凤烟梧中,巫云蜀雨遥相通——这两句是说:舜和二妃在烟云缭绕的苍梧山中彼此往来,就好像巫山云和蜀山雨那样虽能经常相见却不能时相会。离鸾别凤:指舜和二妃。烟梧:笼罩苍梧山的云雾。巫云蜀雨:巫山云、蜀山雨。此为互文。遥相通:遥相通达,不能经常相会。借用宋玉《高唐赋》"朝为行云,暮为行雨"意。

幽愁秋气上青枫,凉夜波间吟古龙——这两句是说:只有幽思愁郁之气,笼罩在青枫之上,秋凉之夜,仿佛能听到水下老龙的沉吟声。吟:古人称龙鸣为"吟"。

诗描绘了一幅清幽而又绚丽的画面。湘妃和帝舜优美而又浪漫的爱情千古传颂,历来是人们歌咏的对象。当蛮娘唱起民歌迎来"满寒空"时,诗人突然将笔锋转向九嶷山的景致。"九山静绿泪花红",漫山遍野的绿色添上几朵可爱的红花,给人以不尽的情思和遐想。绿树是静的,红花也是静的,但在静寂的后面有盎然的生命,有亘古不变的爱情。红绿相配,动静结合,画面之灵动充分体现了李贺艺术构思上的精巧。此外,诗人为了突出清幽的情境,有意识地使用了"寒空"、"幽愁"、"秋气"、"凉夜"等具有冷色调的词汇,为这首浪漫的诗作添上扼腕的叹息。

南园十三首(选五)

这是诗人家居时所写的一组诗,生动地描述了他当时的思想和生活。此组诗的写作时间,很可能是在考进士受阻以后,闲居家乡之时。暂时忘却痛苦时,诗人可以醉心田园,写出田园的美好风光和田园生活的悠闲自得。但是,失志不遇的幽愤毕竟难以排解,所以,幽怨之馀,他不免对自己苦吟作诗的人生抉择产生怀疑,甚至时有弃文从武的想法;隐居乡间、出世学道的思想也不时流露于诗间。今选其一、其二、其五、其十、其十三。南园:李贺故居附近的田园。第一首借娇艳春花感叹盛颜难久、容华易谢的诗。第二首写春日田园风情的诗。第五首表达了诗人希望有机会投笔从戎,参加消藩平叛的战斗的豪情。第十首写怀才不遇、闲居乡里之苦闷。第十三首写暮春时节独特的乡间景色。

其 一

花枝草蔓眼中开,小白长红越女腮。
可怜日暮嫣香落,嫁与春风不用媒。

花枝草蔓眼中开,小白长红越女腮——这两句是说:满眼的花枝和藤蔓,红红白白的一片,色彩鲜艳得像越地美女的腮颊。花枝:指木本植物的花。草蔓:指蔓生的草本花。小白长红:指花的颜色有白有红,形态大小不一。越女:越地美女西施。此处泛指美女。

可怜日暮嫣香落,嫁与春风不用媒——这两句是说:如此鲜艳的花朵,嫁给春风是不用媒人的,只可惜,她们早间还那么娇艳芳香,到了日落的时候就随风飘落了。嫣香：娇艳芳香，指花。

满园春色，花繁香浓，转眼间日暮香落，诗人在惜春中表达了不甘寂寞而又怅惘无限的心境。诗别有寄托，由眼前景入笔，将比兴寄寓其中。"可怜"二字一转一合，既观照着诗人惜春的深情，又传达着诗人的自伤自悼。诗以美女喻花的艺术精神可能受到屈原的影响和启发，"惟草木之零落兮，恐美人之迟暮"，屈原积极用世的精神在李贺那里得到回音。人生境遇的酸苦给作品蒙上悲怆的色彩。

其 二

宫北田塍晓气酣，黄桑饮露窣宫帘。
长腰健妇偷攀折，将喂吴王八茧蚕。

宫北田塍晓气酣，黄桑饮露窣宫帘——这两句是说：清晨，洛阳宫北面的耕田云雾缭绕，晨露在嫩黄色的桑叶上滚动，仿佛触动了宫中的门帘发出窣窣的响声。宫北：指洛阳宫墙北面的福昌。清·纪昀《四库全书总目》："贺家于昌谷。昌谷地近洛阳，于唐为福昌县，今为宜阳县地。"田塍（chéng）：田间的土埂。黄桑：指初生的微带嫩黄色的桑叶。窣：窸窣细小的摩擦的声音。这里是指桑叶上的露水滚下发出窣窣的响声。

长腰健妇偷攀折，将喂吴王八茧蚕——这两句是说：腰肢细长而健壮的农妇静静地采摘嫩叶，准备拿这些桑叶去喂养从吴地购进的八茧蚕。长腰：细长的腰肢。古人以女性的身材瘦长为美。偷：悄悄地，寂静无声。吴王八茧蚕：从南方吴地购进的新蚕种。八茧蚕，指一年可以喂养八次，并收获八次茧的蚕。晋·左思《吴都赋》："乡贡八蚕之绵。"唐·李善注："《交州记》曰：'一岁八蚕，茧出日南。'"北魏·贾思勰《齐民要术》："日南蚕八熟，绩（纺织）软而薄。"

此诗写春日昌谷的田园风光。"黄"字观察细微，言桑叶初生如嫩黄色的新柳，给人以别开生面之感。"长腰"一词可知唐人审美的另一个方面。盛唐时宫廷审美以肥大为美，将杨贵妃视为女性美的典范。但不是唐人给美女开出的惟一标准，更不能囊括唐代所有的审美标准。如初唐多以瘦朗为美，其中，褚遂良、虞世南的书法多瘦硬之笔。另外，古人笔下的女性外貌美往往以细腰的女子为美，关于这点，可以从战国青铜器上的耕战宴乐图得到证明；描写女性内在美的品质，又常常以采桑女为美，此可以汉乐府《陌上桑》为证。这种风气作为积淀，对唐人的审美有一定的穿透力。李贺描述"长腰健妇",给我们认识唐代审美标准的多样化提供了强有力的佐证。但也应该看到,宫廷的审美风尚对民间是有影响的。《韩非子·二柄》:"楚灵王好细腰,而国中多饿人。"自然是说宫廷对民间的影响。"偷"字极佳,生动形象地描绘了农妇聚精会神采摘桑叶的细节。诗写景色彩明丽、笔调清新,成功地绘制了一幅生机勃勃的春日田园采桑图。

其 五

男儿何不带吴钩,收取关山五十州。
请君暂上凌烟阁,若个书生万户侯。

男儿何不带吴钩,收取关山五十州——这两句是说:好男儿何不佩上吴地的宝刀,为国家收取被藩镇割据的州郡呢?吴钩:古代吴地出产的锋利弯刀。这里代指宝刀。五十州:指当时被藩镇割据的五十馀州郡。

请君暂上凌烟阁,若个书生万户侯——这两句是说:姑且将你的画像题到唐太宗表彰功臣的凌烟阁。哪有书生不愿被封为万户侯的呢?暂:姑且。凌烟阁:唐太宗表彰功臣的楼阁。唐·刘肃《大唐新语》:"贞观十七年,太宗图画太原倡义,及秦府功臣赵公长孙无忌……等二十四人于凌烟阁,太宗亲为之赞,褚遂良题阁,阎立本画。"若个:哪个。万户侯:食邑万户的列侯。

劈空而来,奋然之气见于豪情之中。国家情危,投笔从戎带吴钩,意在报效国家,收拾破碎的山河。前十四个字一气呵成,情绪激昂。第三、四句顺势而下,想像成功后的光景。

其 十

边让今朝忆蔡邕,无心裁曲卧春风。
舍南有竹堪书字,老去溪头作钓翁。

边让今朝忆蔡邕,无心裁曲卧春风——这两句是说:早晨,我想起蔡邕举荐边让宜处高位的往事,因此,没有心思制曲作诗,闲卧在春风之中。言外之意,诗人认为自己的才干可以同边让相比,但缺少像蔡邕这样的人举荐自己。边让:东汉末人。南朝宋·范晔《后汉书·边让传》:"边让字文礼,陈留浚仪人也。少辩博,能属文……议郎蔡邕深敬之,以为让宜处高任,乃荐于何进。"裁曲:制曲。

舍南有竹堪书字,老去溪头作钓翁——这两句是说:好在舍南尚有成片的竹林,可以砍削作简来写作消遣,还可以到溪头作一钓翁,以打发馀生。

首句用典,暗喻自己的才能可与边让相媲美,然缺少像蔡邕这样的人举荐。"无心"二字准确而生动,百般无奈之中只有"卧春风"。第三、四句为反语,借追求平淡的生活写胸中的不平之气。此时,诗人正当盛年,有入世进取之志,然产生做一悠闲自在的渔翁之想,可见闲适的背后有不尽的苍凉!

其十三

小树开朝径,长茸湿夜烟。
柳花惊雪浦,麦雨涨溪田。
古刹疏钟度,遥岚破月悬。
沙头敲石火,烧竹照渔船。

小树开朝径,长茸湿夜烟——这两句是说:清晨,被丛树环绕的小路豁然开朗。夜间的云雾沾湿了葳郁的小草。茸:花草葳郁的样子。

柳花惊雪浦,麦雨涨溪田——这两句是说:柳絮覆盖着水面,恰似一层白雪,真是令人惊讶;春雨绵绵,灌满了溪边的麦田。

古刹疏钟度,遥岚破月悬——这两句是说:古庙里的钟声时断时续,悠悠传来;远处山上的雾气中隐约挂着一弯残月。古刹:古庙。据《释氏要典》,"刹"为梵语"瑟刹"的缩音,本为佛寺所树的幡竿。六朝人称塔为刹,唐以后则通称佛寺为刹。岚(lán):此指山头上的蒸气。破月:残月。

沙头敲石火,烧竹照渔船——这两句是说:渔人在岸边的沙堆敲石取火,燃起枯竹,把渔船照得通明。敲石火:古人多敲石头来取火,故云。

这首诗颇具特色。通过选择不同的画面,描绘了全天的田园景象。首两句写清晨,明丽清朗;第三、四句写白昼,充溢淡然;后四句写夜晚,清幽静谧。通过时间的交递,全面展示了暮春初夏的乡间风情。诗人用字也很有匠心,"柳花惊雪浦",不仅暗用了谢道韫将雪比柳絮的典故,其中的"惊"字,又恰到好处地表达出柳絮如雪、春将归去带来的惊叹。"沙头敲石火,烧竹照渔船"的独特画面也给人很深的印象,令人向往不已。

金铜仙人辞汉歌并序

这是一首托古伤今之作,诗人借铜人辞汉的传说抒发忧时忧世的情思。金铜仙人:汉武帝刘彻听信方士之言,在建章宫造神明台,上有金铜仙人,手托巨盘,承接空中露水。汉武帝以此和玉屑服食,以求长生。魏明帝:曹睿(ruì),曹操的孙子。青龙:魏明帝曹睿时年号(233—237)。据三国魏·鱼豢《魏略》,魏明帝搬拆金铜仙人的时间是景初(魏明帝曹睿时年号,237—239)元年。宫官:指宦官。牵:一作辖(xiá),同辖,车轴头。潸(shān)然:流泪的样子。唐诸王孙:李贺是唐室郑王李亮(高祖李渊的叔父)的后代,故有此自称。

魏明帝青龙元年八月,诏宫官牵车西取汉孝武捧露盘仙人,欲立置前殿。宫官既拆盘,仙人临载乃潸然泪下。唐诸王孙李长吉遂作《金铜仙人辞汉歌》。

茂陵刘郎秋风客,夜闻马嘶晓无迹。
画栏桂树悬秋香,三十六宫土花碧。
魏官牵车指千里,东关酸风射眸子。
空将汉月出宫门,忆君清泪如铅水。
衰兰送客咸阳道,天若有情天亦老。
携盘独出月荒凉,渭城已远波声小。

茂陵刘郎秋风客,夜闻马嘶晓无迹——这两句是说:安葬在茂陵之下的汉武帝刘彻是一秋风中的过客,夜间似乎听到他出巡的车马声,清早却变得无踪无影。茂陵:汉武帝刘彻的陵墓,在今陕西兴平县东北。刘郎:即汉武帝。秋风客:秋风中的过客。刘彻写过《秋风辞》,结句云:"欢乐极兮哀情多,少壮几时兮奈老何!"所以李贺称他为秋风客。

画栏桂树悬秋香,三十六宫土花碧——这两句是说:原先到处是雕花栏杆、到处飘着桂花香的汉宫三十六所宫殿,现在却长满了碧绿的苔藓。画栏:绘有花纹图案的栏杆。秋香：指桂花的芬芳。三十六宫：汉时长安有宫殿三十六所。汉·张衡《西京赋》："离宫别馆，三十六所。"唐·章怀太子注："《三辅黄图》曰：'上林有建章、承光等十一宫，平乐、茧馆二十五，凡三十六所。"土花：苔藓。

魏官牵车指千里，东关酸风射眸子——这两句是说：魏国官员驾车要把金铜仙人运往千里之外的洛阳，长安城东门外的冷风凄厉地射向它们的眼睛，让它们流下凄楚的泪水。指千里：言把金铜仙人运往千里之外的洛阳。指：向、往。东关：指长安城东门外。酸风：使人凄酸落泪的风。眸（móu）子：瞳人，代指眼睛。

空将汉月出宫门，忆君清泪如铅水——这两句是说：铜人带着汉宫的明月走出宫门，怀念汉武帝的眼泪潸然而下。将：与、伴随。君：指汉武帝。铅水：铜人的眼泪，兼有心情沉重之意。

衰兰送客咸阳道，天若有情天亦老——这两句是说：只有路旁衰败的兰花为铜仙人送行，面对此情此景，连苍天也要为之感伤而衰老。咸阳道：此指长安城外的道路。咸阳，秦国的都城，故城在长安西北。

携盘独出月荒凉，渭城已远波声小——这两句是说：咸阳渐远，渭河的波涛声也越来越小，在荒凉的月色中，金铜仙人携带铜盘独自走出汉宫。渭城：即咸阳，故址在今陕西省咸阳市东北二十里。波声：指渭河水声。渭河源出甘肃省渭源县鸟鼠山，流经陕西省中部，在长安之北。

藩镇叛乱，外族入侵，满目疮痍，触目惊心的现实无不令人心悸，作为"唐诸王孙"的李贺无时不在为唐王朝式微的命运担忧。家国之痛、身世飘零之感的交织促使李贺写下这首托古言今之作。全诗紧扣金铜仙人的搬迁写汉王朝的衰败。首四句追溯历史，茂陵秋风，汉宫颓败，人生易逝，满目凄凉。中四句描写金铜仙人被搬迁时对故都的留念，对汉武帝的眷念。"酸"字新奇而厚重，依恋故国之情、远离故国之悲、恨别伤离之苦等都包容其中。最后四句，以景写情，用"天若有情天亦老"进一步扩大金铜仙人被迫远行的悲伤和愤慨，并把全诗感情的起伏推向高潮。这首诗是李贺的代表作之一，创意奇诡，情感的喷发极为深沉，在无可奈何中表现出诗人对唐王朝江河日下的叹息。

古悠悠行

这是一首讽刺唐宪宗（李纯）好神仙、求长生的诗歌。悠悠：久远不尽。行：歌行。

白景归西山,碧华上迢迢。
今古何处尽,千岁随风飘。
海沙变成石,鱼沫吹秦桥。
空光远流浪,铜柱从年消。

　　白景归西山,碧华上迢迢——这两句是说:太阳拖着长长的影子落向西山,碧色的夜空中白云万里。白景:指太阳。碧华:指碧空中的云彩。迢迢:高,远。
　　今古何处尽,千岁随风飘——这两句是说:日月循环,从古到今都没有尽头。千年的时间过得飞快,宛如一阵疾风,瞬间而逝。
　　海沙变成石,鱼沫吹秦桥——这两句是说:细小的海沙变成了巨大的岩石,秦始皇修筑的石桥已成为鱼儿出没的场所。鱼儿吐着泡沫在石桥下自由自在地优游。秦桥:秦始皇修筑的石桥。晋·伏深《三齐记》:"青城山,秦始皇登此山,筑城,造石桥,入海三十里。"
　　空光远流浪,铜柱从年消——这两句是说:时光飞逝,汉武帝求长生的铜柱早已不见踪影。空光:即时光。铜柱:汉·班固《汉书·郊祀志》:"武帝作柏梁铜柱承露仙人掌之属,盖在建章宫中,高二十丈,大七围,其下为铜柱,柱上有铜仙人舒掌捧铜盘,一盘中置玉杯以承云表之露,取露和玉屑服之,以求长生。"从年消:一作随年消。

　　唐宪宗李纯好神仙,不理朝政,这一荒诞的行为引起许多有识之士的不满。为此,李贺写下这首诗对其行为进行了讽刺。前四句从宇宙的变化入笔,指出"白景归西山"是永恒不变的自然规律,非人力所能改变。后四句借古讽今,通过抒写秦始皇、汉武帝求仙遗迹荒凉败落的景象,将讽刺之意寓于其中。

黄头郎

　　诗写离妇之怨。黄头郎:头戴黄帽的船工。汉·班固《汉书·佞幸传·邓通传》:"邓通,蜀郡南安人也,以濯船为黄头郎。"唐·颜师古注:"濯船,能持濯行船也。土胜水,其色黄,故刺(划)船之郎皆著黄帽,因号曰黄头郎也。"

黄头郎,捞拢去不归。
南浦芙蓉影,愁红独自垂。
水弄湘娥珮,竹啼山露月。
玉瑟调青门,石云湿黄葛。
沙上蘼芜花,秋风已先发。
好持扫罗荐,香出鸳鸯热。

黄头郎,捞拢去不归——这两句是说:黄头郎啊,自从你划船离开以后,就再也没有回来。捞拢:摇船、划桨。

南浦芙蓉影,愁红独自垂——这两句是说:送别的南浦只有芙蓉的倒影映在水中,红红的花蕊独自下垂,像是满脸的愁容。南浦:送别之地。楚·屈原《离骚》:"送美人兮南浦。"

水弄湘娥珮,竹啼山露月——这两句是说:水声潺潺,如同敲响湘水女神的玉珮;竹风作响,吹动山林,一轮明月露出山头,挂在空中。湘娥:湘水的女神,即古代帝舜的妃子娥皇、女英。

玉瑟调青门,石云湿黄葛——这两句是说:离妇思远难以平静,取出玉瑟弹奏一曲《青门》,触石而生的云气,沾湿了弹琴人的黄色葛衣。青门:曲名。石云:云气触石而出,故称。

沙上蘼芜花,秋风已先发——这两句是说:秋风骤起,沙堤上的蘼芜花已经开了。蘼芜:一种香草,多年生植物,野生,茎高尺许,叶为羽状,复叶,夏月开小花五瓣,色白,有清香,又名江蓠。

好持扫罗荐,香出鸳鸯热——这两句是说:眼看黄头郎的归期已近,少妇打扫丝织的席褥,熏香罗帐,热切地盼望他的归来。好持:一作好待。罗荐:丝织的席。鸳鸯:一作鸳笼,一作薰笼。指鸳鸯形的香炉。

诗从离人远去入笔,抒写了思妇盼望情郎早日归来的心情。"南浦芙蓉影"与"愁红独自垂"相对,突出了思妇的孤寂。"水弄"二句写景,通过秋水、秋竹、秋风、秋月等物象渲染了清冷的氛围。"玉瑟"二句写人,夜静更深之时,思妇本想借助琴声开解愁怀,然而屋漏又偏偏遇上风雨,"石云湿黄葛",越发激起对离人的思念之情。"沙上"两句由写人转入写景,末两句再由写景转入写人。一情一景,水乳交融,经诗人反复渲染,遂将离情洋溢到诗以外的空间。

马诗二十三首(选四)

题解

　　这是以马为题材的一组诗。诗人以马喻人,托物咏怀,浑然天成。首首寓意,自成一体,极尽变化之章法。清人王琦注曰:"马诗二十三首,俱是借题抒意。或美,或讥,或悲,或惜,大抵于当时所闻见之中各有所比。言马也,而意初不在马矣。又每首之中皆有不经人道语,人皆以贺诗为怪,独朱子以贺诗为巧。读此数章,知朱子论诗真有卓见。"第一首借写良马不遇伯乐,抒发怀才不遇的慨叹。第五首借骏马抒发驰骋边地、建功报国的雄心。第九首慨叹良马伏于槽枥、不被赏识的困境。第十首吟咏项羽的骏马神骓。

其 一

　　龙脊贴连钱,银蹄白踏烟。
　　无人织锦韂,谁为铸金鞭。

　　龙脊贴连钱,银蹄白踏烟——这两句是说:马脊上的花纹如同串起的铜钱,骏马奋起银色的蹄子,宛如踏着云烟在飞行。贴连钱:指马脊背上的斑点如同串起的铜钱。

　　无人织锦韂,谁为铸金鞭——这两句是说:没有人为它织锦作鞍韂,又有谁会为他炼铸金鞭呢? 韂(chàn):即障泥,垂覆在马腹左右以遮泥土的布。

新评

　　李贺作这一组写马之诗来抒发感慨,大概是受了韩愈《杂说》的启发。这首诗中的马的确是良马,"龙"脊、"银"蹄即展现了它的不凡。然而,有千里马,却无识马之人,这是良马的悲哀。诗人少年俊才,却遭排斥而不能参加科举考试一展才华,不也是一匹失志的千里之马吗?此诗之深意不难发见。而借马自喻,含蓄蕴藉,避免了发泄牢骚时的直露。

其 五

　　大漠沙如雪,燕山月似钩。
　　何当金络脑,快走踏清秋。

大漠沙如雪,燕山月似钩——这两句是说:月光下,一望无边的沙漠如同笼罩了一片茫茫的白雪。如钩的明月悬挂在燕山的上空,闪动着凄冷的光芒。大漠:沙漠。燕山:燕然山,即今蒙古人民共和国境内的杭爱山。

何当金络脑,快走踏清秋——这两句是说:何时才能头戴金络脑,在秋高气爽的大漠上纵横驰骋呢?金络脑:饰金的马笼头。

首两字"大漠"领起全篇,将背景推向遥远的边地,在那儿,大漠茫茫,明月如钩,但是,在这平静的画面后却闪动着刀光剑影。"燕山"是当年窦宪追击匈奴、刻石勒功之处。诗人摄此物象,目的是为套上金络脑的骏马奔驰在深秋的疆场上张目。全诗语言明快,风格雄健,激励着建功立业的豪情。

其 九

飂叔去匆匆,如今不豢龙。
夜来霜压栈,骏骨折西风。

飂叔去匆匆,如今不豢龙——这两句是说:深知龙性、善养龙的飂叔早已不在了,如今已经没有善于喂养龙的人了。飂(liū)叔:传说中善于养龙的人。《左传·昭公二十九年》:"昔有飂叔安,有裔子(后代)曰董父,实甚好龙,能求其嗜欲,以饮食之。龙多归之。乃扰畜(驯服)龙,以服事帝舜。帝赐之姓曰董氏,曰豢龙。"飂,古国名。豢:喂养。

夜来霜压栈,骏骨折西风——这两句是说:黑夜降临时,冰霜压向马厩,骏马被寒风吹得筋骨都要折断了。栈:棚,指马厩。

首两句用典,借飂叔已去,感慨世无伯乐。第三、四句写景兼及骏马的遭遇。韩愈曾有"千里马常有,而伯乐不常有"的喟叹,在这样的环境下,善于相马的伯乐早已逝去,纵然有志在千里的骏马,因无人赏识,也只能被拴在霜风凛冽的破马棚里。有才遭斥,困顿家居的李贺不也是马棚中迎着西风的良马吗?

其 十

催榜渡乌江,神骓泣向风。

君王今解剑,何处逐英雄?

催榜渡乌江,神骓泣向风——这两句是说:楚霸王项羽把神骓送给乌江亭长后,神骓眷恋故主,对着大风流下了眼泪。榜:船桨。渡乌江:用典,言项羽欲渡乌江事。汉·司马迁《史记·项羽本纪》:"(项王)骏马名骓,常骑之。……于是项王乃欲东渡乌江。乌江亭长檥(停泊)船待,谓项王曰:'江东虽小,地方千里,众数十万人,亦足王也。愿大王急渡。今独臣有船,汉军至,无以渡。'项王笑曰:'天之亡我,我何渡为!且籍与江东子弟八千人渡江而西,今无一人还,纵江东父兄怜而王我,我何面目见之?纵彼不言,籍独不愧于心乎?'乃谓亭长曰:'吾知公长者。吾骑此马五岁,所当无敌,尝一日行千里,不忍杀之,以赐公。'"乌江,一作江东。

君王今解剑,何处逐英雄——这两句是说:项羽已拔剑自刎,如今再到哪里去追随英雄呢?君王:一作吾王。解剑:指项羽解剑自刎事。《史记·项羽本纪》:"项王身亦被十馀创。顾见汉骑司马吕马童,曰:'若非吾故人乎?'马童面之,指王翳曰:'此项王也。'项王乃曰:'吾闻汉购我头千金,邑万户,吾为若德。'乃自刎而死。"

项羽乌江自刎,神骓悲思故主。"泣向风"并写两面,一是写骏马对故主的依恋;二是悲天怜人,营造和拓展英雄末路的氛围。末两句为神骓着想,表达失去知己、无处依托的感慨。从另一个层面看,这又何尝不是诗人自己的写照呢?此诗基调苍凉悲慨,催人泪下。

申胡子觱篥歌并序

这首诗是诗人宴饮时的即兴之作。申胡子:姓申的苍头,因其多胡须,故称。觱篥(bìlì):古乐器名。元·马端临《文献通考》:"觱篥一名悲栗,一名笳管。羌胡龟兹之乐也,以竹为管,以芦为首,状类胡笳而九窍,所法者角音,而甚悲栗。胡人吹之以惊中国马焉。后世乐家者流,以其旋宫转器以应律管,因谱其音为众器之首,至今鼓吹教坊用之,以为头管,然其大者九窍,以觱篥名之,小者六窍,以风管名之。六窍者犹不失乎中声,而九窍者其失盖与太平管同矣。"朔客:指客居长安的北方人。苍头:头戴青巾的人。《战国策·魏策一》:"苍头二千万。"注:"盖以青帕(蒙)首。"汉·班固《汉书·鲍宣传》:"苍头庐儿皆用致富。"又,汉名奴为苍头。江夏王:据《旧唐书·江夏王道宗列传》,江夏郡王名道宗,初封任城王,太宗时以战功徙封江夏。古人宗庙中宗子主祭,支属从祭。"得祀",指得从祭于宗庙。朔客盖江夏王的支属。践履失序:犹言行为失检。奉官:犹言奉公。北郡:一作北部。指古代北匈奴所居之地。朔客大概曾经被贬谪为边将,故云。长调、短调:唐人称七字句为长调,五字句为短调。合饮:聚饮,共饮。直强回笔端:姑且收敛笔锋,作五言诗。直,但。陶、谢:陶渊明和谢灵运,两人均工五言诗,世称陶谢。相远几里:相差无几,差距不大。合噪相唱:犹言群呼同唱。噪,群呼声。花娘:朔客的家妓。平弄:古人谓歌吟为弄。"平弄"即平声慢歌之意。弊辞:犹言拙辞。

申胡子,朔客之苍头也。朔客李氏亦世家子,得祀江夏王庙。当年践履失序,遂奉官北郡。自称学长调、短调,久未知名。今年四月,吾与对舍于长安崇义里,遂将衣质酒,命予合饮。气热杯阑,因谓吾曰:"李长吉,尔徒能长调,不能作五字歌诗,真强回笔端,与陶、谢诗势相远几里!"吾对后,请撰《申胡子觱篥歌》,以五字断句。歌成,左右人合噪相唱。朔客大喜,擎觞起立,命花娘出幕,徘徊拜客。吾问所宜,称善平弄,于是以弊辞配声,与予为寿。

颜热感君酒,含嚼芦中声。
花娘篸绥妥,休睡芙蓉屏。
谁截太平管,列点排空星。
直贯开花风,天上驱云行。
今夕岁华落,令人惜平生。
心事如波涛,中坐时时惊。
朔客骑白马,剑珌悬兰缨。
俊健如生猱,肯拾蓬中萤。

颜热感君酒,含嚼芦中声——这两句是说:酒酣面热的时候,我要感谢申胡子的真诚邀请,还要感谢他为我吹觱篥以助酒兴。颜热:即酒酣面热。含嚼:指以嘴唇含管,上下齿咬管端而吹。

花娘篸绥妥,休睡芙蓉屏——这两句是说:乐声太美妙了,簪着珠翠的花娘顿时忘记了疲劳,不再倚着芙蓉屏风睡觉。篸:即簪。绥妥:指簪头珠翠下垂之状。

谁截太平管,列点排空星——这两句是说:当初是谁造了这种像太平管的乐器,排列的九孔如同排满天空的星星。太平管:吹奏乐器,和觱篥相似,这里代指觱箫。元·马端临《文献通考》:"太平管形如跋膝而九窍,是黄钟一均(韵),所异者,头如觱篥耳。"

直贯开花风,天上驱云行——这两句是说:乐声像春风一样催开花朵,流溢到四面八方,直入天空,冲开行云。

今夕岁华落,令人惜平生——这两句是说:坐听这奇妙的乐声,让人感到岁月虚度,越发珍惜过去。岁华:岁月,时光。

心事如波涛,中坐时时惊——这两句是说:乐声牵动我如波涛一般涌起的心事,使坐中的我不时地感到心惊。中坐:坐中。

朔客骑白马,剑珌悬兰缨——这两句是说:朔客骑着白马,剑柄上悬挂着充满兰香的穗子。剑珌:剑柄。缨:剑柄上悬挂的穗子。

俊健如生猱,肯拾蓬中萤——这两句是说:朔客俊朗健壮,行动敏捷如同猿猴,同时又十分好学、刻苦读书。猱:猕猴。拾蓬中萤:从蓬草中拾取萤虫,用以照明,以供读书。唐·房玄龄等《晋书·车胤传》:"(车胤)家贫不常得油,夏月则练囊盛数十萤火以照书,以夜继日焉。"

唐朝是一个诗的国度,诗歌进入社会生活的各个领域。在此背景下酒宴之上自然少不了诗的存在,更何况宴饮之人都是爱诗之人呢?这是一首李贺赴宴时应主人之邀写下的诗歌。首四句,先写主人的盛情邀请并对以乐助兴表示感谢;次四句形容乐器的形状和声音;再次四句是写听乐所感,为唱和之作增加了几分理性色彩和深度,人生感慨是淡淡的忧伤而非浓得化不开的愁情,这和宴饮之时的欢快气氛相协调;结尾四句则是对主人的赞美。层次清晰、结构完整,非常切合当时的情境。

老夫采玉歌

这是一首写采玉民夫苦难的诗。

采玉采玉须水碧,琢作步摇徒好色。
老夫饥寒龙为愁,蓝溪水气无清白。
夜雨冈头食蓁子,杜鹃口血老夫泪。
蓝溪之水厌生人,身死千年恨溪水。
斜山柏风雨如啸,泉脚挂绳青袅袅。
村寒白屋念娇婴,古台石磴悬肠草。

采玉采玉须水碧,琢作步摇徒好色——这两句是说:在深水中采玉啊采玉,采完后把它雕琢成头饰。那头饰色泽美艳,可是有谁知道采集时的艰难。水碧:玉的一种。水晶一类的矿物,其色青碧,产深水中。又名碧玉或水玉。步摇:古代女子的一种头饰,上面用金银丝穿绕珠玉,作花枝形,戴上后随步摇动,故名。好色:指步摇色彩艳美。

老夫饥寒龙为愁,蓝溪水气无清白——这两句是说:采玉的老人饥饿寒冷,连龙王都为他不能安身而发愁。日复一日,年复一年地采玉,蓝溪的水已被搅得一团混浊。龙为愁:因采玉搅浑溪水,溪中老龙也不禁发愁。蓝溪:在今陕西省蓝田县西蓝田山下。蓝田山又名玉山,溪方三十里,是著名的产玉之地。无清白:意指混浊。

夜雨冈头食蓁子,杜鹃口血老夫泪——这两句是说:风雨之夜,老夫躲在小山头吃蓁子充饥,他流出的眼泪像杜鹃嘴中流出的血。蓁(zhēn)子:即榛子,一种落叶灌木的果实,可以充饥。杜鹃口血:杜鹃啼血。杜鹃又名子规。宋·罗愿《尔雅翼·释鸟》:"子隽出蜀中,今所在有之,其大如鸠,以春分先鸣,至夏尤甚,日夜号于深林中,口为流血,至章陆子熟乃止。农家候之,亦曰杜宇,亦曰杜鹃。"

蓝溪之水厌生人,身死千年恨溪水——这两句是说:蓝溪淹死了许多的采玉人,采玉人死后千年仍然在痛恨蓝溪。厌:同餍,饱食的意思。生人:活人,指采玉的民夫。

斜山柏风雨如啸,泉脚挂绳青袅袅——这两句是说:陡斜的山坡上风雨狂啸,绳子系在泉水流泻处的崖石上,绳索下端挂着采玉老夫,远远看去只有一点青色在风雨中飘摇。斜山:陡斜的山坡。泉脚:泉水流泻处。一说溪水深处。挂绳:沿峭壁垂挂下来,拴在采玉人身上的绳子。袅袅:摇摆不定的样子。

村寒白屋念娇婴,古台石磴悬肠草——这两句是说:在危险中采玉的老夫突然瞥见了古台石阶上的悬肠草,猛然间想起寒村茅屋内嗷嗷待哺的娇儿。白屋:茅草房。磴:石阶。悬肠草:离别草,又叫思子蔓。

诗人以生动形象的笔触,展示了采玉民夫的不幸。全诗巧妙地运用拟人化的手法,以"龙为愁"、"水厌生人"等反笔写采玉民夫对蓝溪的侵扰,进而又言采玉农夫"身死千年恨溪水"。人恨溪水,溪水恨人,对立之中,诗人把对官府的恨隐含在字里行间。因为心系娇儿,在风吹雨啸中冒死采玉的民夫,是被官府强行征派去的。

伤心行

【题解】

此诗写羁旅困顿中的悲愁。

　　咽咽学楚吟，病骨伤幽素。
　　秋姿白发生，木叶啼风雨。
　　灯青兰膏歇，落照飞蛾舞。
　　古壁生凝尘，羁魂梦中语。

【新辞】

　　咽咽学楚吟，病骨伤幽素——这两句是说：我吟诗时学着楚辞诉说心中的哀怨，多病的身体在幽寂的环境中暗自悲伤。咽咽：形容吟诗时发出的声音。学楚吟：学楚辞哀怨之吟。幽素：幽冷，幽寂。

　　秋姿白发生，木叶啼风雨——这两句是说：伴随着秋天衰败的景象，我生出了白发。窗外的树叶纷纷落下，宛如在风雨中悲哀地哭泣。秋姿：此指秋天衰败的景象。楚·宋玉《九辩》："悲哉，秋之为气也，萧瑟兮草木摇落而变衰！"

　　灯青兰膏歇，落照飞蛾舞——这两句是说：油灯里的兰膏将要燃尽，青色的残光中飞蛾起舞。灯青：油灯将尽，焰色发青。落照：指将熄灭的灯光。

　　古壁生凝尘，羁魂梦中语——这两句是说：陈旧的墙壁上布满久积的灰尘，流落他乡的人儿在梦中诉说不幸。羁魂：指羁客的梦魂。

【新evaluation】

　　此诗题为"伤心行"，通过描写人与事点出"愁"意。"木叶啼风雨"，写窗外的风雨交加。"啼"字已让人伤心不已，诗人将一腔心事诉诸风雨，可谓是点点滴滴在心头。后四句转向室内的环境，残灯将尽、飞蛾扑火、古壁凝尘，这一切蒙上了行将灭亡的危机感，营造出幽冷衰暗的艺术氛围。再看诗人自己的形象，除了一身病骨外，又在萧瑟的秋风秋雨中生出白发，可谓是难以承受。结尾处"梦中语"三字回扣诗题"伤心行"，虽不明言伤心之事，但处处见伤心之语。整首诗悲凄感人。

湖中曲

此诗写少男对少女的追求。

长眉越沙采兰若,桂叶水蘋春漠漠。
横船醉眠白昼闲,渡口梅风歌扇薄。
燕钗玉股照青渠,越王娇郎小字书。
蜀纸封巾报云鬟,晚漏壶中水淋尽。

长眉越沙采兰若,桂叶水蘋春漠漠——这两句是说:长眉少女越过沙滩来采兰若,只见滩边的桂叶和水蘋郁郁葱葱,漠漠无边,却不见兰若。长眉:修长的眉毛,细眉。兰若:指兰草和杜若,都是香草。用采佩香草来衬托少女的高洁清幽,是古人常用的修辞手法。明·李时珍《本草纲目》:"兰草,泽兰一类,二种俱生下隰,紫茎素枝,赤节绿叶,叶对节生,有细齿,但以茎圆节长,叶光有歧(分杈)为兰草。茎微方,节短,叶有毛,为泽兰。嫩时并可授而佩之。"《本草》:"杜若一名杜蘅,叶辛微温,久服益气轻身。"水蘋:水草的一种。一作水荭。宋·罗愿《尔雅翼》:"龙红草也,一名马蓼。叶大而赤白色,生水泽中,高丈馀。"漠漠:指水蘋蔓延丛密的样子。

横船醉眠白昼闲,渡口梅风歌扇薄——这两句是说:白天,悠闲地醉倒睡卧在小船上,任凭它在水中飘荡。渡口飘过阵阵夏风,少女拿起薄薄的扇子轻声歌唱和翩翩起舞。横船:一作横倚。梅风:梅雨季节之后的夏风。《岭南录》:"梅雨后风曰梅风。"清·王琦注:"上文既有春字,此句又及夏景,必有一误。"歌扇:以扇为道具的歌舞。南宋·吴正子注:"妇人以扇自障而歌曰歌扇。"如梁·庾信《和赵王看伎》:"绿珠歌扇薄,飞燕舞衫长。"

燕钗玉股照青渠,越王娇郎小字书——这两句是说:她以清清的渠水为镜,精心地梳妆打扮。这时,走过一个将小字写在方巾上的少年郎。燕钗:指燕子形的钗。玉股:一作玉服。指玉做的钗柄。青:当作"清"。清渠,清澈的渠水。梁·沈约《丽人赋》:"沾妆委露,理发清渠。"越王娇郎:指王孙贵公子之流。北魏·郦道元《水经注》:"南越王遣太子名始,降服安阳王,称臣事之。安阳王有女名眉珠,见始端正,与始交通。"王琦谓:"所谓越王娇郎者,疑用此事。"娇郎,一作娇娘。

蜀纸封巾报云鬟,晚漏壶中水淋尽——这两句是说:少年郎用精美的蜀笺写上工整的小字,裹在方巾里投给少女,邀请她夜半时分去相会。蜀纸:蜀地出产的纸笺。唐·李肇《国史补》:"纸则有蜀之麻面、屑末、滑石、金花、长麻、鱼子十色笺。"蜀中笺纸自古见称。漏壶:古人计时用铜壶滴漏。壶里贮上水,中置一竹箭,箭上刻着度数,随水的漏减看箭上的度数,以辨明时刻早晚。壶中:一作铜壶。

　　此诗虽用齐梁笔法,但没有齐梁体繁缛外露的艳丽,通篇以简炼、含蓄为胜。前两句写少女的美丽高洁,不是直接描写外貌,而是以采香草暗示其天生丽质。第三句到第五句写女子的娴静,先言"闲"字,随后用"横船醉眠"、"渡口梅风歌扇薄""燕钗玉股照青渠"等意象补充。结尾处少男提出约会的请求,颇有浪漫的情调。

黄家洞

　　这首诗并写两面,一写黄家洞人对官府的反抗;一写官府无力镇压,反而杀害当地百姓以邀功的丑恶罪行。黄家洞:黄家洞人,指唐代居住在黄洞地区(今广西左、右江一带)的少数民族,曾聚兵反抗官府,为朝廷所患。韩愈有《元和十五年上黄家贼事宜状》记其事。

　　　　雀步蹙沙声促促,四尺角弓青石镞。
　　　　黑幡三点铜鼓鸣,高作猿啼摇箭箙。
　　　　彩巾缠踍幅半斜,溪头簇队映葛花。
　　　　山潭晚雾吟白鼍,竹蛇飞蠹射金沙。
　　　　闲驱竹马缓归家,官军自杀容州槎。

　　雀步蹙沙声促促,四尺角弓青石镞——这两句是说:黄家洞人走路像跳跃的鸟儿,行走时踩在沙地上发出促促的响声;他们的身上背着四尺长的角弓和用青石磨制的箭头。雀步:行走时像雀跃一样。蹙(cù):同蹴,踩踏的意思。促促:象声词,在沙地上行走的脚步声。角弓:用兽角镶嵌的硬弓。青石镞(zú):用青石磨制的箭头。

　　黑幡三点铜鼓鸣,高作猿啼摇箭箙——这两句是说:黑色的旗帜挥动三下后,敲响了铜鼓。随后,他们像猿猴一样高声呼叫,并用力摇动盛箭的袋子。幡(fān):一种窄长的旗帜。点:指点,挥动示意。铜鼓:古代南方少数民族用铜铸成的鼓,供聚集或征战时使用。箙(fú):盛箭的器具。

　　彩巾缠踍幅半斜,溪头簇队映葛花——这两句是说:他们用彩带斜绑在腿上,在溪边聚集,与葛草花相映成趣。彩巾缠跨:用彩带缠裹在小腿上,即打绑腿。跨,当作骹(qiāo),指小腿。幅半斜:绑腿打成斜折形状。簇队:聚集在一起,排成队伍。队,一作坠。葛:即葛草,茎细长,蔓生,秋天开紫红色的花。

山潭晚雾吟白鼍,竹蛇飞蠹射金沙——这两句是说:山洞有一深潭,晚上云雾缭绕,伏在水下的白鼍不停地鸣吼,含沙射人的蜮出没其中,竹蛇、飞蠹等毒虫遍布洞中。白鼍(tuó):鳄鱼的一种,俗称猪婆龙。竹蛇:又名竹根蛇,剧毒,皮色与竹相似。飞蠹:疑为毒虫,或是飞蛊之误。射金沙:传说有一种居住在水中的动物叫蜮,能含沙射人,被射中者皮肤生疮,被射中人影者也要生病。

闲驱竹马缓归家,官军自杀容州槎——这两句是说:打完仗,黄家洞人人悠闲地骑着竹马,如同玩耍般地回家了。官军战败后,杀死容州的无辜百姓向朝廷邀功请赏。竹马:拿竹枝当马骑,儿童玩耍的一种游戏。容州:州名,今广西北流、容县一带。槎(chá):指老百姓,是当时土著方言。

诗记录了发生在元和(唐宪宗李纯年号,806—820)年间的黄家洞人反抗官府的事件,从不同的角度描述了黄家洞人与官军对垒时的情况。末两句是点睛之笔,当黄家洞人以简陋的武器大败官军,"闲驱竹马缓归家"的时候,为了向朝廷邀功,战败的官军竟向无辜的百姓下毒手。在这里,诗人无情地鞭挞了官军的腐败和无能。

南山田中行

李贺家乡昌谷有南山,这首诗当是依据南山秋景而作。

秋野明,秋风白,塘水漻漻虫喷喷。
云根台藓山上石,冷红泣露娇啼色。
荒畦九月稻叉牙,蛰萤低飞陇径斜。
石脉水流泉滴沙,鬼灯如漆点松花。

秋野明,秋风白,塘水漻漻虫喷喷——这三句是说:明净的秋日田野中秋风簌簌,清澈的池塘中,传来秋虫喷喷的鸣叫声。秋风白:古人以白色象征秋天。秋风又称素风,素即白。秋风,一作秋色。漻漻(liáo):水深而清。喷喷(zé):虫鸣声。

云根台藓山上石,冷红泣露娇啼色——这两句是说:云雾升起之处的山石上长满了青苔,秋季开放的红花带着一丝寒意,露珠凝聚在红花上,像伤感的泪珠。云根:云雾升起之处。苔藓:青苔。冷红:指秋寒时节开的花。泣露:露珠凝聚,有如泪珠。

荒畦九月稻叉牙,蛰萤低飞陇径斜——这两句是说:九月,荒野中的农田上堆满了杂乱的稻草;即将蛰伏的萤火虫在斜斜的田垄小路上低飞盘旋。荒畦:荒野中的田地。叉牙:参差不齐。蛰萤:因秋冷,萤虫即将藏伏。蛰,藏。

石脉水流泉滴沙,鬼灯如漆点松花——这两句是说:从石缝中渗出的泉水冷冷地滴到沙地上,阴森的磷火如同在漆黑的夜晚中点燃的松花。石脉:石缝。鬼灯:指磷火。

秋野、秋风、秋水、秋虫、秋山、秋花,从秋天的荒畦写到即将藏伏的秋萤,诗人领我们漫游南山,一步一景,有声有色。然而,诗人更关心深秋月夜的幽冷。冷红、泣露、荒畦、蛰萤、鬼灯,透过这些意象,我们似乎可以感受到诗人对深秋萧瑟的叹息声。

贵主征行乐

这首诗描绘了一幅贵主行乐图,白描之中讽刺之意尽现。贵主:公主的代称。清·王琦注:"按《后汉书·窦宪传》:'今贵主尚见枉夺',谓沁心公主也。唐·沈佺期《侍宴安乐公主新宅诗》:'皇家贵主好神仙',是皆以公主为贵主也,疑在当时有公主出行,宴饮于河阳城中,长吉见之而作是诗,其所从之将卒皆护从之兵,而非战斗之兵,故其旌旗甲马皆言其华靡艳丽而已,虽史传无考,而因文度事,略为近是。"

奚骑黄铜连锁甲,罗旗香干金画叶。
中军留醉河阳城,娇嘶紫燕踏花行。
春营骑将如红玉,走马捎鞭上空绿。
女垣素月角咿咿,牙帐未开分锦衣。

奚骑黄铜连锁甲,罗旗香干金画叶——这两句是说:女兵身穿用黄铜连缀的锁子甲,高举着香木杆上饰有金画的罗旗。奚:奴婢。汉·郑玄注《周礼·天官·酒人》"奚"字云:"古者从坐(因亲属犯罪,连带受刑),男女没入县官为奴,其少才知(智),以为奚。今之侍史官婢。或曰:奚,宦女。"连锁甲:铠甲名。北魏·崔鸿《十六国春秋》:"狯胡(胡人的一种)铠如连锁,射不可入。"宋·周必大《二老堂诗话》:"今谓甲之精细者为锁子甲,言其相衔之密也。"

中军留醉河阳城,娇嘶紫燕踏花行——这两句是说:中军统帅因醉逗留在河阳,女兵娇声滴滴如同马嘶,宛如轻盈的紫燕踏花而过,在河阳留下她们的足印。河阳:县名,即孟津。旧治在今河南孟县。唐·李吉甫《元和郡县志》:"河南府有河阳县,西南至府八十里,自乾元(唐肃宗李亨年号,758—760)以后,常置重兵,贞元后加置节度,为都城之巨防。"紫燕:紫色的燕子。元·陶宗仪《说郛》卷三十一下引《漂粟手牍》:"吕后时冬十二月,见未央宫前有一紫燕。后以为不祥,使侍中陈当时逐之,飞入厩内不得出,值牝马方仰首而嘶,遂飞入其口中,便有紫云覆于马首,顷之而灭。当时奏状,后异之。诏有司专视此马,后生驹,日驰数百里,因号曰紫燕。"

春营骑将如红玉,走马捎鞭上空绿——这两句是说:在绿色兵营中,奔走着颜如红玉的女将,她们扬鞭策马,好像要腾入天空一般。红玉:指脸色如同红玉。晋·葛洪《西京杂记》:"赵后(飞燕)体轻腰弱,善行步进退。女弟(妹)昭仪(妃子的名称)弱骨丰肌,尤工笑语。二人并色如红玉,为当时第一。"捎:掠,拂。上空绿:是说马驰走轻捷,如腾入空际。

女垣素月角咿咿,牙帐未开分锦衣——这两句是说:城头上高悬着一轮淡淡的明月,号角声咿咿响起。在这营帐未开的时候,公主已开始犒赏随行的女兵了。女垣:女墙,俗称城墙垛。晋·崔豹《古今注》:"女墙,城上小墙也。"角:号角。古代有军中吹角报告早晨和傍晚的举措。南朝·沈约《宋书·乐志》:"角长五尺,形如竹筒,本细末大,未详所起,今卤部(天子的仪仗)及军中用之,或以竹木,或以皮,无定制,按古军法有吹角者,此器俗名拔逻迴。"咿咿:同咿哑,本是指小儿的声音。这里用来形容角声,表示女兵声音娇弱。牙帐:即插有牙旗的帐篷,也就是主将所居的营帐。分锦衣:指把锦衣颁赐给部属。

首两句从"奚骑"入笔,紧扣"贵主征行"的题意。第三、四句叙事,将公主戎装征行落实在寻乐方面。其中,"留醉河阳"写公主之乐,"娇嘶紫燕踏花行"写女兵之乐,写女兵之乐旨在补充公主的征行之乐。第五、六句紧承上意,红绿相间,色彩鲜明,渲染了女兵征行的绚丽场面。末两句一写景一写人,暗寓征行之乐通宵达旦。此诗从不同的角度描绘贵主征行时的浮华艳丽,精心绘制了一幅贵主行乐图。这首诗与杜甫《丽人行》有相似之处,不动声色地描述征行的过程,卒章显其志,将揭露和讽刺之意洋溢到诗外。

酒罢，张大彻索赠诗。时张初效潞幕

这首诗是酒后应邀而作。张彻：既是韩愈的门人，又是韩愈的侄婿。唐·韩愈《故幽州节度判官赠给事中清河张君墓志铭》："张君名彻，字某，以进士累官至范阳府监察御史。长庆中迁殿中侍御史，以军乱被执，骂众而死。"大：排行老大。初效潞幕：称张彻刚刚就职于潞州幕府。潞州：州名，治所在今山西长治市。

    长鬣张郎三十八，天遣裁诗花作骨。
    往还谁是龙头人，公主遣秉鱼须笏。
    太行青草上白衫，匣中章奏密如蚕。
    金门石阁知卿有，豸角鸡香早晚含。
    陇西长吉摧颓客，酒阑感觉中区窄。
    葛衣断碎赵城秋，吟诗一夜东方白。

  长鬣张郎三十八，天遣裁诗花作骨——这两句是说：三十八岁的张彻，美须飘逸，老天赋给他作诗的才华，他具有锦心绣肠般的美质。长鬣：长长的胡子。唐·李延寿《北史·许惇传》："惇美须髯，下垂至带，省中号为长鬣公。"花作骨：犹言锦心绣肠。

  往还谁是龙头人，公主遣秉鱼须笏——这两句是说：与张彻交往的人很多，有谁的才华能超过他呢？因此，公主专门上书朝廷，举荐他入朝为官。龙头人：指才华出众的人。三国魏·鱼豢《魏略》："华歆与北海邴原、管宁俱游学，三人相善，时人号三人为一龙。歆为龙头，原为龙腹，宁为龙尾。"秉：拿。鱼须笏(hù)：用鲛鱼须饰竹成纹的朝板。《礼记·玉藻》："笏，天子以球玉，诸侯以象，大夫以鱼须文竹，士竹本象可也。"笏，朝板。大臣上朝时用的手板，记上奏之事。俗称朝笏板。

  太行青草上白衫，匣中章奏密如蚕——这两句是说：到了地处太行山潞州以后，他身上的白衫换成了青色的官服。他那匣中的奏章厚厚一叠，所写的小字密密麻麻，就像春蚕一样。太行：一作水行。宋·王伯厚《地理通释》："太行山连亘河北诸州，为天下之脊。"太行山起河南沁阳北，接山西晋城南，北过恒山，至于河北，绵亘数千里。此处言张彻初入仕途在潞州幕府供职。青草、白衫：唐时，没做官的人着白衣，八品、九品着青衣。

金门石阁知卿有,豸角鸡香早晚含——这两句是说:当知入仕不久的张彻很快就可以成为皇帝的侍从人员。以他的才华,当上御史、尚书郎是早晚的事。金门:金马门。南朝梁·孙柔之《孙氏三辅黄图》:"金马门,宦者署。武帝得大宛马,以铜铸像立于署门,因以为名。东方朔、主父偃、严安、徐乐皆待诏金马门。"石阁:汉代皇家的藏书阁。《孙氏三辅黄图》:"石渠阁,萧何所造,其下磐石为渠以导水,若今御沟,因为阁名,以藏入关所得秦之图籍,至于成帝(刘骜),又于此藏秘书(皇帝所藏的书籍)焉。"豸:奇兽。此指汉官的官帽。汉·杨孚《异物志》:"东北荒中,有兽名獬豸,一角,性忠,见人斗,则触不直者,闻人论,则咋不正者。"唐·杜佑《通典》:"法冠一名獬豸冠,一角,为獬豸之形。御史台监察以上服之。"鸡香:鸡舌香。宋·沈括《梦溪笔谈》:"《齐民要术》云,鸡舌香,世以其似丁子,故一名丁子香,即今丁香是也。《日华子》云,鸡舌香,治口气,所以三省故事,郎官含鸡舌香,欲其奏事对答,其气芬芳。"东汉·应劭《汉官仪》:"尚书郎含鸡舌香伏奏事。"

陇西长吉摧颓客,酒阑感觉中区窄——这两句是说:我是个颓唐不遇的羁旅之人,酒后不禁感觉心情窘迫,郁郁不舒。陇西:古郡名。汉·班固《汉书·地理志下》:"陇西郡。秦置。"唐·颜师古注:"此郡在陇之西,故曰陇西。"清·纪昀等《四库全书总目》:"贺系出郑王,故自以郡望称陇西,实则家于昌谷,昌谷地近洛阳,于唐为福昌县。"中区窄:指心境窘迫狭窄。

葛衣断碎赵城秋,吟诗一夜东方白——这两句是说:秋天,我穿着破旧的葛衣和张彻在赵城宴饮,一夜吟诗,不知不觉中东方已经泛白。赵城:县名,唐时在河东道,属平阳郡,在今山西霍县南。李贺与张彻相会饮酒,即在此地。吟诗一夜:照应题目中的"酒罢,张大彻索赠诗"。

应邀赴宴,兴之所至,诗中自然少不了对主人张彻的称赞和祝福。前四句为赞美语;第五、六两句是对张彻仕途顺利、显达富贵的美好祝福。此时此刻,多愁善感的诗人突然想起了自己的不幸,和春风得意的张彻相比,自己"葛衣断碎",困顿羁旅,酒后更难释怀。此诗虽为唱和应酬之作,但是,由于诗人将自己的身世之感融入其中,真挚深切,令人叹惋。

罗浮山人与葛篇

罗浮山人赠给诗人一块葛布,诗人有感而发,写了这首诗。罗浮山人:指罗浮山中老人。罗浮:山名,在今广东东江北岸增城、博罗县境内。葛:指葛布,用葛草纤维织成。

> 依依宜织江雨空,雨中六月兰台风。
> 博罗老仙时出洞,千岁石床啼鬼工。
> 蛇毒浓凝洞堂湿,江鱼不食衔沙立。
> 欲剪湘中一尺天,吴娥莫道吴刀涩。

【新解】

依依宜织江雨空,雨中六月兰台风——这两句是说:这块葛布就像江上空濛的细雨一般透明细密;穿上用它做的衣服,就像接受六月雨天中的凉风,让人感到凉爽舒适。依依:形容葛缕柔软。织:密雨空濛的样子。江雨空:形容葛布就像江上细雨般细密透明。兰台:战国时楚国宫殿名。楚·宋玉《风赋》:"楚襄王游于兰台之宫,宋玉、景差侍。有风飒然而至,王乃披襟而当之,曰,'快哉,此风!寡人所与庶人共者耶?'"

博罗老仙时出洞,千岁石床啼鬼工——这两句是说:当罗浮山人走出山洞,把这块在千年石床上织制而成、制作精美的葛布赠人时,鬼工不舍,吝惜地流下眼泪。博罗:罗浮山的异名。老人:指罗浮山人。千岁石床:山洞中年代久远、平滑如床的石块。这里代指织布的机床。鬼工:指手艺精巧的织工,意为织工技艺非凡,非人力所能达到。

蛇毒浓凝洞堂湿,江鱼不食衔沙立——这两句是说:天气闷热,毒蛇在洞里气喘吁吁;江中鱼儿因水中闷热而静伏不食,含沙直立。浓凝:一作浓吁。深深的喘气。

欲剪湘中一尺天,吴娥莫道吴刀涩——这两句是说:葛布非常莹白,倒映在水中像一幅天光图;这么爽滑的葛布剪起来非常流畅,吴地女子不会再埋怨剪刀钝涩了。吴娥:吴地(今江苏、浙江一带)女子。吴刀:指吴地出产的剪刀。涩:不滑爽。这里指刀钝。

【新评】

诗前四句极写葛布织工精湛的技艺。"江雨空"、"啼鬼工",比喻出奇入妙,令人叹为观止。第五、六句宕开一笔,以"蛇毒浓凝"、"江鱼不食"写天气炎酷。洞湿水凉之处尚如此,其他地方的暑热更可想而知了。看似闲笔,实为末两句蓄势,再度回到赞赏产生凉爽舒适之感的葛布上面。

仁和里杂叙皇甫湜

皇甫湜(shí)离长安往陆浑赴任,途经洛阳时与李贺相会。李贺感到将失去一位引援升迁的人,因而写下了这首基调苍凉的叙别诗。旧注:"湜新尉陆浑。"仁和里:又名仁和坊,唐时洛阳城内街坊名。皇甫湜:字持正,睦州新安(今浙江淳安县)人。元和(唐宪宗李统时年号,806—820)元年进士,是时新任陆浑县(今河南嵩县北)县尉,后任侍御史、工部郎中等职。诗文颇有名气,与李贺友善。

> 大人乞马癯乃寒,宗人贷宅荒厥垣。
> 横庭鼠径空土涩,出篱大枣垂珠残。
> 安定美人截黄绶,脱落缨裾睺朝酒。
> 还家白笔未上头,使我清声落人后。
> 枉辱称知犯君眼,排引才升强纽断。
> 洛风送马入长关,阖扇未开逢狻犬。
> 那知坚都相草草,客枕幽单看春老。
> 归来骨薄面无膏,疫气冲头鬓茎少。
> 欲雕小说干天官,宗孙不调为谁怜。
> 明朝下元复西道,崆峒叙别长如天。

大人乞马癯乃寒,宗人贷宅荒厥垣——这两句是说:向父辈尊长乞求了一匹又瘦又弱的马;又向同族的人借了一处荒旷得连围墙都没有的住房。大人:指父辈尊长。乞:求,向人讨。癯(qú):瘦瘠。寒:意为弱。宗人:同族人。贷:借。厥:其,那个。垣:围墙。

横庭鼠径空土涩,出篱大枣垂珠残——这两句是说:院子里老鼠出没的道路纵横交错,到处都是被老鼠翻起的干土;稀疏的几颗残枣伸到破旧的篱笆外面。鼠径:老鼠出没的道路。空土涩:徒有干土。涩,引申为干。垂珠:形容垂挂的枣子。

安定美人截黄绶,脱落缨裾睺朝酒——这两句是说:有贤才美德的皇甫湜补官时,只得了县尉的职务。失意之中,朝暮以饮酒度日,不再以官职为重。安定美人:因东汉皇甫规、皇甫嵩都是安定人,这里以族望称皇甫湜为安定美人。美人,对有贤才的人的美称。截:断,引申为解下。黄绶:黄色的系印丝带,在汉朝为县尉佩戴。唐·

颜师古《汉书注》："丞尉职卑皆黄绶。"因湜为尉,故借称之。其实唐时五品以上有绶,六品以下皆去绶。即使五品以上所服之绶,也只有绿、紫、青、黑四色,而没有黄色。缨裾:帽带和衣襟,这里泛指朝冠和朝服。暝:夜晚。

还家白笔未上头,使我清声落人后——这两句是说:你没有得到高官而回家,没有人再为我扬名了。白笔:古代官员夹在朝板上记事的笔。唐代七品以上的官员用白笔代替簪子。皇甫湜官为九品县尉,故称"白笔未上头"。清声:好名声。

枉辱称知犯君眼,排引才升强絙断——这两句是说:承蒙你皇甫湜看重,以知己相待。而你远赴他地任县尉,就再也没有人引荐我了。这就像是刚刚要攀着绳子登高,绳索却突然断了一样。枉辱:谦辞,屈承的意思。犯君眼:承蒙您看重。排引:引荐,推荐。絙:緪字之误,緪(gēng),粗绳索。

洛风送马入长关,阖扇未开逢猰犬——这两句是说:回想当时我驰马入京应试之时,君门还没打开,便受到疯狗一样的小人的诋毁。长关:长安。阖(hé)扇:门扇,这里指皇城大门。猰(yà)犬:瘈(zhì)之误。瘈犬即疯狗,喻指那些毁谤李贺的人。楚·宋玉《九辩》:"岂不郁陶而思君兮,君之门以九重。猛犬狺狺而迎吠兮,关梁闭而不通。"此用其意。

那知坚都相草草,客枕幽单看春老——这两句是说:谁知道号称伯乐的主考官竟然草草了事,使我落第,客枕异乡,在幽寂孤单之中坐看青春老去。坚都:一作竖都。人名,指刀坚和丁君都,他们都是古代善相马之人,这里指主管考试的礼部官员。相:审察,这里指选拔考生。幽单:幽寂孤单。

归来骨薄面无膏,疫气冲头鬓茎少——这两句是说:回来之后因失意而骨瘦影单,面无光泽。如此晦气透顶、烦闷不快,使我须发稀疏。膏:油脂,这里指润泽有光彩。疫气:一作疮气。指病气,引申为晦气。鬓茎:须发。

欲雕小说干天官,宗孙不调为谁怜——这两句是说:想写小说以干谒吏部长官,但是吏部昏暗,根本就不怜惜我这个宗室子孙。雕:雕饰、刻画,这里指写作。小说:此指唐代传奇。唐代谋取仕进的人往往要写作诗文或传奇,送给考官品评,以显示自己的才干。《庄子·外物篇》:"饰小说以干县令。"干:干谒,求见。天官:指吏部长官。唐·白居易《白帖》:"吏部为天官。"指主管选任官员的吏部长官。宗孙:唐宗室后代,这里指李贺自己。调:选调,升迁。

明朝下元复西道,崆峒叙别长如天——这两句是说:堪为知己的皇甫湜明天早晨却要到遥远的西方去,这一别从此天涯相隔,不知何时才能见面。下元:下元节。唐人以农历十月十五日为下元节。西道:指西去长安的道路。崆峒:山名。宋·乐史《太平寰宇记》:"禹迹之内,山名崆峒者有三。一在临洮,一在安定,一在汝州。"这里指汝州(今河南临汝)境内的山,和皇甫湜做县尉的陆浑临近。一说指洛阳。古人认为北极星居天之中,洛阳居地之中,斗极之下是空桐(崆峒),故以崆峒代指洛阳。

诗题中"杂叙"二字道出了李贺对皇甫湜的复杂情感。皇甫湜曾与韩愈等人一起称誉李贺,李贺引为知己。友人远行陆浑,引发了诗人的感慨。是时,诗人贫病交加,举进士遭受诋毁,大有前途渺茫之感。因友人远行,引起诗人的伤痛,故李贺借送别抒写了心绪纷杂的诗倾吐胸中的郁结。这首诗共二十句,四句一韵,韵脚不停地转换,其起伏不定的形式与诗人的万般感慨有机地融为一体。

宫娃歌

这是一首宫怨诗。宫娃:宫女。吴人称美女为娃。

> 蜡光高悬照纱空,花房夜捣红守宫。
> 象口吹香毾㲪暖,七星挂城闻漏板。
> 寒入罘罳殿影昏,彩鸾帘额著霜痕。
> 啼蛄吊月钩栏下,屈膝铜铺锁阿甄。
> 梦入家门上沙渚,天河落处长洲路。
> 愿君光明如太阳,放妾骑鱼撇波去。

蜡光高悬照纱空,花房夜捣红守宫——这两句是说:高悬的烛光透过薄薄的灯纱,透明通亮。幽闭深宫的宫女们深夜还在捣着验其贞节的丹砂。照纱空:烛光射过薄薄的灯纱,透明通亮。花房:指宫女居室。红守宫:验女子贞节的丹砂。晋·张华《博物志》:"蜥蜴或名蝘蜓,以器养之,食以丹砂,体尽赤,所食满七斤,治捣万杵,点女人肢体,终身不灭。惟房事则灭,故又号守宫。"

象口吹香毾㲪暖,七星挂城闻漏板——这两句是说:香炉里燃着香,地毯也很温暖,但是宫女们孤寂难眠,长夜不寐,北斗横斜在城头时,孤独地倾听着更漏的声音。象:此指象形的香炉。宋·洪刍《香谱》:"香兽以涂金为狻猊、麒麟、凫鸭之状,空中以燃香,使烟自口出,以为玩好,复有雕木埏为之者。"毾㲪(tàdēng):毛织的地毯。三国魏·张揖《埤苍》:"毛席也。"唐·虞世南《北堂书钞》:"氍毹细者谓之毾㲪,即细密的地毯。七星:北斗星。漏板:随更漏敲击,用以报时辰的铜板。

寒入罘罳殿影昏,彩鸾帘额著霜痕——这两句是说:寒气投入户网时,殿影笼罩在浓雾之中,一片昏寂;绣着彩鸾的帘额上,也附着一层薄薄的晚霜。罘罳

（fúsī）：装在屋檐下用来阻止鸟雀飞入的网。彩鸾帘额：绣有彩色鸾鸟的门帘上的横额。著：附着，沾上。

啼蛄吊月钩栏下，屈膝铜铺锁阿甄——这两句是说：蝼蛄在栏杆下对月悲鸣，宫女们幽禁于深宫，幽怨凄凉。啼蛄吊月：蝼蛄在月光下悲鸣。钩栏：弯曲钩错的栏杆。屈膝：即屈戌，门帘上的环钮、搭扣，其形如人之屈膝状，故名。铜铺：铜制的铺首，以兽面为底座，衔环，用以受锁。阿甄：魏文帝曹丕的甄皇后，初入宫时得宠，后被谗失意，幽禁宫中。晋·陈寿《三国志·魏书·后妃传》："文昭甄皇后，中山无极人……及冀州平，文帝纳后于邺，有宠……践阼之后，山阳公奉二女以嫔于魏，郭后、李、阴贵人并爱幸，后愈失意，有怨言。帝大怒，二年六月，遣使赐死，葬于邺。"这里用来泛指失宠的宫女。

梦入家门上沙渚，天河落处长洲路——这两句是说：梦中踏上回故乡长洲的道路，回到遥远的家乡，又见到了家门口美丽的沙洲。沙渚：水中的小块陆地。天河落处：银河落下的地方，喻家乡十分遥远。长洲：县名，唐时属苏州，代指宫女的故乡。

愿君光明如太阳，放妾骑鱼撇波去——这两句是说：愿皇帝能像太阳一样放我们离开皇宫，那样的话，我们会骑鱼破浪迅速地返回到家乡。君：指皇帝。妾：宫女自称。骑鱼撇波：骑鱼破浪，形容宫女思归心切，等不及坐船。一说，骑鱼不如乘舟舒适，从而说明宫女们只要能回家，即使无舟可乘也行，从而反衬其幽禁中怨旷之重，归家心切。两说都可通。汉·王褒《四子讲德论》："故膺腾撇波而济水，不如乘舟之逸也。"撇，拂也。

灯烛高悬，象炉吹香，七星挂城，寒入宫室，诗人塑造了宫女孤独无依而又无可奈何的形象。"夜捣"划破了深宫的静寂，诉说着宫女的一腔悲情。"寒入"、"影昏"、"著霜痕"等物象的出现，为进一步抒写宫女难以诉说的怨愤提供了必要的环境。第七句继续写景，蝼蛄对月悲鸣，与下句中的"锁"字对应，用悲景烘托和渲染宫女难以诉说的不幸。末四句写宫女的希冀，"梦"表达了宫女走出深宫、挣脱枷锁的玄想。然而，"放妾骑鱼撇波去"的畅快只能是一场梦想。在反笔挽起的过程中，诗人将宫女的怨情拓展到诗外。

堂　堂

此诗借废弃的离宫抒发穷通炎凉之感。堂堂：古代的乐曲。宋·郭茂倩《乐府诗集·乐苑》："《堂堂》，角调名。"又："《堂堂》本陈后主所作，唐为法曲，故白居易诗云'法曲法曲歌堂堂'是也。"

　　　　　堂堂复堂堂，红脱梅灰香。
　　　　　十年粉蠹生画梁，饥虫不食摧碎黄。
　　　　　蕙花已老桃叶长，禁院悬帘隔御光。
　　　　　华清源中礜石汤，徘徊白凤随君王。

　　堂堂复堂堂，红脱梅灰香——这两句是说：一重又一重的宫殿露出一副破败的景象，红墙上的色彩已经脱落，往日的香尘也已销歇。这两句和下面四句都是形容堂室的荒凉残破。堂堂：双关语，既指古曲，又指室堂重叠。因屋宇败落而发出叹息之声。

　　十年粉蠹生画梁，饥虫不食摧碎黄——这两句是说：画梁上早已生出蛀虫，泛黄的碎屑已不可再蛀，蛀虫找不到食物，饥饿难耐。十：当作千。摧：一作堆。

　　蕙花已老桃叶长，禁院悬帘隔御光——这两句是说：蕙兰上的花朵快要凋谢，桃树的叶子已经长大，春去夏来，深宫中的帘幕隔开了御光，君主早已不到这里行幸了。

　　华清源中礜石汤，徘徊白凤随君王——这两句是说：华清宫的温泉如此温暖是因为有礜石铺底。君王巡幸于此，白色的凤凰徘徊左右。华清：宫殿名，见《过华清宫》注。礜（yù）石：今陕西汉中出产的石头。汉·许慎《说文解字》："毒石，生汉中。"清·吴仪洛《本草从新》："此石生于山无雪，入水不冰。"汤：温泉。宋·胡仔《苕溪渔隐丛话》："汤泉多硫黄气，浴之则袭人肌肤，惟骊山是礜石泉。"清·王琦按："礜石性热，置水瓮中则水不冰，故骊山之温泉古人以为下有礜石所致。"白凤：白色的凤凰。清·王琦注："白凤事未详。曹唐《游仙诗》：'不知今夜游何处，侍从皆骑白凤凰。'疑是取神仙从卫以喻当时侍从之臣。"

　　前六句写离宫破败的景象。"十年粉蠹生画梁，饥虫不食摧碎黄"言离宫的败落，给人以触目惊心之感。后两句反笔写华清池往日的景象，以此反衬离宫的冷落被弃。读之，令人感慨万千。

勉爱行二首送小季之庐山

【题解】

诗当为李贺任奉礼郎三年时写下的作品。勉爱：勉励自爱。小季：小弟。庐山：又称匡庐，山名，在今江西九江南。第一首写送别之情。第二首抒写了诗人落拓不遇，牵挂羁旅他乡的小弟之情。情感真挚，催人泪下。一本首四句归上首，"南云"以下作一首。

其 一

洛郊无俎豆，弊厩惭老马。
小雁过炉峰，影落楚水下。
长船倚云泊，石镜秋凉夜。
岂解有乡情，弄月聊呜哑。

洛郊无俎豆，弊厩惭老马——这两句是说：在洛阳的郊外我给你饯行，甚至找不到盛祭品的盘子。简陋的饯行让我不安，就像破烂的马厩愧对老马一样。俎：古代祭祀时盛牲牲的方木盘。豆：祭祀时盛菹醢的高脚木碗。

小雁过炉峰，影落楚水下——这两句是说：小雁如飞过香炉峰，身影将落到楚水中。小雁：双关语，又指李贺的小弟。炉峰：指庐山东南的香炉峰。楚水：指鄱阳湖、九江诸水。

长船倚云泊，石镜秋凉夜——这两句是说：细长的船只依云停泊，石镜峰的秋夜散发出凉意。石镜：山峰名。《江西通志》："石镜峰在南康府城西二十五里金轮峰侧，有一圆石悬崖，明净，照人见影，隐见无时。谢灵运诗'攀崖照石镜'，即此。"

岂解有乡情，弄月聊呜哑——这两句是说：哪有不知道乡情的呢？小雁飞过明月时，还啼叫数声，凄怆的声音让人难以承受。呜哑：雁鸣声。

小弟即将远游，诗人难舍难分。首两句交代地点，写送别的场面。"无俎豆"言饯行时的简陋，"惭老马"写对小弟的深情。第三、四句写景抒情。一是想像小弟到达庐山的情况；二是以"小雁"喻小弟，表示对他的关怀；三是想像小弟远游后的孤单，为送别平添几分悲怆的色彩。第五、六句继续写景，渲染小弟离乡后给诗人带来的不安。末两句以反问句式写远行人的思乡之情。"弄月聊呜哑"，以小雁的哀鸣来映衬小弟的悠悠乡思,打破以上所描绘的静止画面,可谓是情景交融,互为增色。

其 二

别柳当马头,官槐如兔目。
欲将千里别,持此易斗粟。
南云北云空脉断,灵台经络悬春线。
青轩树转月满床,下国饥儿梦中见。
维尔之昆二十馀,年来持镜颇有须。
辞家三载今如此,索米王门一事无。
荒沟古水光如刀,庭南拱柳生蛴螬。
江干幼客真可念,郊原晚吹悲号号。

别柳当马头,官槐如兔目——这两句是说:暮春时节,我和小弟在车水马龙的水陆要道折柳相别。这时官家种的槐树才长出像兔子眼睛一般大小的嫩叶。别柳:古人折柳送别,故称。马头:此指水陆要道,为车马汇聚之地。官槐:指官街上种植的槐树。后晋·刘昫《旧唐书·吴凑传》:"官街树缺,所司植榆以补之,凑曰:'榆非九衢之玩。'亟命易之以槐。"唐时街道的两旁,例由公家种植槐树,故称。兔目:指初生的槐叶。唐·欧阳询《艺文类聚·木部上》:"庄子曰:'槐之生也,入季春五日而兔目,十日而鼠耳。'"

欲将千里别,持此易斗粟——这两句是说:为了换取升斗之米,小弟不得不辞家远游。持此:旧本作持我。清·王琦注:"旧本皆作'持我',似与下文'索米'犯复,一本注云,'我'一作'此',今从之。"易斗粟:指换取升斗之米。

南云北云空脉断,灵台经络悬春线——这两句是说:从此以后,兄弟二人如同分隔在南北的云彩,然而,心中的牵挂却如同春线一般,不可断绝。灵台:指心脏。《庄子·庚桑楚》:"不可内(纳)于灵台。"晋·郭象注:"灵台,心也。"

青轩树转月满床,下国饥儿梦中见——这两句是说:月亮在空中运行,照到树上,又透过青色的窗子,将月光洒到床上。在梦中,我见到了为生计而奔波、远在下国的小弟。下国:此指江西,相对于京师而言。饥儿:代指小弟。清·王琦注:"白乐天谓'渴人多梦饮,饥人多梦餐',今以糊口而往,反梦见饥儿,梦境颠倒,因想而成,往往如是。"

维尔之昆二十馀,年来持镜颇有须——这两句是说:你的兄长已二十多岁,年来拿镜子照了一下,发现已长出了胡子,苍老了不少。昆:兄长。《尔雅》:"昆,兄也。"

颇有须:《陌上桑》:"为人洁白皙,鬑鬑颇有须。"

辞家三载今如此,索米王门一事无——这两句是说:离家为官三年,除了领一点薪俸而外,一事无成。索米:指领取薪俸。汉·班固《汉书·东方朔传》:"无令但索长安米。"

荒沟古水光如刀,庭南拱柳生蛴螬——这两句是说:荒沟里的积水,波光如刀,庭院南边的老柳生满蛀虫。古水:指积水。拱柳:指合抱的老柳树。蛴螬:虫名,形状似蚕,生在树木中,蠹木成孔,今称蛀虫。

江干幼客真可念,郊原晚吹悲号号——这两句是说:在这种环境里,一想到江边的少年游子,真让人牵挂。此时此刻,野外响起悲凄的号角声,更让人愁怀难释。吹:指傍晚的号角声。

此诗情感深挚。"易斗粟"、"饥儿梦中见"、"索米王门"前后照应,情感得以深化。诗人胸怀壮志无由实现,只能困顿落魄于"荒沟古水光如刀,庭南拱柳生蛴螬"的衰败的官舍之中。小弟远游"易斗粟"引起诗人的心悸,因日夜担忧小弟的饥渴冷暖,故有"日有所思,夜有所梦"之思。就此,诗人犹嫌不足,又以梦中见"饥儿"关怀之,至此,兄长识尽人生坎坷以及对小弟的一片深情毕竟其状。"郊原晚吹悲号号"的触景生情也极为生动可感,在诗人紧锁的眉头、深深的叹息声中可见其情真意切。

致酒行

这是一首客居异乡、自壮行色的抒情诗。宋·李昉等《文苑英华》收录此诗,题下有"至日长安里中作"七字,本集无。致酒:劝酒。

零落栖迟一杯酒,主人奉觞客长寿。
主父西游困不归,家人折断门前柳。
吾闻马周昔作新丰客,天荒地老无人识。
空将笺上两行书,直犯龙颜请恩泽。
我有迷魂招不得,雄鸡一声天下白。
少年心事当拏云,谁念幽寒坐呜呃。

零落栖迟一杯酒,主人奉觞客长寿——这两句是说:在飘零落拓之时,主人举起酒杯祝我健康长寿。栖迟：犹言蹭蹬，遭受挫折。奉觞(shāng)：举杯敬酒。奉，同捧。以下六句是主人的劝勉之词。

主父西游困不归，家人折断门前柳——这两句是说：主父偃西游时，曾困顿蹭蹬久久不归，家人盼望他早日还家，折断了门前的柳枝。主父：即主父偃，汉武帝时人。汉·司马迁《史记·主父偃列传》："主父偃，齐国临菑人也……游齐诸生间，莫能厚遇也。齐诸儒生相与排摈，不容于齐。家贫，假贷无所得，北游燕、赵、中山，皆莫能厚遇，为客甚困。……资用乏，留久，诸公宾客多厌之，乃上书阙下。朝奏，暮召入见。"

吾闻马周昔作新丰客，天荒地老无人识——这两句是说：我听说马周困顿时曾客居新丰旅店，很长时间里默默无闻，甚至受到客店主人的冷遇。马周：唐太宗时人，因孤贫经常受人轻侮。后西入长安，客居新丰（今陕西临潼县东新丰镇），又受到客店主人的冷遇。投靠中郎将常何以后，代为上书，陈说二十馀事，得到唐太宗的重用。事见后晋·刘昫《旧唐书·马周传》。天荒地老：形容时间久远。识：赏识。

空将笺上两行书，直犯龙颜请恩泽——这两句是说：后来马周写了几行条陈，使唐太宗龙颜大悦，遂致显达。笺：笺纸，这里指奏章。龙颜：指皇帝的容颜。恩泽：皇帝给予的恩惠。

我有迷魂招不得，雄鸡一声天下白——这两句是说：我现在落魄于羁旅之中，有志不得伸。我期盼着雄鸡报晓、天下大白之时，能施展自己的理想抱负。迷魂：迷失了灵魂。比喻心烦意乱，无所归依。招：招魂。《楚辞》有《招魂》篇。汉·王逸《楚辞注》："宋玉哀怜屈原忠而斥弃，愁满山泽，魂魄放佚，厥命将落，故作《招魂》，欲以复其精神，延其年寿。"

少年心事当拏云，谁念幽寒坐呜呃——这两句是说：我一定会坚持自己高远的志向，不会因为遇到挫折而悲叹。这两句和上两句相联，为酬答主人的慰勉之辞。拏(ná)云：拂云，喻志向高远。幽寒：冷落寒苦。坐：徒然，空。呜呃(è)：悲叹之声。

【新评】

怀才不遇是李贺诗歌的主旋律，乃至于有志不得伸展的死结困扰他一生。此诗亦是困顿落拓之作，然一扫失意的阴霾，诗人以古今成大事业者的早年落魄自勉，自我宽解，以求积极进取。特别是"雄鸡一声天下白"，"少年心事当拏云"诗句，给人以振聋发聩之感，使诗人遭受挫折的抑郁在对前途充满信心中得到释放。整首诗豪健警拔、气贯长虹。

长歌续短歌

题解

这首诗抒发了诗人郁愤难平的情怀,委婉地表达了诗人寻求仕进的要求。长歌续短歌:古乐府有《长歌行》、《短歌行》,大都说人生有限,当及时自勉。晋·傅玄《艳歌行》有"咄来长歌续短歌"句,本题即取其意。

> 长歌破衣襟,短歌断白发。
> 秦王不可见,旦夕成内热。
> 渴饮壶中酒,饥拔陇头粟。
> 凄凄四月阑,千里一时绿。
> 夜峰何离离,明月落石底。
> 徘徊沿石寻,照出高峰外。
> 不得与之游,歌成鬓先改。

新解

长歌破衣襟,短歌断白发——这两句是说:长歌短歌,唱破衣襟,吟断白发。这里是互文见义的用法。

秦王不可见,旦夕成内热——这两句是说:日夜盼望能得到天子的召见,以至于内心急躁,炽热难忍。秦王:指唐宪宗。清·王琦注:"时天子(唐宪宗)居秦地,故以秦王为喻。"旦夕:日日夜夜。内热:内心急躁而炽热。

渴饮壶中酒,饥拔陇头粟——这两句是说:在贫困的处境之中天天渴望见到天子,郁闷难耐时便以酒浇愁,饥饿难忍时则以垄头之粟充饥。陇头:即垄头,田间地头。

凄凄四月阑,千里一时绿——这两句是说:四月将尽,万物葱翠,生趣盎然,只有孤独失意的我,坐对万物倍感凄凉。这是以万物的葱郁来反衬自己的萧条与失志。阑:尽。凄凄:一作凄凉。

夜峰何离离,明月落石底——这两句是说:一座座山峰重叠在一起,本来可以照到石下的月光被重重山峰阻隔。喻指君恩被群小阻隔。这两句和下面两句都是以比喻手法抒发自己的不遇之慨。离离:重叠、罗列的样子。明月:喻唐宪宗。

徘徊沿石寻,照出高峰外——这两句是说:沿石寻觅,月光却照在高高的山峰之外。这里是喻指自己虽然苦苦求进,但是,卿相阻隔,高不可达,幽愤之情得到了尽情抒发。

不得与之游，歌成鬓先改——这两句是说：不能得到皇帝的垂顾，只能在悲歌之中坐等年华老去。之：代词，指唐宪宗。

长歌吟罢续短歌，衣破发白，何处见明主？首四句诗人直抒胸臆，将积日企盼的心事袒露出来。第五、六句以"渴"、"饥"二字领起，与第四句的"内热"相互关照，再次表白了诗人要求入世进取，已经急不可待的心境。第七、八句并写两面，以物荣与身世对照，在巨大反差中显示自身的凄凉。"夜峰"以下四句作比，既是在写眼前景，又是以景喻情，以"明月"代表君王，十分委婉地将诗人的暗自忧伤蕴含其中。末两句直承前意，把"秦王不可见"的幽思化为"不得与之游"的慨叹，而"歌成鬓先改"则回环到首句，可谓寄托遥深。

公莫舞歌并序

题解

这是一首通过描写鸿门宴，歌颂刘邦的诗。公莫舞歌：乐府古题。公莫舞，又名巾舞。南朝·沈约《宋书·乐志》："公莫舞，今之巾舞也。相传项庄剑舞，项伯以袖隔之，使不得伤汉高祖，且语庄也：'公莫。'古人相称曰公，云莫害汉王也。今之用巾，盖像项伯衣袖之遗式。"项伯：项羽的叔父，刘邦谋士张良的朋友。翼蔽：遮挡，掩护。刘沛公：即汉高祖刘邦，刘邦在沛县（今江苏沛县）起兵反秦时，被立为沛公。会：指鸿门宴。项羽鸿门（今陕西临潼东北）设宴，欲害赴宴谢罪的刘邦。壮士：指樊哙，一说指项伯。灼灼：昭昭，光彩鲜明。故无复书：所以不再陈述。南北乐府：指南北朝时期的南朝乐府和北朝乐府。率：大都。歌引：指乐府体歌曲。陋诸家：认为以前各家的作品都很浅陋。

公莫舞歌者，咏项伯翼蔽刘沛公也。会中壮士，灼灼于人，故无复书；且南北乐府率有歌引。贺陋诸家，今重作公莫舞歌云。

　　方花古础排九楹，刺豹淋血盛银罂。
　　华筵鼓吹无桐竹，长刀直立割鸣筝。
　　横楣粗锦生红纬，日炙锦嫣王未醉。
　　腰下三看宝玦光，项庄掉箭拦前起。
　　材官小臣公莫舞，座上真人赤龙子。

芒砀云瑞抱天回，咸阳王气清如水。
铁枢铁楗重束关，大旗五丈撞双镮。
汉王今日颁秦印，绝脰刳肠臣不论。

【新解】

　　方花古础排九楹，刺豹淋血盛银罍——这两句是说：堂前并列着九根以刻花方石为基石的柱子，银制的器皿中盛满了豹血酒。方花古础：刻花的方石础。础，柱下基石。古础，一作石础。楹(yíng)：堂前的柱子。刺豹淋血：杀死豹子，将其血混入酒中供饮用。这是古代的一种豪奢风习。罍(yīng)：古代盛酒的一种器皿。

　　华筵鼓吹无桐竹，长刀直立割鸣筝——这两句是说：豪华的宴会上只有鼓角声，没有管弦声。只见长刀直立，杀气腾腾，割断了鸣筝的琴弦。华筵：一作军筵。丰盛而豪华的宴席。鼓吹：奏鼓吹号角，古代的军乐。桐竹：指弦乐和管乐。桐，古时以桐木制琴，这里指弦乐器。竹，指管乐器。筝：弹拨乐器。

　　横楣粗锦生红纬，日炙锦嫣王未醉——这两句是说：门框横木上的粗锦在阳光照射下闪动着耀眼的红光，粗锦都被晒蔫了，但是项王还未喝醉。这两句用来写宴会时间之长。横楣：门框上的横木。生红纬：指粗锦在阳光照射下闪着红光。纬，通"炜"。日炙：日光强烈照射。嫣：应作蔫，褪色之意。王：指项羽。

　　腰下三看宝玦光，项庄掉箾拦前起——这两句是说：项羽谋士范增三示玉玦，催促项羽下决心杀掉刘邦，见项羽仍不肯动手，于是叫项庄拔剑起舞。玦(jué)：环形有缺口的佩玉。玦与决谐音，取决意。项庄：项羽手下的武士。掉箾(xiāo)：拔剑出鞘。箾应作削，削通"鞘"。

　　材官小臣公莫舞，座上真人赤龙子——这两句是说：项庄你这小子不要想借舞剑之际谋害沛公，座上的赤帝子刘邦乃是真命天子啊。材官：武官，这里指项庄。真人：指真命天子。赤龙子：赤帝子，指刘邦。汉·司马迁《史记·高祖本纪》："高祖被酒，夜径泽中，令一人前行。行前者还报曰：'前有大蛇当径，愿还。'高祖醉，曰：'壮士行，何畏！'乃前，拔剑击斩蛇……后人来至蛇所，有一老妪夜哭。人问何哭，妪曰：'人杀吾子，故哭之。'人曰：'妪子何为见杀？'妪曰：'吾子，白帝子也，化为蛇，当道，今为赤帝子斩之，故哭。'"

　　芒砀云瑞抱天回，咸阳王气清如水——这两句是说：刘邦在芒砀的时候，祥云瑞气已经上冲云汉，到咸阳后，兴旺之气更显明了。因刘邦曾与项羽约定，先入咸阳者为王，这里意思就是说刘邦攻下秦都咸阳以后，天下属谁的预兆便已分明了。芒砀：芒山和砀山，在今安徽砀山县东南。云瑞：传说刘邦起兵前曾隐居芒砀山，空中常有云气出现。《史记·高祖本纪》："秦始皇帝常曰：'东南有天子气'，于是因东游以厌（压）之。高祖即自疑，亡匿，隐于芒、砀山泽岩石之间。吕后与人俱求，常得之。

高祖怪问之。吕后曰：'季（刘邦）所居上常有云气，故从往常得季。'高祖心喜。"抱天回：指云气在芒、砀山上空回护不散。

铁枢铁楗重束关，大旗五丈撞双镮——这两句是说：秦人的关隘固若金汤，秦军紧闭城门，据险而守，没想到刘邦挥动帅旗，撞向城门的铁环，攻入了关中。枢：门臼。楗（jiàn）：门闩。重束关：指秦军紧闭城关，据险而守。大旗五丈：即五丈旗，旗杆高五丈，指汉军帅旗。镮：同"环"，指城门上的铁环。

汉王今日颁秦印，绝膑刳肠臣不论——这两句是说：按照约定，汉王先入关中，理应执秦印称王于咸阳。为此，我樊哙即使折断膝盖骨、遭受剖肚挖肠的酷刑，也要为汉王说几句公道话。这两句是拟樊哙的语气。汉王：指刘邦。秦印：秦朝皇帝的大印，指秦政权。绝膑（bīn）：折断膝盖骨。刳（kū）肠：剖肚挖肠。臣：樊哙自称。《史记·项羽本纪》："项王曰：'壮士，能复饮乎？'樊哙曰：'臣死且不避，卮酒安足醉！夫秦王有虎狼之心，杀人如不能举，刑人如不恐胜，天下皆叛之。怀王与诸将约曰：先破秦入咸阳者王之。今沛公先破秦入咸阳，豪（毫）毛不敢有所近，封闭宫室，还军霸上，以待大王来。故遣将守关者，备他盗出入与非常也。劳苦而功高如此，未有封侯之赏，而听细说，欲诛有功之人。此亡秦之续耳，窃为大王不取也。'"不论：不计较。

诗人意在翻新，将这一旧题材改为歌颂刘邦的新内容。起笔不凡，一连六句铺排和渲染鸿门宴杀机四伏的紧张氛围。随后，以范增示玦、项庄舞剑继续渲染刘邦所处的险境。最后八句不正面写刘邦言行举动，而是模拟樊哙口吻追述刘邦事迹，理直气壮地提出"汉王今日颁秦印"的主张，其语气之雄健、气势之雄壮都映衬着刘邦的英雄伟业。

昌谷北园新笋四首

这是诗人写昌谷园中笋、竹的一组诗，艺术上颇有特色。题为"新笋"，但第四首却写老竹，别具一格。昌谷：见《始为奉礼忆昌谷山居》注。第一首借竹自比。第二首慨叹竹上之诗无人欣赏。第三首惊叹竹生之速，有惊喜之意。第四首诗写老竹。

其 一

箨落长竿削玉开，君看母笋是龙材。
更容一夜抽千尺，别却池园数寸泥。

箨落长竿削玉开,君看母笋是龙材——这两句是说:笋壳脱落,露出碧玉般的新竿。您所看到的竹子原来是神龙变成的竹杖。箨(tuò):笋壳。母笋:指竹子。龙材:龙杖。南朝宋·范晔《后汉书·费长房传》:"长房辞归。翁与一竹杖,曰,'骑此任所之,则自至矣。既至,可以杖投葛陂中也。'……长房乘杖,须臾来归,自谓去家适经旬日,而已十馀年矣。即以杖投陂,顾视则龙也。"

更容一夜抽千尺,别却池园数寸泥——这两句是说:若是容许竹笋尽情长大,那它定可以一夜之间生长千尺,远离池园里的泥土,直插云霄。泥:一作埃。

首句状物,写竹子春天生长时的情况。"削玉开"三字生动形象。二句用典,吟咏竹子的美质。第三、四句更进一层,赞美竹子高标独立、不同凡响的形象。此诗虽处处写竹,但从中可透视诗人的心迹。具体地讲,就是诗人通过咏竹,抒写了高远的情怀。

其 二

斫取青光写楚辞,腻香春粉黑离离。
无情有恨何人见,露压烟啼千万枝。

斫取青光写楚辞,腻香春粉黑离离——这两句是说:刮去竹子上的青皮书写楚辞般的诗篇,竹香、竹粉和一行行黑字相互辉映。斫取:刮掉。青光:有光泽的青竹皮。楚辞:流行于楚国的诗歌,屈原是其杰出的代表。这里指李贺自己写的诗。汉·班固《汉书·地理志》:"始楚贤臣屈原被谗放流,作《离骚》诸赋以自伤悼,后有宋玉、唐勒之属慕而述之,皆以显名……故世传《楚辞》。"腻香:浓香。春粉:指竹皮上的白色粉末。黑离离:指所写的一行行字。

无情有恨何人见,露压烟啼千万枝——这两句是说:这些或出于无心、或出于有意题写在竹子上的诗篇,整天遭受露水的侵蚀和云雾的缠绕,却没有人去寻见和观赏。无情有恨:指出于无心或有意间写下的诗。

这首诗别开生面。写在竹上的诗句伴随着"腻香春粉"的新竹,自然是清香宜人的,然而,却无人欣赏,故只能隐藏在"露压烟啼"的千枝万叶中。在这里,诗人以"楚辞"比喻自己的诗篇,别有深意。楚辞的代表作家是屈原,屈原生活在战国后期国势衰败的时刻,徒有报国之心,但被弃置不用。由"楚辞"这一意象观照自己,实是借屈原之事感慨自己的命运。

其　三

家泉石眼两三茎,晓看阴根紫陌生。
今年水曲春沙上,笛管新篁拔玉青。

家泉石眼两三茎,晓看阴根紫陌生——这两句是说:家中泉边的石缝里有两三根竹子,一天早晨,我看到它们的竹根露出土面,蔓延到郊野的大路上。阴根:指微露土面、蔓延地下的竹鞭(根)。紫陌:指郊野间的大路。

今年水曲春沙上,笛管新篁拔玉青——这两句是说:竹鞭生长得如此迅速,如果蔓延到适合它生长的水曲沙岸上,那么,今年一定会生出更多更好的竹子。笛管:指竹竿劲直。拔玉青:指竹子像一根青玉拔出地面。新篁:竹笋。宋·僧赞宁《笋谱》:"笋一名初篁。"

首句从眼前景"家泉石眼"写起,将言说重点落实到"两三茎"上。就是这两三根竹子,有着强大的生命力,在很短的时间里,已经蔓延到郊野的大路上。此可谓是言尽其状而意在言外。第三、四句是想像推测之辞,由眼前所见联想到水曲春沙之处应是一片新绿。传达了诗人的欣喜以及对新竹的期待之情。整首诗清新可人,节奏十分明快。

其　四

古竹老梢惹碧云,茂陵归卧叹清贫。
风吹千亩迎雨啸,鸟重一枝入酒樽。

古竹老梢惹碧云,茂陵归卧叹清贫——这两句是说:园中的老竹高拂云霄,我就像病卧在茂陵的司马相如那样,清贫而又孤独无依。古竹:老竹。茂陵归卧:汉辞赋家司马相如晚年任孝文园令,后病重免职,居茂陵。这里是借司马相如自比。

风吹千亩迎雨啸,鸟重一枝入酒樽——这两句是说:一望无边的千亩竹田顶着风雨,任凭风吹雨啸。鸟儿聚集到枝头,压下的枝头可垂入酒杯。千亩:千亩竹。汉·司马迁《史记·货殖列传》:"渭川千亩竹,其人与千户侯等。"

新评

首句写景,第二句用典,将"惹碧云"落实在"叹清贫"方面。"叹"字意味深长,不经意间流露出渴望入世的思想情绪。"迎雨啸"自作壮语,"鸟重一枝"极有情致,以竹为伴、以鸟为伴,远离尘嚣,自然可以安贫乐道,可以自慰。然而在旷达的背后,却深藏着难以平静的心灵。

感讽五首(选二)

题解

五首非一时一地之作,今选二首。感讽:对现实有所感而加以揭露和讽刺。第一首揭露了官吏横征暴敛的罪行。第二首通过感慨贾谊的不幸,抒发了诗人郁结于胸的幽愤。

其 一

合浦无明珠,龙州无木奴。
足知造化力,不给使君须。
越妇未织作,吴蚕始蠕蠕。
县官骑马来,狞色虬紫须。
怀中一方板,板上数行书。
不因使君怒,焉得诣尔庐。
越妇拜县官,桑牙今尚小。
会待春日晏,丝车方掷掉。
越妇通言语,小姑具黄粱。
县官踏飧去,簿吏复登堂。

合浦无明珠,龙州无木奴——这两句是说:盛产珍珠的合浦如今不再出产明珠了,盛产柑桔的龙州也见不到柑桔了。合浦:郡名,治所在今广西合浦县。合浦盛产明珠,因郡守贪得无厌,拼命攫取,珍珠遂绝迹。龙州:即龙阳州,在今湖南汉寿县,盛产柑桔。木奴:柑桔树。相传汉代襄阳太守李衡派人在龙阳州种了一千株柑桔,称为"千头木奴"。

足知造化力,不给使君须——这两句是说:足见大自然对一切物产都有一定的限制,不能无休止地满足太守贪得无厌的需求。造化力:大自然化育万物的能力。给:供给,满足。使君:古代对州郡长官太守和刺史的尊称。须:需索。

越妇未织作,吴蚕始蠕蠕——这两句是说:越地的农妇没有开始纺织,是因为吴蚕还很幼小。越妇、吴蚕:互文,即指吴越之地的织妇和蚕。吴越指今江苏、浙江一带。蠕蠕:指幼蚕爬动的样子。

县官骑马来,狞色虬紫须。怀中一方板,板上数行书——这四句是说:此时此刻,县官已经骑马前来,怀抱征收租税的文告,凶狠狠地要征税了。狞色:狰狞的脸色。虬紫须:指蜷曲的紫色胡须。方板:指征收租税的文告。

不因使君怒,焉得诣尔庐——这两句是说:县官说,如果不是太守发怒的话,我怎么会辛辛苦苦地跑到你这里来催讨租税呢?焉得:怎么会。诣:到。

越妇拜县官,桑牙今尚小。会待春日晏,丝车方掷掉——这四句是说:农妇恳求县官宽限催讨租税的时日。她说:桑牙现在还小,要到暮春时节才能开始纺织。桑牙:桑树刚生长出来的嫩叶。会:应当。春日晏:指春末。掷掉:转动。

越妇通言语,小姑具黄粱——这两句是说:农妇恳求宽限时日的时候,小姑忙着准备上等的饭菜款待县令。具:准备。黄粱:小米,这里指好的饭菜。

县官踏飧去,簿吏复登堂——这两句是说:县官大吃了一顿刚刚才离开,主管钱粮文书的小吏又来了。踏飧(sūn):吞食、饱食。踏,应作噠(tā),吞咽之意。簿吏:主管钱粮文书的小官。

自白居易等倡导新乐府运动以来,"感于哀乐,缘事而发"的汉乐府精神得到进一步的发扬。此诗可与白居易《卖炭翁》诸篇媲美。诗结尾处极为精彩,催逼租税的县官在大嚼大咽后刚刚离开,管理税收钱粮的小吏又闯了进来。通篇叙事,然言尽意不尽,留下农妇或农夫的深沉叹息。可谓是不着一字,尽得风流。

其 二

奇俊无少年,日车何躃躃。
我待纡双绶,遗我星星发。
都门贾生墓,青蝇久断绝。
寒食摇扬天,愤景长肃杀。
皇汉十二帝,唯帝称睿哲。
一夕信竖儿,文明永沦歇。

奇俊无少年，日车何躃躃——这两句是说：既然才能杰出的人当中没有少年才俊，为什么时光还要走得这样地慢呢？奇俊：才能卓越的人。日车：神话中太阳乘坐的由六条龙驾驶的车子。这里指太阳。躃躃(bì)：行走缓慢的样子。

我待纡双绶，遗我星星发——这两句是说：快给我一头白发吧，我期待着得到重用。这两句和前两句为反语，希望自己早日头白，旨在表现怀才不遇的愤慨。纡(yū)双绶：指做大官。纡，系结。绶，古时系在官印上的丝带。星星发：花白的头发。

都门贾生墓，青蝇久断绝——这两句是说：洛阳城外有贾谊的坟墓，已很长时间没有人来凭吊了。都门：此指东都洛阳城门外，贾谊墓在此。贾生：汉代贾谊。汉·司马迁《史记·屈原贾生列传》："贾生名谊，洛阳人也。……孝文帝悦之，超迁，一岁中至太中大夫。……于是天子议以为贾生任公卿之位。绛(周勃)、灌(婴)、东阳侯(张相如)、冯敬之属尽害之，乃短贾生曰：'洛阳之人，年少初学，专欲擅权，纷乱诸事。'于是天子后亦疏之，不用其议，乃以贾生为长沙王太傅。"青蝇：指吊客。语出晋·裴松之《三国志注·虞翻别传》："死以青蝇为吊客。"

寒食摇扬天，愤景长肃杀——这两句是说：在寒食将近、春风摇动杨柳的时节，贾谊墓前依然是一片肃杀的景象，让人感受到贾谊的悲愤之气。寒食：清明节前两天为寒食节，古人习惯在这天扫墓。摇扬天：指柳枝摇曳、柳絮飘扬的春天。愤景：悲愤的景象。肃杀：萧条的样子。

皇汉十二帝，唯帝称睿哲——这两句是说：西汉的十二个皇帝中，以汉文帝最为英明圣哲。汉十二帝：西汉的十二个皇帝。西汉从高祖、惠帝到文、景、武、昭、宣、元、成、哀、平共十一帝，这里说十二帝，是连吕后所立的少帝也计算在内。唯：语气词。帝：指汉文帝。睿(ruì)哲：圣明、英明。

一夕信竖儿，文明永沦歇——这两句是说：汉文帝一旦听信小人的谗言，那么，就不可能再有昌明的政治了。一夕信竖儿：一作反信竖儿言。竖儿，小子、小人。此指诋毁贾谊的人。文明：昌明的政治。沦歇：沉没消歇，意即丧失殆尽。

吊古伤今，同命相怜。诗人从自己的遭遇联想到贾谊，又因贾谊坟前的"愤景"写内心的不平之气。可以说，贾谊千年难消的怨愤正是李贺自己难以消释的喟叹。全诗十二句，可分三个层次。首四句直抒胸臆，渴望为世所用。中四句言贾谊死后寂寞，然不平之气存于春日之中，带来一派肃杀的景象。意深旨遥，令人扼腕。尾四句言圣明的汉文帝一旦信用小人，便使得政治永不昌明。这既是在为贾谊发出深致的叹惋，也是在为自身的不幸鸣不平。

三月过行宫

诗人经过行宫,触景生情,作此诗以发抒感慨。

渠水红蘩拥御墙,风娇小叶学娥妆。
垂帘几度青春老,堪锁千年白日长。

渠水红蘩拥御墙,风娇小叶学娥妆——这两句是说:水渠中的水荭、白蒿簇拥着红色的宫墙,风儿吹动柔嫩的绿叶,初生的绿叶如同女郎化妆时的蛾眉。渠水:指环绕行宫的御沟水。红:水荭,水生植物。蘩:植物,白蒿。南朝梁陈间·顾野王《玉篇》:"蘩,白蒿也。"白蒿俗称艾蒿,叶比青蒿粗大。风娇:指荭。荭茎叶上密生淡红色茸毛,风中摇曳,颜色娇艳,故称。小叶:初生的嫩叶。清·王琦注:"小叶即是荭蘩二草之叶,初生尚小,为春风摇动,娇绿可爱,比之女子画眉之色。古之画眉以黑,至隋唐则尚绿。韩非子曰:'粉白黛黑。'韩昌黎文则曰:'粉白黛绿。'于此可证。"

垂帘几度青春老,堪锁千年白日长——这两句是说:藏在垂帘后面的宫女度过一个又一个春秋,她们难以忍受深锁宫中的痛苦,只恨白天太长,时光过得太慢。

宫怨是中国诗歌重要的题材。"入时十六今六十"(白居易《上阳白发人》),老死于宫禁之中的宫女历来是女性悲剧命运的典型。因宫女"不遇"与文人的"不遇"有共通处,因此,宫怨诗历来是文人喜爱的题材之一。在这首宫怨诗中,李贺把所有的叹惋浓缩在短短的四句诗内,触景生情,情景交融,有回味不尽的韵味。元稹有《行宫》诗:"寥落古行宫,宫花寂寞红。白头宫女在,闲坐说玄宗。"此诗与元诗有异曲同工之妙。

追和何谢铜雀妓

此诗为"追和"之作,和诗寄托了诗人的感慨。铜雀妓:宋·郭茂倩《乐府诗集·相和歌辞·平调曲》:"(铜雀台)一曰铜雀妓。"《邺都故事》曰:魏武帝遗命诸子曰:"吾死之后,葬于邺之西岗上,与西门豹祠相近,无藏金玉珠宝,馀香可分诸夫人。不命祭吾。妾与伎人皆著铜雀台。台上施(安置)六尺床,下(挂)缥帐,朝晡上酒、脯、粻糒(干饭)之属,每月朝、十五,辄向帐前作伎(歌舞)。汝等时登台望吾西陵墓田。"何:南朝梁代诗人何逊。其《铜雀妓》云:"秋风木叶落,萧瑟管弦清。望陵歌对酒,向帐舞空城。寂寂檐宇旷,飘飘帐幔轻。曲终相顾起,日暮松柏声。"谢:南朝齐代诗人谢朓。谢朓《同谢咨议咏铜雀台》:"缥帷飘井干,樽酒若平生。郁郁西陵树,岂闻歌吹声。芳襟染泪迹,婵娟空复情。玉座犹寂寞,况乃妾身轻。"因为何、谢为南朝·齐、梁时人,所以用"追和"。

　　　　佳人一壶酒,秋容满千里。
　　　　石马卧新烟,忧来何所似?
　　　　歌声且潜弄,陵树风自起。
　　　　长裾压高台,泪眼看花机。

　　佳人一壶酒,秋容满千里——这两句是说:美人手捧一壶美酒,满脸的愁容就像萧瑟千里的秋色。

　　石马卧新烟,忧来何所似——这两句是说:陵墓前的石马静静地卧立在刚刚升起的烟雾之中,此时此刻,我心中的忧愁无法用言语形容。石马:唐·封演《封氏闻见记》:"秦、汉以来,帝王陵前有石麒麟、石辟邪、石象、石马之属。"何所似:意为无可比拟。《诗经·小雅·节南山》有"忧心如惔"、"忧心如酲"等语,多用来描述内心的忧苦。

　　歌声且潜弄,陵树风自起——这两句是说:美人站在陵台上低声吟唱,只有风儿吹动陵墓上的树木,发出阵阵声响,回应美人的歌声。潜:暗。弄:歌曲。

　　长裾压高台,泪眼看花机——这两句是说:陵墓上的高台上站满了姬妾,她们含着眼泪望着空寂的灵几。长裾:指众妾、歌妓。花机:指台上供放灵位的长案。机,通几,几案。

　　曹操筑铜雀台,死后众妾和歌妓锁居其中,以至终老。这一事件引起何逊、谢朓等诗人的关注。李贺在读了何、谢之作后,亦感慨万端,写下了这首"追和"诗,对锁于深宫中的姬妾、歌妓寄予了深切的同情。结句"泪眼看花机"别有深意。曾谦甫注:"泪眼看几,非哭老瞒,正自伤薄命耳。"可谓知人之语。叶葱奇以韩愈《丰陵行》为据,认为"顺宗葬于元和元年七月,看诗里次句的'秋'字和第三句的'新'字,这首显然是看见顺宗葬时,驱去锁闭在陵园的宫人而作",也有一定的道理,可作一解。

送秦光禄北征

题解

这是一首为秦光禄北征所作的送别诗。光禄:官名,详见本篇注释。

北虏胶堪折,秋沙乱晓鼙。
髯胡频犯塞,骄气似横霓。
灞水楼船渡,营门细柳开。
将军驰白马,豪彦骋雄材。
箭射檃枪落,旗悬日月低。
榆稀山易见,甲重马频嘶。
天远星光没,沙平草叶齐。
风吹云路火,雪污玉关泥。
屡断呼韩颈,曾燃董卓脐。
太常犹旧宠,光禄是新阶。
宝玦麒麟起,银壶狒狄啼。
桃花连马发,彩絮扑鞍来。
呵臂悬金斗,当唇注玉罍。
清苏和碎蚁,紫腻卷浮杯。
虎鞞先蒙马,鱼肠且断犀。
趍趄西旅狗,麅额北方奚。
守帐然香暮,看鹰永夜栖。
黄龙就别镜,青冢念阳台。
周处长桥役,侯调短弄哀。
钱塘阶凤羽,正室劈鸾钗。
内子攀琪树,羌儿奏落梅。
今朝擎剑去,何日刺蛟回。

北虏胶堪折,秋沙乱晓鼙——这两句是说:深秋时节,胶硬可折,弓硬可用,北方的强虏打算入侵。清晨,在飞沙弥漫的原野上敲响了鼙鼓。北虏:北方胡人。胶堪折:胶可折。深秋季节,天气变凉,柔韧的胶开始变硬,可以折断。汉·班固《汉书·爰盎晁错传》:"欲立威者,始于折胶。"唐·颜师古注:"秋气至胶可折,弓弩可用。匈奴常以为候而出军。"鼙(pí):此指骑兵用的战鼓。唐·颜师古《急就篇注》:"鼙,骑鼓也,其形似鞀(有柄的腰鼓),而卑薄。"

髯胡频犯塞,骄气似横霓——这两句是说:脸上长满胡须的胡人频繁侵犯边塞,骄横之气直冲云霄。髯胡:胡人多须髯,故称。骄气:骄横之气,形容气焰嚣张。汉·司马迁《史记·匈奴列传》:"匈奴日已骄,岁入边杀略人民畜产甚多。"

灞水楼船渡,营门细柳开——这两句是说:为了对付入侵的胡人,朝廷忙着在灞河演练楼船水师。驻扎细柳的官兵众志成城,敞开营门准备迎敌。灞水:灞河。唐·李吉甫《元和郡县志》:"灞水在雍州万年县东二十里。"楼船:战船。唐·杜佑《通典》:"楼船,船上建楼三重,列女墙、战格,树幡帜、开弩窗、矛穴,置抛军、垒石、铁汁,状如城垒。"细柳:地名,在今陕西西安西北。此指军营。汉·司马迁《史记·绛侯周勃世家》:"文帝之后六年,匈奴大入边。……以河内守亚夫(周亚夫)为将军,军(驻扎)细柳,以备胡。"汉·服虔注:"(细柳)在长安西北。"

将军驰白马,豪彦骋雄材——这两句是说:为了痛击入侵的敌寇,光禄将军骑着白马奔驰在军营,军营中的俊杰也各逞才能。白马:用典。晋·陈寿《三国志·魏书·庞德传》:"时(庞)悳常乘白马。羽(关羽)军谓之白马将军,皆惮之。"

箭射欃枪落,旗悬日月低——这两句是说:光禄将军弯弓射箭,能将彗星射落。士兵高举的军旗,耸立在日月之上。欃(chán)枪:彗星。此指匈奴。《尔雅》:"彗星为欃枪。"榆稀山易见,甲重马频嘶——这两句是说:征讨匈奴的大军行至塞外,一路上榆树十分稀少,只剩下光秃秃的群山。披在身上的铠甲越来越重,累得战马不停嘶鸣。榆:榆树。古边塞上植榆树。汉·班固《汉书·窦田灌韩传》:"蒙恬为秦侵胡,辟数千里,以河为境,累石为城,树榆为塞。"唐·颜师古注:"塞上树榆也。"

天远星光没,沙平草叶齐——这两句是说:广袤的沙漠无边无际,黯淡的星光隐没在其中。远远望去,浩瀚的沙漠淹没了草叶,与天相接。天远、沙平:形容边塞荒凉。

风吹云路火,雪污玉关泥——这两句是说:大风吹向直入云霄的烽火,军情紧急,大军带着经过玉门关的泥泞,玷污了皑皑的白雪。云路火:指高入云霄的烽火。玉关:玉门关。在甘肃敦煌西一百五十里阳关的西北,为古代通往西域的关隘。宋·乐史《太平寰宇记》:"玉门关在沙州寿昌县西南一百八十里。"

屡断呼韩颈,曾燃董卓脐——这两句是说:光禄将军屡立战功,曾多次斩断匈奴呼韩邪的脖子,也曾声讨像董卓那样的乱臣贼子,亲手点燃了董卓的肚脐。清·吴汝纶注:"旧说似光禄有破突厥功及兴讨朱泚、李怀光事。"这里以呼韩指突厥,以董卓指朱泚、李怀光。呼韩:呼韩邪的省称,匈奴王(单于)的称号。汉·班固《汉书·匈奴传》:"姑夕王恐,即与乌禅幕,及左地贵人共立稽侯狦为呼韩邪单于。"

董卓:东汉末年乱政的贼子。南朝宋·范晔《后汉书·董卓传》:"布(吕布)应声持矛刺卓(董卓),趣(促)兵斩之。……乃尸(曝尸)卓于市。天时始热,卓素充肥,脂流于地。守尸吏然火置卓脐中,光明达曙,如是积日。"

太常犹旧宠,光禄是新阶——这两句是说:他本来担任太常寺卿一职,现在又加封了光禄一职。太常:太常寺卿的省称,九卿之一。宋·欧阳修等《新唐书·百官志》:"太常寺卿正三品,少卿正四品,光禄寺卿从三品,少卿从四品。"按,秦的实职为太常,北征时加光禄大夫衔,并不是降为光禄寺卿,或少卿,观句中"新阶"可知。唐·杜佑《通典》:"光禄大夫、金紫光禄、银青光禄,并为文散官(虚衔)。"

宝玦麒麟起,银壶狒狖啼。桃花连马发,彩絮扑鞍来——这四句是说:加衔以后,秦光禄身上佩戴的玉玦上雕着麒麟,箭壶上画着狒狖。坐骑骏马身上的花纹如同锦簇的桃花,五彩璎珞在马鞍上摆来摆去。玦:环形有缺口的玉佩。银壶:指盛箭的壶。狒:猿猴类的动物。《尔雅》:"狒狒如人,被发迅走,食人。"狖(yòu):猿猴。桃花:指马身上的花纹。连:指花纹斑斓承接。彩絮:指马的红缨锦络。

呵臂悬金斗,当唇注玉罍——这两句是说:秦光禄深受皇帝恩宠,决心建功立业,要像周顗那样奋勇杀敌,归来后痛饮庆功酒。呵臂:指振臂高呼。金斗:如同斗大的金印。南朝宋·刘义庆《世说新语·尤悔》:"周侯(周顗)曰:'今年杀诸贼,当取金印如斗大,悬肘后。'"当:对,面对。玉罍:玉杯。

清苏和碎蚁,紫腻卷浮杯——这两句是说:秦光禄痛饮庆功酒时,用奶酪调和新酒;用美味下酒,喝上满满的一大杯。清苏:一说奶酪,一说美酒。清·王琦注:"清苏恐是清酥。长吉又有'白鹿青酥夜半煮'之句,可以互证。"酥,酪属,以牛羊乳为之,掺入酒中,饮之极佳。碎蚁:酒中的浮花。酒初开时,上有浮花,形如蚂蚁。东汉·刘熙《释名》:"泛齐,浮蚁在上泛泛然也。"紫腻:一说佳肴,一说美酒。卷:卷之而去。清·王琦注:"紫腻恐是肴馔之名。卷者,谓以是下酒,若卷而去之之意也。"浮杯:犹满杯。

虎鞹先蒙马,鱼肠且断犀——这两句是说:北征的军队骁勇善战,战马披着虎皮。秦光禄的鱼肠利剑可以斩断坚硬的犀牛角。虎鞹(kuò):虎皮。鞹,原指去毛的皮,这里不用皮字改用鞹字,是为了协音调。鱼肠:利剑名,见《马诗第二十首》注。汉·李尤《宝剑铭》:"陆断犀象,水截鲸鲵。"

趁趄西旅狗,蹙额北方奚——这两句是说:秦光禄的军队里既有来自西戎的猛犬,同时还有善战的北方奚奴。趁趄:行走的样子。西旅狗:指猛犬。《尚书·周书·旅獒》:"西旅底贡厥獒,太保乃作《旅獒》,用训于王。"《传》:"西戎之长,致贡其獒。犬高四尺曰獒,以大为异。"蹙额:指奚人额头向外隆起。北方奚:指北人为奴隶者,如昆仑奴之类。奚,隶役。

守帐然香暮,看鹰永夜栖——这两句是说:计时的香炷燃烧到天黑,看守军帐的猛犬睁着警惕的眼睛。为了保持苍鹰猎物时的敏捷,奚奴于夜间逗鹰,以免它生出不便于搏击的肥膘。帐:军帐,军营。然:同燃。香:用来计时的香炷。看鹰:此指训练苍鹰的人。清·王琦注:"养鹰者夜不令得睡,睡则生膘,而怠于抟击,故睡则警之。"

　　黄龙就别镜,青冢念阳台——这两句是说:光禄将军在黄龙城与妻子相别,远行到王昭君的墓地,想起与妻妾欢洽的地方。黄龙:古城。北魏·郦道元《水经注》:"白狼水又北径黄龙城东。"北魏·阚骃《十三州志》:"辽东属国都尉(官名)治昌黎道,有黄龙亭者也。"别镜:指夫妻相别。典出唐·孟棨《本事诗·情感》:"陈太子舍人徐德言之妻,后主叔宝之妹,封乐昌公主,才色冠绝。时陈政方乱,德言知不相保,谓其妻曰:'以君之才容,国亡必入权豪之家,斯永绝矣。傥情缘未断,犹冀相见,宜有以信之。'乃破一镜,人执其半,约曰:'他日必以正月望日卖于都市,我当在,即以是日访之。'及陈亡,其妻果入越公杨素之家,宠嬖殊厚。德言流离辛苦,仅能至京,遂以正月望日访于都市,有苍头卖半镜者大高其价,人皆笑之,德言直引至其居,设食具言其故。出半镜以合之,仍题诗曰:'镜与人俱去,镜归人不归。无复嫦娥影,空留明月辉。'陈氏得诗,涕泣不食。素知之,怆然改容,即召德言,还其妻,仍厚遗之。闻者无不感叹,仍与德言、陈氏偕饮,令陈氏为诗,曰:'今日何迁次,新官对旧官。笑啼俱不敢,方验作人难。'遂与德言归江南,竟以终老。"青冢:汉代王昭君的坟墓。在今内蒙古自治区呼和浩特以南。宋·乐史《太平寰宇记》:"青冢,在振武军金河县西北。汉王昭君葬于此,其上草色常青,故曰青冢。"阳台:男女欢会之所。楚·宋玉《高唐赋》:"昔者先王尝游高唐,怠而昼寝,梦见一妇人曰:'妾巫山之女也。……'去而辞曰:'妾在巫山之阳,高丘之阻,旦为朝云,暮为行雨,朝朝暮暮,阳台之下。'"清·王琦注:"'黄龙就别镜'以下,意多重复,又难通解,或系章句舛错,兼之字误鱼豕,俱未可定,姑阙其疑可也。"清·吴汝纶注:"黄龙句,别妻也;青冢句,携妾也。"可备一说。

　　周处长桥役,侯调短弄哀——这两句是说:光禄将军像周处那样手执宝剑,在长桥等候苍蛟的出现。乐人侯调弹奏起哀伤的箜篌乐曲。周处:西晋人,字子隐。唐·房玄龄等《晋书·周处传》:"处少孤,未弱冠,膂力绝人,好驰骋田猎,不修细行,纵情肆欲,州曲患之。处自知为人所恶,乃慨然有改励之志,谓父老曰:'今时和岁丰,何苦而不乐耶?'父老叹曰:'三害未除,何乐之有!'处曰:'何谓也?'答曰:'南山白额猛兽,长桥下蛟,并子为三矣。'处曰:'若此为患,吾能除之。'父老曰:'子若除之,则一郡之大庆,非徒去害而已。'处乃入山射杀猛兽,因投水搏蛟,蛟或沉或浮,行数十里,而处与之俱,经三日三夜,人谓死,皆相庆贺。处果杀蛟而反,闻乡里相庆,始知人患己之甚,乃入吴寻二陆。"侯调:相传箜篌为乐人侯调所造。此指箜篌。短弄:指用箜篌弹奏的乐曲。

　　钱塘阶凤羽,正室劈鸾钗——这两句是说:钱塘江畔,和小妾携手同行。家中的妻子正手掰凤钗盼望征人的归来。钱塘：江名。此指浙江杭州。阶：当是"偕"之误。清·王琦注："旧注释上句曰'与子偕行'，下句曰'与妇赠别'，盖以凤羽为凤毛也（古人称赞儿子才华像父亲为有凤毛），而上三字殊不可解，恐有错谬。"吴汝纶认为，"借凤羽"指携妾而行，较旧说近似。

内子攀琪树，羌儿奏落梅——这两句是说：妻子攀上庭中的大树期盼征人归来，远在塞外的征人耳听人吹奏落梅之曲，生起了无限的乡愁。内子：嫡妻。汉·郑玄《礼记注》："内子，卿之嫡妻也。"琪树：指庭院中的树木。隋·卢思道诗《从军行》："庭中奇树已堪攀，塞外征人殊未还。"落梅：羌曲。宋·陈彭年等《广韵》："曲名有《折杨柳》、《梅花落》等。"

今朝擎剑去，何日刺蛟回——这两句是说：今天高举着宝剑而去，什么时候才能凯旋呢？

此诗为出征送别之作。先言北虏入侵之事引起下文，次写朝廷备战，光禄将军奉命出征事。再以想像之辞并写两面，一写离妇的思念之情，一写将军思乡之情。末两句言将军仗剑而行的豪气，"何日刺蛟回"一语中似飘过淡淡的悲壮。需要交代的是，诗多有重复，难以通解，可能有残缺错讹之处。

画角东城

这是一首吟咏诗。曾益注："全首与画角无涉。角字误，当是画甬城东，犹画江潭苑之意也。"《左传集解》："甬东，越地会稽勾章县，东海中洲也。"唐·李吉甫《元和郡县志》："明州鄮县翁洲，入海二百里，即春秋所谓甬东地也。越灭吴，请吴王居甬东，其洲周环五百里，有良田湖水，多麋鹿。"按即今浙江定海。王琦注："夫全首无一字言及画角，不应脱略如许。若越甸，若淡菜，若鲕鱼，若迎潮，则惟东越近海之地可以言之。曾氏之说是居八九矣。"

河转曙萧萧，鸦飞睥睨高。
帆长摽越甸，壁冷挂吴刀。
淡菜生寒日，鲕鱼漾白涛。
水花沾抹额，旗鼓夜迎潮。

河转曙萧萧，鸦飞睥睨高——这两句是说：天河运转，曙光依稀可见。乌鸦越过城堞高高地飞去。河：指银河。萧萧：稀疏的样子。睥睨：城堞，俗称城墙垛子。东汉·刘熙《释名》："城上垣曰睥睨，言于其孔中睥睨非常也；亦曰陴。陴，裨也，言裨助城之高也。"

帆长摽越甸，壁冷挂吴刀——这两句是说：船上的风帆好像矗立在越地的郊野，如同在军中营壁上悬挂一把森冷的吴刀。摽（biāo）：高举的样子。越甸：指越地的郊外。甸，郊外。晋·杜预《左传注》："郭外曰郊，郊外曰甸。"壁：军中营壁。汉·班固《汉书·高帝纪》："帝晨驰入韩信、张耳壁，夺之军。"吴刀：吴地出产的利刃。

淡菜生寒日，鲕鱼溅白涛——这两句是说：淡菜生长在海上太阳的寒光中，东海的鲕鱼喷着白沫，在海里遨游。淡菜：海中的贝类。宋·欧阳修等《新唐书·孔戣传》："明州岁贡淡菜蚶蛤之属。戣以为自海抵京师，道路役凡四十三万人，奏罢之。"寒日：指海上的太阳。鲕（ér）鱼：鱼的一种。秦·吕不韦《吕氏春秋·本味》："鱼之美者，洞庭之鱄，东海之鲕。"溅：喷水。白涛：浪涛汹涌色白，故称。

水花沾抹额，旗鼓夜迎潮——这两句是说：士兵的头巾上沾满浪花留下的痕迹，他们曾在夜间迎着海潮鸣鼓操练。抹额：头巾。晋·崔豹《古今注》："昔禹王集诸侯于涂山之夕，忽大风雷震，云中甲马及卒士千馀人，中有服金甲及铁甲，不服甲者，以红绡抹其首额。禹王问之，对曰：'此抹额，盖武士之服首，皆佩刀以为卫从，乃是海神来朝也。'"

首两句描绘了海边黎明的景象。第三句放眼大海，"摽"字传神，道出越地沿海一带风帆林立的景象；第四句转向户内，"壁冷"与"挂"搭配，一是突出了利刃吴刀的寒气，二是从侧面烘托了军营森严、众志成城的气氛。第五、六句别开生面，以"越甸"、"淡菜"、"鲕鱼"写越州一地的风物，绘制出一幅独具特色的海边风景画。末两句回应第四句，通过士兵操练时留在头巾上的水渍，为"旗鼓夜迎潮"的军威蓄势。可谓是别开生面，为画面平添了一份悠悠不尽的诗意。

谢秀才有妾缟练,改从于人,
秀才引留之不得,后生感忆。
座人制诗嘲诮,贺复继四首

【题解】

宴饮时谈及缟练之事,同座纷纷作诗嘲讽,为此,李贺"复继四首"。他认为,缟练贪慕富贵确有可鄙的一面,但他又认为缟练的"感忆"是真实的,于是在诗中婉曲细腻地描绘她的相思情态,并在第四首中想像她"感忆"的原因,以宽厚之心去体悟她的情思、同情她的遭遇。秀才:见《送沈亚之歌》注。缟练:谢秀才的小妾。引留:犹挽留。

其 一

谁知泥忆云,望断梨花春。
荷丝制机练,竹叶剪花裙。
月明啼阿姐,灯暗会良人。
也识君夫婿,金鱼挂在身。

谁知泥忆云,望断梨花春——这两句是说:有谁知道缟练对秀才的思念呢?她那热切的思念弥漫在春天的季节里,泪眼望断了梨花。泥忆云:指一在地,一在天。借此传达可望不可及的相思之情。

荷丝制机练,竹叶剪花裙——这两句是说:用细丝织成精美的细绢,将彩绣裁剪成美丽的花裙。荷丝:指细丝。机练:犹细绢。练,熟绢。竹叶:指彩绣。

月明啼阿姐,灯暗会良人——这两句是说:月明之夜,缟练想起了秀才的妻子,暗自流下悲伤的眼泪。灯光昏暗的黑夜里期盼着与秀才再次相会。阿姐:此指秀才的妻子。因不便明说思念秀才,故推说想念秀才之妻。良人:指秀才。

也识君夫婿,金鱼挂在身——这两句是说:我认识你的夫婿,是一位身上挂着金鱼袋的大官。言外之意,有着优越的生活,缟练你为什么还要思念故夫呢?金鱼:金鱼袋的简称。鱼袋是古代大臣佩戴的饰物,为身份的象征物。详见《酬答》注。

诗以"谁知"领起,直写缟练对故夫秀才的思念之情。第三、四句明写缟练衣饰华美,暗写其万般无奈。第五、六句以"啼"、"会"呼应,写缟练对故夫的思念。末两句宕开一笔,直言缟练新夫的情况。诗虽有讽刺之意,但更多的是体味缟练再嫁后的苦闷。

其 二

铜镜立青鸾,燕脂拂紫绵。
腮花弄暗粉,眼尾泪侵寒。
碧玉破不复,瑶琴重拨弦。
今日非昔日,何人敢正看?

　　铜镜立青鸾,燕脂拂紫绵——这两句是说:铜镜立在铸有青鸾的镜台上,对镜晓妆,将胭脂扑在面颊上。青鸾:指铸有鸾鸟的镜台或镜架。燕脂:胭脂。紫绵:将胭脂扑上面颊。

　　腮花弄暗粉,眼尾泪侵寒——这两句是说:在两腮上敷上淡淡的粉底,眼角上流下冷冷的泪珠。眼尾:眼角。

　　碧玉破不复,瑶琴重拨弦——这两句是说:碧玉破碎后不能复原,心事重重,又重新拨动古琴的琴弦。瑶琴:有玉饰的古琴。宋·何远《春渚纪闻》:"秦、汉之间所制琴品,多饰以犀玉、金彩,故有瑶琴、绿绮之号。"破不复:一作破瓜后。

　　今日非昔日,何人敢正看——这两句是说:今天已不是过去,有谁敢正眼看她呢?言外之意,缟练已身随贵人,不再是往日跟随谢秀才时的光景。

　　弄破新妆,泪眼盈盈。"碧玉破不复,瑶琴重拨弦",碧玉已碎,如何复原?纵使重拨琴弦,寄托万般情思,又如何能挽回呢?一切都已成为过去,自然是追悔莫及,早知如此,又何必当初呢?

其 三

洞房思不禁,蜂子作花心。
灰暖残香炷,发冷青虫簪。
夜遥灯焰短,睡熟小屏深。
好作鸳鸯梦,南城罢捣砧。

洞房思不禁,蜂子作花心——这两句是说:身在洞房思绪万千,那思念旧夫之情,如同蜜蜂难舍花心一般源源不断地涌上心头。

灰暖残香炷,发冷青虫簪——这两句是说:香残灰暖,久坐难眠,头上插着冷冷的青虫玉簪。青虫簪:指柄头雕琢成虫形的玉簪。

夜遥灯焰短,睡熟小屏深——这两句是说:黑夜漫长,灯焰变得越来越短。在屏风后面,缟练正在熟睡。

好作鸳鸯梦,南城罢捣砧——这两句是说:梦中与旧夫相会,此时,城南的捣衣声已经停止。砧:捣衣石。

这首诗写缟练深夜难眠,相思愁苦。第五、六句逆笔挽起,由难以入睡转入写熟睡。第七、八句顺势而下,一写缟练的"鸳鸯梦";一写城南的捣衣声。两相对比,可知一切的思念均已枉然。

其 四

寻常轻宋玉,今日嫁文鸯。
戟干横龙簴,刀环倚桂窗。
邀人裁半袖,端坐据胡床。
泪湿红轮重,栖乌上井梁。

寻常轻宋玉,今日嫁文鸯——这两句是说:平常总是轻视如宋玉一般的谢秀才没有才华,以为今天终于嫁给了像文鸯那样勇冠三军的人。宋玉:战国楚人,楚辞的重要作家。这里指谢秀才。文鸯:东晋人。东晋·孙盛《魏氏春秋》:"文钦中子淑,小名鸯,年尚幼,勇力绝人。"此指缟练新嫁的丈夫。

戟干横龙簴,刀环倚桂窗——这两句是说:在新夫的家中,悬挂钟磬的架子上堆满了干戟,就连用桂木雕琢的窗子上也放着刀环。簴(jù):即虡。《礼记·明堂位》:"夏后氏之龙簴虡。"汉·郑玄注:"簴虡,所以悬钟磬也。横曰簴,饰之以鳞属;植曰虡,饰之以蠃属、羽属。"

邀人裁半袖,端坐据胡床——这两句是说:为他裁剪衣衫时,他却端坐在交椅上,连一句温存的话都没有。半袖:又称半臂。唐·房玄龄等《晋书·五行志》:"魏明帝着绣帽,披缥纨半袖,常以见直臣。"胡床:交椅。宋·陶谷《清异录》:"胡床施转关以交足,穿缏绦以容坐,转缩须臾,重不数斤。"宋·程大昌《演繁露》:"今之交床本自房(胡人)来,始名胡床,隋改交床,唐穆宗(李恒)时又名绳床。"

泪湿红轮重,栖乌上井梁——这两句是说:缟练泪洒红巾,仰望画梁上的龙凤,原来画梁上的龙凤都是些乌鸦。言外之意,嫁了这样一个粗人,令人感慨万千。红轮:头巾。清·王琦注:"庾信诗,'步摇钗朵动,红轮披角斜。'李颀诗,'织成花映红纶巾。'二诗'轮'、'纶'字体虽殊,详义则一,疑是妇女所佩巾披之类,故为泪所沾湿也。井:藻井,即俗称天花板。古代建筑,屋梁多画龙凤,缟练却仰观为栖息的乌鸦,实为自叹"彩凤随鸦"之词。梁:屋梁。

这首诗写缟练"感忆"的原因。起初,缟练以为离开谢秀才以后,嫁给了勇冠三军、极有才能的文鸯。不料,所嫁之人是个粗俗的武夫。由此引起万般的感慨。"戟干横龙簴,刀环倚桂窗",直言居住环境没有温馨之感。"邀人裁半袖,端坐据胡床",言缟练在新夫那里得不到一丝体贴关爱。由此拿新夫与才貌如"宋玉"的故夫相比,心中能不痛悔吗?所以才会"泪湿红轮重",感慨万千。此诗虽出自李贺之笔,却写尽了缟练的心思,真挚可感,婉曲动人。

昌谷读书示巴童

这是诗人在昌谷读书时写给巴童的诗。巴童:四川籍的书童,长期跟随李贺。

虫响灯光薄,宵寒药气浓。
君怜垂翅客,辛苦尚相从。

虫响灯光薄,宵寒药气浓——这两句是说:夜深人静,小虫唧唧,灯光微弱的小屋中弥漫着浓浓的药气。薄:微弱。宵:夜。

君怜垂翅客,辛苦尚相从——这两句是说:只有巴童你不厌弃贫困潦倒的我,尚能追随我辛苦奔波。君:指巴童。垂翅客:南朝宋·范晔《后汉书·冯异传》:"始虽垂翅回溪,终能奋翼黾池。"这里诗人以斗败垂翅而逃的禽鸟自比。尚:还。

虫噪灯暗,夜寒药浓。政治上的失意与贫病交织在一起,有谁会怜悯像诗人这样的"垂翅客"呢?诗人把他的感激之情奉送给了日夜相随的巴童。不难发现闪烁其中的,还有诗人横遭委弃的悲情。此诗可与诗人代巴童作答的诗——《巴童答》对读。"巨鼻宜山褐,庞眉入苦吟。非君唱乐府,谁识怨秋深?"诗人百般无奈,又借巴童对答来作自我宽解。

代崔家送客

这是一首代人所作的送别诗。

> 行盖柳烟下,马蹄白翩翩。
> 恐随行处尽,何忍重扬鞭。

行盖柳烟下,马蹄白翩翩——这两句是说:马车行走在如烟的柳荫下,马蹄扬起白色的粉尘,翩翩而行。盖:车盖,即车篷。

恐随行处尽,何忍重扬鞭——这两句是说:惟恐马车走得太快,很快离别家人,哪里忍心再加鞭赶路呢?恐随行处尽:一作恐随送处尽,一作恐送行处尽。重:一作复。

自从《诗经·小雅·采薇》"昔我往矣,杨柳依依"以来,杨柳便成了离别时表达情感的寄托物。折柳送别,情何以堪?"柳烟"二字,点染了难舍难分的氛围,给送别的场面笼上了濛濛的愁思。"恐"字描绘出送别时的难舍难分,"何忍"生动地刻画了行人的离情。然而,马终不解"执手相看泪眼"的别离之苦,早已翩翩上路,没入如烟春色之中了。怨马无情,怨得无理,却又于无理中得趣,情思婉丽动人。

出 城

这是李贺遭受诋毁、落第还乡时写下的诗。

> 雪下桂花稀,啼乌被弹归。
> 关水乘驴影,秦风帽带垂。
> 入乡诚万里,无印自堪悲。
> 卿卿忍相问,镜中双泪姿。

雪下桂花稀，啼乌被弹归——这两句是说：大雪压到稀疏的桂花枝上，我就像一只被射中的乌鸦，悲啼而归。这两句写诗人遭受诋毁，不第而归。桂花稀：此指落第。宋·叶梦得《避暑录话》："世以登科为折桂，此谓郤诜对策东堂，自云桂林一枝也。自唐以来用之。温庭筠诗云：'犹喜故人先折桂，自怜羁客尚飘蓬。'"

关水乘驴影，秦风帽带垂——这两句是说：沿着关中的河流我独自骑着毛驴，留下了长长的身影。冰冷的寒风从身上吹过，我拉紧了低垂的帽带，凄凉地走在萧条的古道上。关水、秦风：指关中地区的水和风。因唐都城长安地处秦都咸阳、关中之地，故称。

入乡试万里，无印自堪悲——这两句是说：从长安到家乡行程万里，因为落第，我无法带着官印还乡，心中充满无限的悲怆。试万里：一作诚可重。

卿卿忍相问，镜中双泪姿——这两句是说：回家后，妻子不忍心问落第的原因，对着镜子流下了两行泪水。卿卿：指妻子。南朝宋·刘义庆《世说新语·惑溺》："王安丰（戎）妇常卿安丰。安丰曰：'妇人卿婿，于礼不敬，后勿复尔。'妇曰：'亲卿爱卿，是以卿卿；我不卿卿，谁当卿卿？'遂恒听之。"

唐代以科举取士，科举成了士人踏入仕途的重要途径。科举有成有败，那么，及第诗和落第诗也就伴随着士人的生活而进入了唐诗的领域。及第时不免春风得意，豪气外溢；而落第诗由于流露出诗人的真挚情感、悲苦感叹，往往更能感人。此诗就是李贺遭排挤而不能参加科举考试，无奈还乡时所作的落第诗。"啼乌被弹"、"乘驴影"、"帽带垂"，寥寥几笔就勾画出一个失意士子的凄苦形象。诗题"出城"，想必是诗人离开长安时写下的作品。"无印自堪悲"，落第给诗人带来巨大的痛苦，同时也给妻子带来沉重的压抑感。"镜中双泪姿"，妻子越是通情达理，不忍相问，诗人就越发不能自我解脱。"忍"字包容的思想感情极为丰富。

莫种树

这是感叹光阴易逝，一事无成的诗作。

园中莫种树，种树四时愁。
独睡南床月，今秋似去秋。

【新解】

园中莫种树,种树四时愁——这两句是说:园中不要种树,不然会因为看到树木四时生长的情况而生出愁苦。

独睡南床月,今秋似去秋——这两句是说:我独自睡在南边的床上,面对一轮明月。细细望去,今年的秋天与去年的秋天十分相似。南床:一作南窗。

【新评】

刘义庆《世说新语·言语》云:"桓公北征经金城,见前为琅邪时种柳,皆已十围,慨然曰:'木犹如此,人何以堪!'攀枝执条,泫然流泪。""种树四时愁",光阴易逝,慨然生悲。树木早已成材,而自己却只能"独睡南床",面对一轮孤月。为此,诗人发出了"莫种树"的人生慨叹。

将 发

【题解】

这首诗抒写整装待发之事。

东床卷席罢,护落将行去。
秋白遥遥空,日满门前路。

【新解】

东床卷席罢,护落将行去——这两句是说:男儿收拾好行装准备出发,临行前露出一副前途迷茫的神情。东床:代指男儿。用王羲之典。唐·房玄龄等《晋书·王羲之传》:"时太尉郗鉴使门生求女婿于导(王导),导令就东厢遍观子弟。门生归,谓鉴曰:'王氏诸少并佳,然闻信至,咸自矜持。惟一人在东床袒腹食,独若不闻。'鉴曰:'正此佳婿也!'访之,乃羲之也,遂以女妻之。"卷席:束装而行。护落:濩落,寥廓无依的样子。

秋白遥遥空,日满门前路——这两句是说:秋高气爽,天空辽阔。门前的大路上洒满了和暖的阳光。

【新评】

诗言远行事。为什么要远行?诗人没有说,从而给读者留下了想像的空间。"护落"二字极有韵味,一写前途迷茫的神情;一写对家园的眷念之情。末两句写景,"秋白"与"日满"相对,辽阔的天空和洒满阳光的大路暗示诗人对未来充满了信心。

追赋画江潭苑四首(选二)

因赏画而追忆铺陈南朝旧事,旨在借古讽今。赋:铺陈。江潭苑:梁代著名的宫苑。南宋·吴正子注:"按金陵六朝事迹,江潭苑乃梁苑也,梁大同(梁武帝萧衍年号,535—546)九年置,在上元县东南二十里。"第一首借梁武帝游乐事抒发感慨。第二首写宫女内心的痛苦。

其 一

吴苑晓苍苍,宫衣水溅黄。
小鬟红粉薄,骑马佩珠长。
路指台城迥,罗薰袴褶香。
行云沾翠辇,今日似襄王。

吴苑晓苍苍,宫衣水溅黄——这两句是说:江潭苑刚刚露出深青色的曙光,宫女已身穿鹅黄色的衣服随从皇帝游幸了。吴苑:指地处金陵的江潭苑。金陵古属吴地,又是东吴的故都,故称。苍苍:深青色。水溅黄:鹅黄色。

小鬟红粉薄,骑马佩珠长——这两句是说:宫女们梳着小小的发髻,淡抹红粉。她们骑马走在宫苑中,身上的佩珠长长地拖下,随着马的走动摇摆不定。

路指台城迥,罗薰袴褶香——这两句是说:她们将走到远处的台城,香薰后的战裙散发出阵阵清香。台城:古宫殿名。元·陶宗仪《说郛》卷六十八上引《六朝事迹》:"晋成帝咸和七年新宫成,名建康宫。注:即今之所谓台城也。"迥:远。袴褶(zhě):骑服,此指战裙。元·黄公绍《韵会》:"袴褶,骑服也。"唐·魏徵等《隋书·礼仪志》:"袴褶,近代服以从戎。"

行云沾翠辇,今日似襄王——这两句是说:天上流动的云彩缭绕着翠色的辇车,皇帝带着宫女同游,如同醉生梦死的楚襄王一般。襄王:楚顷襄王,楚怀王之子。国势衰败,耽于游乐。

首句"晓苍苍",点明时间。天刚破晓,游赏已经开始,讽刺之意尽在其中。第二至第七句采用赋的手法,极写游赏时的艳丽场面。末句急转直下,发出"今日似襄王"之叹。细细品味,诗人的忧愤可略窥一斑。经过历史的淘洗,耽于声色享受的楚襄王、梁武帝早已成为过去,然而,前车之鉴并没有引起当今皇帝唐宪宗的警觉。言尽意犹未尽,诗人把矛头直接指向了现实。

其 二

宝袜菊衣单,蕉花密露寒。
水光兰泽叶,重带剪刀钱。
角暖盘弓易,靴长上马难。
泪痕沾寝帐,匀粉照金鞍。

宝袜菊衣单,蕉花密露寒——这两句是说:宫女穿着红色的束胸,外罩黄菊般的罗衣,束胸上的红花从罗缎中隐隐露出。袜:内衣,古代女性的胸衣、腹带、紧身背心一类。晋·崔豹《古今注》:"腰彩。"明·杨慎云:"女人胁衣也。"菊衣:黄色衣。蕉:红蕉,俗谓美人蕉。单、寒:均为单薄之意。

水光兰泽叶,重带剪刀钱——这两句是说:宫女涂着兰膏的发髻光华如水,身上的衣带下垂而交叉,仿佛缀有刀钱一般。兰泽:头油。楚·宋玉《神女赋》:"沐兰泽,含若芳。"汉·王逸注:"沐,洗也,以兰浸油泽以涂头也。"重带:一作带重。此指衣带重而下垂的样子。刀钱:刀形的古钱。汉·班固《汉书·食货志》:"货宝于金利于刀。"唐·颜师古注:"名钱为刀者,以其利于民也。"因衣带重,垂下的两头交叉如剪刀,故称"剪刀钱"。

角暖盘弓易,靴长上马难——这两句是说:天暖时,弓角变软,弯曲弓体较为容易。宫女穿着长靴,上马时显得十分困难。角暖盘弓:弓不用时,将弦取下,以弛弓。用时上弦,以弯曲弓体。天寒时,弓角极硬,故不易弯弓。天暖时,弓角变软,容易弯弓。《礼记·曲礼上》:"弛弓尚角。"唐·孔颖达疏:"弓之为体,以木为身,以角为面。"盘,弯曲。

泪痕沾寝帐,匀粉照金鞍——这两句是说:宫女夜晚孤独难眠,泪水沾湿了寝帐。早起随从出游,涂抹胭脂,她们的光彩照亮了金色的马鞍。

诗通篇铺陈其事,严格遵循赋的原则。末两句警策,与前六句形成对比和呼应。前六句写宫女出游时的盛妆和情形。第七句陡然翻出"泪痕沾寝帐"一语,至于宫女为什么会泪痕满脸?诗人没有说,给我们留下了想像的空间。但有一点可以肯定,出游时的盛况与夜晚的孤独、形影相吊形成了巨大的反差。第八句回扣首句,续写出行时的盛妆。然而,如果以此与第七句进行对照的话,应该说,在"匀粉照金鞍"的背后自然是宫女的人生不幸。

潞州张大宅病酒,遇江使寄上十四兄

这是一首托人带给十四兄的诗。张大:张彻。详见《酒罢,张大彻索赠诗,时张初效潞幕》注。江史:奉檄文而行的使者。

秋至昭关后,当知赵国寒。
系书随短羽,写恨破长笺。
病客眠清晓,疏桐坠绿鲜。
城鸦啼粉堞,军吹压芦烟。
岸帻褰纱幌,枯塘卧折莲。
木窗银迹画,石磴水痕钱。
旅酒侵愁肺,离歌绕懦弦。
诗封两条泪,露折一枝兰。
莎老沙鸡泣,松干瓦兽残。
觉骑燕地马,梦载楚溪船。
椒桂倾长席,鲈鲂斫玳筵。
岂能忘旧路,江岛滞佳年。

秋至昭关后,当知赵国寒——这两句是说:当秋季降临南方的昭关时,可以推知北方的赵地已十分寒冷。秋、寒:暗指诗人的处境凄凉、困苦。昭关:楚国的关隘,在今安徽和县西。《江南通志》:"昭关在和州含山县小岘西,伍子胥自楚奔吴,过昭关,即此。"此指十四兄所住之地。赵国:此指李贺寓居之地。清·王琦注:"潞州,春秋时潞子国,战国时为上党。地初属韩,其后冯亭以上党降赵,又为赵地,故曰赵国。"

系书随短羽,写恨破长笺——这两句是说:委托传檄使者江史带信给十四兄,我在信上写满了内心的忧愁和怨恨。短羽:指羽书。古代遇警或重要的事务时,往往在传递的书信上插上羽毛,以示万分紧急。汉·班固《汉书·高帝纪》:"(十年八月)上曰:'非汝所知。……吾以羽檄征天下兵,未有至者,今计唯独邯郸中兵耳。吾何爱四千户,不以慰赵子弟!'"唐·颜师古注:"檄者,以木简为书,长尺二寸,用征召也。"

其有急事，则加以鸟羽插之，示速疾也。"唐·杜甫《秋兴八首·其四》有"征西车马羽书驰"句。破：唐人谓终竟为"破"，如曲终称曲破。清·王琦注："破，犹裁字之义。"

病客眠清晓，疏桐坠绿鲜——这两句是说：病卧孤眠中迎来了清晨，窗外梧桐稀疏的绿叶飘零坠地。

城乌啼粉堞，军吹压芦烟——这两句是说：乌鸦在高高的城墙上悲啼，号角凄怆的声音笼罩着烟雾迷濛的芦苇丛。粉堞：指城堞，俗称女墙。军：指军中号角。

岸帻褰纱幌，枯塘卧折莲——这两句是说：戴着岸帻，撩开帷幔走到室外，枯干的池塘里到处是折断的败莲。岸帻(zé)：覆髻的头巾本来应该覆在额上，推而向后露出额头，称作岸帻。南朝宋·刘义庆《世说新语·简傲》："俄而引奕（谢奕）为司马。奕既上，犹推布衣交。在温（桓温）坐，岸帻啸咏，无异常日。"有脱略随便之意。褰：撩起，揭开。纱幌：用纱制作的帷幔。

木窗银迹画，石磴水痕钱——这两句是说：木窗上原有的涂银彩画，现在年久色褪，只剩下一些残痕了。门外石磴上的水痕上长满了像铜钱一样的青苔。银迹画：涂银的彩画。水痕钱：言石上的水渍之痕渐成青苔，有似钱状。石磴：一指庭院中的石磴，一是指庭院中的石阶。

旅酒侵愁肺，离歌绕懦弦——这两句是说：行旅在外，酒难以浇去心中的羁愁，离别之歌缠绕着如泣如诉的琴弦。懦：犹弱。晋·陆机《猛虎行》："急弦无懦响，亮节难为音。"

诗封两条泪，露折一枝兰——这两句是说：写下这首怀远的诗，我禁不住流下两行深情的泪水。这一切就像披露的兰枝一样，屡屡遭受摧残。

莎老沙鸡泣，松干瓦兽残——这两句是说：沙鸡在深秋中悲鸣，瓦松枯死后，屋顶上露出残缺的脊兽。沙鸡：蟋蟀类又名莎鸡，因沙鸡居莎草间，故名莎鸡。松：此指瓦松，多生石缝和屋瓦上，高尺许，远看像松，俗称瓦松。瓦兽：指屋脊两端鸱尾、狮头等。

觉骑燕地马，梦载楚溪船——这两句是说：梦里骑上燕地的骏马，奔向楚地，与十四兄泛舟于楚水之上。燕地马：燕地产骏马。此时李贺居赵地，燕、赵接壤，明言燕地马实为赵地马也。楚溪船：楚水中的船只。和州（今安徽和县）旧属楚国，此以楚溪代指十四兄所居之地。

椒桂倾长席，鲈魴斫玳筵——这两句是说：在梦中，我与十四兄欢聚，享用江南的美味美酒。椒桂：古代的两种美酒。楚·屈原《九歌·东皇太一》："奠桂酒兮椒浆。"汉·王逸注："桂酒，切桂置酒中也。椒浆，以椒置酒中也。"斫：切、割。玳筵：三国魏·曹植《瓜赋》："瓜布象牙之席，香熏玳瑁之筵。"

岂能忘旧路，江岛滞佳年——这两句是说：怎能忘记自己的家乡，久久地滞留江岛，耽误自己的年华呢？旧路：回乡之路，代指家乡。江岛：代指十四兄所居的和州。

这是一首寄远诗。以"秋"字领起,以"寒"字突出困顿无依。第三、四句叙事,以下八句对"恨"作具体的描述。其中,"疏桐"、"鸦啼"、"军吹"、"枯塘"、"折莲"、"银迹画"、"水痕钱"皆为悲景。景语即情语,因景生情,病中的诗人越发思念远方的十四兄。"诗封两行泪"句极佳,由己及人,一笔并写两面,身世飘零之感随之跃然于纸上。"岂能忘旧路,江岛滞佳年?"末两句进一步抒写思念十四兄的情绪,同时把殷切的企盼洋溢到诗外。

贾公闾贵婿曲

这是一首借古讽今的诗。贾公闾:贾充。《晋书·贾充传》:"贾充字公闾,平阳襄陵人也。"贾充官至太尉,前妻李氏生二女,一名荃,为齐王攸(司马攸)妃;一名裕,未详所嫁。后妻郭氏生二女,一名时,为晋惠帝后;一为午,为韩寿妻。贵婿:指韩寿。据《晋书·贾充传》,韩寿得知贾午光丽艳逸,遂买通婢女与贾午私会。后为贾充察觉,将贾午嫁给韩寿。韩寿官至散骑常侍、河东尹。

朝衣不须长,分花对袍缝。
嘤嘤白马来,满脑黄金重。
今朝香气苦,珊瑚涩难枕。
且要弄风人,暖蒲沙上饮。
燕语踏帘钩,日虹屏中碧。
潘令在河阳,无人死芳色。

朝衣不须长,分花对袍缝——这两句是说:他的官服长短合适,裁制精致。官服上的花饰排列有序,缝合在一起,十分雅致。朝衣:官服。

嘤嘤白马来,满脑黄金重——这两句是说:白马伴着清脆悦耳的铃声翩翩而来,它以黄金为佩饰,不免显得沉重。嘤嘤:此指马铃声。

今朝香气苦,珊瑚涩难枕——这两句是说:今朝突然连香气都厌闻,珊瑚枕都觉得涩硬难枕。

且要弄风人,暖蒲沙上饮——这两句是说:一心只想出去携妓而游,在暖气宜人的沙蒲上尽情欢饮。弄风人：指妓女。弄风，指弄风情事。

燕语踏帘钩，日虹屏中碧——这两句是说：燕语喃喃，轻踏帘钩，室中日光在屏风映照下一片幽绿。日虹：此指照入室内的日光。南朝宋·范晔《后汉书·郎𫖮传》："臣窃见今月十四日乙卯巳时，白虹贯日。凡日旁气色白而纯者名为虹。"清·王琦注："日虹者，谓日光投入室中，晃成白气，有如虹状，映射屏中，遂成碧色。"叶葱奇注："暗说他既纵情冶游，其家中遂亦放浪淫佚。古人认为虹是天地间的淫气，又说雄为虹，雌为蜺。燕来踏开帘钩，虹入屏中，发出碧色，是喻外间男子入其室中之意。"

潘令在河阳，无人死芳色——这两句是说：河阳令潘岳仪表堂堂，令人着迷。王公贵族选女婿时没有不以他为标准的。潘令：潘岳，晋代著名的文士，曾任河阳令。南朝宋·刘义庆《世说新语·容止》："潘岳妙有姿容，好神情。少时挟弹出洛阳道，妇人遇者，莫不连手共萦之。"东晋·裴启《语林》："安仁（潘岳）至美，老妪以果掷之满车。"唐·白居易《白帖》："潘岳为河阳令，多植桃李，号曰花县。"河阳：县名，即孟津。旧治在今河南孟县。

此为借古讽今之作。清人王琦云："此诗当是贵臣之婿挟妓出游，长吉遇之，恶其轻薄而作此诗。其借贾公闾之名以立题者，或以其妇翁之姓相同，或以其婿结缡之先，有类午寿所为者。故因之而有所讽耶。"叶葱奇亦云："这首必有所刺，故特隐晦其词，纯用借喻，而意义却自显然。"诗通篇无议论之辞，然而，透过平实的叙述，完全可以触摸到诗人有感而发的脉搏。

王濬墓下作

这是诗人凭吊王濬时写下的诗作。王濬：晋代著名将领，字士治。宋·乐史《太平寰宇记》："虢州恒农县有王濬冢。濬仕晋，平吴有功，卒葬于此。"唐·房玄龄等《晋书·王濬传》："濬卒葬柏谷山大营，茔域葬垣周四十五里，面（四面）别开一门，松柏茂盛。"

人间无阿童，犹唱水中龙。
白草侵烟死，秋藜绕地红。
古书平黑石，神剑断青铜。
耕势鱼鳞起，坟科马鬣封。

菊花垂湿露,棘径卧干蓬。
松柏愁香涩,南原几夜风!

  人间无阿童,犹唱水中龙——这两句是说:王濬虽然不在人世了,但颂扬他的歌谣还在传唱。阿童:王濬的小名。唐·房玄龄等《晋书·羊祜传》:"又时吴有童谣曰:'阿童复阿童,衔刀浮渡江,不畏岸上兽,但畏水中龙。'羊祜闻之,曰:'此必水军有功,但当思应其名者耳。'会益州刺史王濬征为大司农,祜知其可任,濬又小字阿童,因表留濬监益州诸军事,加龙骧将军,密令修舟楫,为顺流之计。"

  白草侵烟死,秋藜绕地红——这两句是说:经霜的野草枯死于烟雾之中,秋藜枯硬,衰红遍地。白草:枯草。经霜后,衰草变白,故称。藜:荆棘,表皮发红。唐·张守节《史记正义》:"藜似藿而表(外皮)赤。"

  古书平黑石,神剑断青铜——这两句是说:刻在黑石墓碑上的字迹已经磨平,无法辨认了,当年王濬用过的宝剑,深埋在坟中大概也该朽断了吧。黑石:青石,质地坚硬,表面光滑,常用来做墓碑。青铜:铜剑。晋·葛洪《西京杂记》:"魏襄王冢有铜剑二枚。"

  耕势鱼鳞起,坟科马鬣封——这两句是说:一片片耕田鳞次栉比,远远望去,只有马鬣般的坟头高高地隆起。鱼鳞:指田畦整齐,远观状如鱼鳞。汉·班固《西都赋》:"沟塍刻镂,原隰龙鳞。"坟科:一作坟斜。马鬣封:坟头呈长形,因像马头,故称之为"马鬣封"。《礼记·檀弓上》:"昔者夫子言之曰:'吾见封之若堂者矣,见若坊者矣,见若覆夏屋者矣,从若斧者焉,马鬣封之谓也。'"

  菊花垂湿露,棘径卧干蓬——这两句是说:清晨,落满露水的菊花深深地低垂着,荆棘丛生的小路上铺满了干枯的蓬草。

  松柏愁香涩,南原几夜风——这两句是说:挺拔的松柏为王濬沉睡在地下而生愁,不时传来生涩的幽香,南原上不知又吹过了几夜秋风。言外之意,王濬死后十分寂寞。南原:指王濬安葬的地方。

  开头两句"人间无阿童,犹唱水中龙"和结句"南原几夜风"直接抒发诗人深沉的人生慨叹:物是人非,古来皆然!此诗与刘禹锡"旧时王谢堂前燕,飞入寻常百姓家"用意相同,都是吊古伤今之语。第三、四句是写王濬墓上的秋景,令人唏嘘不已。"死"字森然,色彩浓艳的"红"字,令人惊惧。第五、六句写实,因墓碑上的字迹已无法辨认,由此想像墓中的宝剑应该已经腐朽断裂。时间的淘洗真是无情!第七、八句耐人寻味,一代豪杰的坟墓混杂在耕田中只存下一个小小的土堆,时世变迁引起诗人无限的感慨。第九、十、十一三句写坟旁所见,缔造了萧条幽冷的意境。末句"南原几夜风"刻意营造了萧瑟、孤独无依的氛围,通过提示伤古之情,给人以不尽的联想。

客 游

【题解】

这是一首客中失意,悲怨思归的诗。

悲满千里心,日暖南山石。
不谒承明庐,老作平原客。
四时别家庙,三年去乡国。
旅歌屡弹铗,归问时裂帛。

悲满千里心,日暖南山石——这两句是说:太阳照耀在南山的石头上,悲愁充满了客游千里的羁旅之心。

不谒承明庐,老作平原客——这两句是说:没有机会进京求取功名,却只能长久地淹留在赵国的旧地。承明庐:汉代著名的宫殿。汉·班固《汉书·严助传》:"君厌承明之庐,劳侍从之事。"三国魏·张晏注:"承明庐,在石渠阁外,值宿所止曰庐。"三国魏·曹植《赠白马王彪》:"谒帝承明庐。"老:久的意思。平原:指平原君赵胜。赵胜是战国时期著名的四大公子之一,以善养士闻名。汉·司马迁《史记·平原君虞卿列传》:"平原君赵胜者,赵之诸公子也。诸子中胜最贤,喜宾客,宾客盖至数千人。"李贺当时客游赵地,故以"平原客"自称。

四时别家庙,三年去乡国——这两句是说:自己已经离乡三年了,一年四季都没有机会去祭拜自己的祖宗。

旅歌屡弹铗,归问时裂帛——这两句是说:我经常像冯谖那样弹唱失意的剑歌。每次思归都未能如愿,因此,只能写封书信来表示自己希望早日还家的心情。弹铗:弹剑而歌。《战国策·齐策四》:"齐人有冯谖者,贫乏不能自存。使人属孟尝君(田文),愿寄食门下。……居有顷,倚柱弹其剑,歌曰:'长铗,归来乎!食无鱼!'左右以告。孟尝君曰:'食之,比门下之客。'居有顷,复弹其铗,歌曰:'长铗,归来乎!出无车!'左右皆笑之,以告。孟尝君曰:'为之驾,比门下之车客。'……后有顷,复弹其剑铗,歌曰:'长铗,归来乎!无以为家!'……孟尝君使人给其食用,无使乏。于是冯谖不复歌。"铗:剑把。裂帛:犹裁笺。宋·郭茂倩《乐府诗集·清商曲》载《乌夜啼八曲》其三:"辞家远行去,侬欢独离居。此日无啼音,裂帛作还书。"南朝梁·江淹

《恨赋》:"裂帛系书,誓还汉恩。"

新evaluate

羁旅在外,诗人思绪万千。此时,李贺正值壮年,本应大展身手、建功立业,然而,却只能离乡背井、困顿于异乡。为此,诗人写下了这首诗来抒写自己的忧怨。"不谒承明庐,老作平原客",这是怎样的尴尬和无奈?失意之中,人总是会生出思乡之情,李贺也不例外。"屡弹铗",诗人希望能像冯谖那样展示政治才能,然而,世事艰难,根本无法实现。更令诗人伤痛的是,除了政治上失意外,又被迫客居异乡。可以说,失意之中又增添几分痛苦。

崇义里滞雨

题解

诗人雨中留滞于崇义坊,忆往思今,为此写下了这首诗。崇义里:地名,位于唐代长安朱雀街东。北宋·宋敏求《长安志》:"朱雀街东第二街有九坊,崇义坊其一。"

落漠谁家子,来感长安秋。
壮年抱羁恨,梦泣生白头。
瘦马秣败草,雨沫飘寒沟。
南宫古帘暗,湿景传签筹。
家山远千里,云脚天东头。
忧眠枕剑匣,客帐梦封侯。

新解

落漠谁家子,来感长安秋——这两句是说:那是谁家的男儿,来到长安感受秋天里的孤独落寞?"落漠":同"落寞"。

壮年抱羁恨,梦泣生白头——这两句是说:人已到壮年却抱着羁留长安的遗憾,因一事无成而梦中悲泣,头上长满了白发。

瘦马秣败草,雨沫飘寒沟——这两句是说:拿着枯草喂养瘦马,雨点洒落到寒冷的水沟中,激起泡沫。秣(mò):喂养。

南宫古帘暗,湿景传签筹——这两句是说:远望贡院,帘幕幽暗。只有报时的竹筹透过湿重的雨雾,悠悠地传来。南宫:南院,指贡院。宋·程大昌《雍录》:"礼部既附尚书省矣,省前一坊,别有礼部。南院者,即贡院也。"签筹:报时的竹筹。

家山远千里,云脚天东头——这两句是说:家乡与长安相隔千里,远在天的东面、云脚的尽头。千里：李贺家在河南福昌县，在长安的东面，距长安八百馀里，此说千里，是举其整数。

忧眠枕剑匣，客帐梦封侯——这两句是说：客居长安，枕剑匣而卧，含忧而睡，竟然梦到自己立功封侯的情景。封侯：用班固事。南朝宋·范晔《后汉书·班超传》："永平（汉明帝刘庄年号，58—75）五年，兄固被召诣校书郎，超与母随至洛阳。家贫，常为官佣书以供养。久劳苦，尝辍业投笔叹曰：'大丈夫无它志略，犹当效傅介子、张骞立功异域，以取封侯，安能久事笔研间乎？'"

濛濛秋雨，恨意绵绵。本来，诗人是怀着入世进取之心来长安的，然而，却不得不"壮年抱羁恨"。"恨"字道出了诗人难以名状的痛苦。白发早生，一事无成，乃至于诗人在梦中流下了难以承受的眼泪。"雨沫"句写眼前景，"南宫"句是写心思寄托所在。"寒"虽写天寒，而更重在突出内心之寒，以此补足诗人内心的凄苦。末二句顺势写思乡之情，然而，"家山远千里"。至此，报国无门、还乡不得等难以名状的复杂情感一起涌上心头。

冯小怜

诗写女艺人入宫事。清·王琦注："玩诗意似是女伶将入宫供奉，拥琵琶骑马而行。长吉见之，而借小怜以喻者。"冯小怜：齐后主的宠妃。唐·李延寿《北史·冯淑妃传》："妃名小怜，大穆后从婢也。穆后爱衰，以五月五日进之，号曰'续命'，慧黠，能弹琵琶，工歌舞。后主（高纬）惑之，坐则同席，出则并马，愿得生死一处。"

　　湾头见小怜，请上琵琶弦。
　　破得春风恨，今朝值几钱。
　　裙垂竹叶带，鬓湿杏花烟。
　　玉冷红丝重，齐宫妾驾鞭。

湾头见小怜，请上琵琶弦——这两句是说：我在水湾处遇到了小怜，请她调试琴弦，弹上一首琵琶曲。

破得春风恨，今朝值几钱——这两句是说：小怜弹奏的曲子诉说着怨恨春光的情怀，今天，掂量一下能值几个小钱呢？破：唐宋舞乐大曲第三段。其乐歌舞并作，繁声促节,破其悠长,转入繁碎,故名。此指弹奏乐曲。春风:一作东风。

裙垂竹叶带,鬓湿杏花烟——这两句是说:她的长裙上垂下竹叶形状的长带,湿润的双鬓上斜插一枝含烟带露的杏花。

玉冷红丝重,齐宫妾驾鞭——这两句是说:拥抱琵琶,骑马入宫,冰凉的玉柄握在手中,只嫌用红丝制成的马鞭太重。玉冷红丝:似指饰玉的马鞭以红丝为系。清·王琦注:"吴氏谓红丝即琵琶弦以朱丝为之。邱氏谓红丝是衣。琦谓恐是指马鞭而言也,盖是以玉饰鞭,而以红丝为其系。夫以玉饰鞭而嫌其冷,以红丝为系而嫌其重,写其娇弱之状。"齐:齐王朝。妾驾鞭:一作驾妾鞭。

诗以冯小怜喻入宫女伶。首两句写路遇善弹琵琶的女伶。第三句写女伶借助于琵琶诉说胸中的心事。第四句反诘,表达了诗人对女伶流落民间的同情。第五、六句宕开一笔,写女伶衣饰华丽,通过这一铺垫为女伶入宫蓄势。第七句"玉冷红丝重",写女伶娇弱之状。第八句写其入宫时的情景。两相对比,可知同为一人,因际遇不同,命运自然不同。诗似别有寄托。

赠陈商

朋友来访,诗人写下了这首长诗为赠。陈商:字述圣,陈宣帝五世孙、散骑常侍陈彝之子。元和九年中进士,官至秘书监,封许昌县男。有集十七卷,详细事迹见宋·欧阳修等《新唐书·艺文志》。

长安有男儿,二十心已朽。
楞伽堆案前,楚辞系肘后。
人生有穷拙,日暮聊饮酒。
只今道已塞,何必须白首?
凄凄陈述圣,披褐钼锄豆。
学为尧舜文,时人责衰偶。
柴门车辙冻,日下榆影瘦。
黄昏访我来,苦节青阳皱。
太华五千仞,劈地抽森秀。
旁古无寸寻,一上戛牛斗。

公卿纵不怜,宁能锁吾口?
李生师太华,大坐看白昼。
逢霜作朴樕,得气为春柳。
礼节乃相去,憔悴如刍狗。
风雪直斋坛,墨组贯铜绶。
臣妾气态间,唯欲承箕帚。
天眼何时开,古剑庸一吼。

  长安有男儿,二十心已朽——这两句是说:长安有个男儿,才二十岁便已心灰意冷。男儿:指诗人自己。
  楞伽堆案前,楚辞系肘后——这两句是说:书桌上堆着《楞伽经》,胳膊肘后面放着《楚辞》。楞伽(léngqié):《楞伽经》,佛教法相宗的典籍。法相宗由唐代高僧玄奘及其弟子窥基创立,他们把世界一切现象归结为识的作用,不承认有离开识的客观物质世界的存在。楚辞:书名,指战国时楚国诗人屈原、宋玉等人用楚国方言所写的诗歌,后人将其汇编成集。
  人生有穷拙,日暮聊饮酒——这两句是说:人生本来有穷苦失意的时候,黄昏时分姑且饮酒浇愁。
  只今道已塞,何必须白首——这两句是说:如今仕进的道路已经阻塞,何必要苦苦地追求,为此等待到白头呢?须:等待。
  凄凄陈述圣,披褐钼俎豆——这两句是说:凄苦落魄的陈商虽然身穿粗布衣服,却在耕种的间隙学习礼乐之事。言外之意,陈商有十分强烈的用世之心。披褐(hè):穿着粗布衣服。钼:同"锄"。俎(zǔ)豆:古代祭祀盛放祭品的器皿,此指礼乐。
  学为尧舜文,时人责衰偶——这两句是说:陈商分明是在学习尧舜时的古文,可是,世人偏偏指责他热衷于衰弱的骈文。尧舜文:指《尚书》中《尧典》、《舜典》,又指古朴的散文。唐·韩愈《答陈商书》:"辱惠书,语高而旨深,三四读尚不能通晓。"衰偶:指文风纤弱的骈体文。
  柴门车辙冻,日下榆影瘦——这两句是说:柴门外因少有人迹,路上的车辙已经冻结起来了。太阳渐渐地落下,只留下榆树孤瘦的影子。柴门:用柴作的门,指贫寒之家。车辙冻:车轮的印记冻结,谓很少有人来访。
  黄昏访我来,苦节青阳皱——这两句是说:黄昏的时候,陈商来访问我这个门庭冷落的人。柴门之中的我固守着节操,春气似乎也因此而郁积不舒。青阳:指春天。《尔雅》:"春为青阳。"皱:意为郁积不舒。

太华五千仞，劈地抽森秀——这两句是说：陈商的学问和品行如同劈地而起、挺拔森秀的太华山一般，高不可攀。太华：指华山，在今陕西华阴境内。这里以华山喻陈商的学识和品德。仞：古时高八尺为一仞。《山海经·西山经》："太华之山，削成而四方，其高五千仞，其广十里。"抽：拔长、挺出。形容太华山挺拔森秀。

旁古无寸寻，一上戛牛斗——这两句是说：陈商品行高尚，没有寸许的平凡之处。他的高节可以直冲牛斗。旁古：一作旁苦。寻：古代长度单位，八尺为一寻。戛(jiá)：拂，凌。牛斗：二十八宿中的牛宿和斗宿。

公卿纵不怜，宁能锁吾口——这两句是说：纵使公卿不怜惜陈商的才行，也不能禁止我对他的赞许！公卿：三公九卿，泛指朝廷大官。不怜：一作不言。宁：副词，岂，难道。

李生师太华，大坐看白昼——这两句是说：我要向陈商学习，宁可坐待时光逝去，也不去趋附权贵。李生：李贺自称。看白昼：指消磨时光，表示对权贵的蔑视。

逢霜作朴樕，得气为春柳——这两句是说：我身处困境时虽然会像遭受霜打的朴樕，但等到大地回春时，一定会像得气而生长的春柳。朴樕(sù)：一名心树。唐·孔颖达《诗经正义》："朴樕……有心能(耐)湿，江淮间以作柱。"气：气候，节令。

礼节乃相去，憔悴如刍狗——这两句是说：我与人交往时虽注意到礼节，但与陈商相比相去甚远。我不太懂得礼节，待人接物时像祭祀时的刍狗受人摆布。憔悴：劳苦，困病。刍(chú)狗：用草扎成的狗，供巫祝祭祀时用。《道德经》："天地不仁，以万物为刍狗。圣人不仁，以百姓为刍狗。"

风雪直斋坛，墨组贯铜绶——这两句是说：我在风雪中值守祭坛，黑色的丝带上系着铜印。直：同值，值班。斋坛：祭坛。诗人此时任从九品的奉礼郎，所以说直斋坛。墨组：黑色的丝带。贯铜绶：铜印墨绶，此指官印。汉·班固《汉书·百官公卿表上》："凡吏秩比二千石以上，皆银印青绶，光禄大夫无。秩比六百石以上，皆铜印黑绶，大夫、博士、御史、谒者、郎无。其仆射、御史治书尚符玺者，有印绶。比二百石以上，皆铜印黄绶。"唐代奉礼郎为从九品，职掌祭祀、君臣的版位、陈设祭器、赞导跪拜，并无印绶，这是就古代制度而言。

臣妾气态间，唯欲承箕帚——这两句是说：我进行祭祀时，一些得势的宦官在一旁指手画脚。因此，我只能置身于杂役当中，拿起箕帚扫地。臣妾：犹奴婢，似指得势的宦官。气态：意为指手画脚。唯欲：只能。

天眼何时开，古剑庸一吼——这两句是说：老天爷什么时候才能睁开眼睛呢？古剑或许可以鸣吼而去。这两句责问苍天，以宝剑一吼来抒发胸中的郁愤，表达施展抱负的强烈愿望。庸：乃，于是。

首八句自叙政治上的"穷拙",道路堵塞,心灰意冷,二十心朽,真是天地之悲莫大于心死。第九至第十二句叙述陈商才学出众,不为世人所知所识,赞叹声中亦露出自怜之情。第十三至第十六句写陈商造访。长期以来,诗人郁郁不得志,一向门庭冷落,突然有朋友来访,自然喜出望外。在这里,诗人不着感激二字,然感激之情溢于言表。第十七至第二十二句,以高峻挺拔的华山作比,赞扬陈商的学识和品质。第二十三句至第三十二句写诗人失意之中高标独立、自尊自爱的心迹和苦闷。最后两句责问苍天,以古剑一吼将胸中郁结吐出。整首诗沉郁而苍凉,可谓李贺心路的真实写照。

钓鱼诗

此诗写钓鱼不得的感慨。

秋水钓红渠,仙人待素书。
菱丝萦独茧,菰米蛰双鱼。
斜竹垂清沼,长纶贯碧虚。
饵悬春蜥蜴,钩坠小蟾蜍。
詹子情无限,龙阳恨有馀。
为看烟浦上,楚女泪沾裾。

秋水钓红渠,仙人待素书——这两句是说:秋天在红渠中垂钓,期盼有所收获。就像古人那样,期待着从鱼肚子中找出长生不老的求仙之术。秋水二句:汉·刘向《列仙传》:"陵阳子明者,铚乡人也,好钓鱼,于旋溪钓得白龙。子明惧,解钩拜而放之,后得白鱼,腹中有书,教子明服食之法。子明遂上黄山采五石脂,沸水而服之。"素书,书信。

菱丝萦独茧,菰米蛰双鱼——这两句是说:钓鱼的丝线被菱根绕住,鱼儿躲到了菰米叶子的下面。独茧:从单个蚕茧中抽出的丝,此指钓鱼的丝线。《列子·汤问》:"詹何以独茧丝为纶,芒针为钩,荆条为竿,剖粒为饵,引盈车之鱼于百仞之渊,汩流之中,纶不绝,钩不伸,竿不挠。楚王闻而异之,召问其故。詹何曰:'……当臣之临河持竿,心无杂虑,唯鱼之念。投纶沉钩,手无轻重,物莫能乱。鱼见臣之钩饵,犹沉埃聚沫,吞之不疑。所以能以弱制强,以轻致重也。大王治国诚能若此,则天下可运于一握,将亦奚事哉?'楚王曰:'善'。"菰米:水生植物。南朝齐梁·陶弘景《本草注》:"菰米生水中,叶如蒲草,其苗有茎梗者,谓之菰蒋草,至秋结实,乃雕胡米也。"蛰:伏。

斜竹垂清沼,长纶贯碧虚——这两句是说:鱼竿斜垂在清清的水面,长长的钓丝贯串在碧绿的水中。清沼:一作青沼。纶:钓鱼的丝线,细的为"丝",粗的为"纶"。碧虚:指水。

饵悬春蜥蜴,钩坠小蟾蜍——这两句是说:有心钓鱼,不料,用鱼饵钓上来的却是蜥蜴和蛤蟆。蜥蜴:像蛇,四足,长五六寸,有水、陆二种。生于陆地上的,黄褐色;生于水中的,背上色黑如漆,腹下红如丹砂。蟾蜍:蛤蟆的一种。

詹子情无限,龙阳恨有馀——这两句是说:善于垂钓的詹何悠然自得,他钓起的一条大鱼就可以装满一车。与魏王一起垂钓的龙阳君因看到钓的鱼越来越大,心生许多的悲恨。詹子:詹何,战国时期的哲学家,楚国人。龙阳:龙阳君。《战国策·魏策四》:"魏王与龙阳君共船而钓,龙阳君得十馀鱼而涕下。王曰:'有所不安乎?如是,何不相告也?'对曰:'臣无敢不安也。'王曰:'然则,何为涕出?'曰:'臣为臣之所得鱼也。'王曰:'何谓也?'对曰:'臣之始得鱼也,臣甚喜,后得又益大,今臣直欲弃臣前之所得矣。今以臣凶恶,而得为王拂枕席。今臣爵至人君,走人于庭,辟人于途,四海之内美人亦甚多矣,闻臣之得幸于王也,必褰裳而趋王。臣亦犹曩臣之前所得鱼也,臣亦将弃矣,臣安能无涕出乎?'魏王曰:'诶!有是心也,何不相告也?'于是布令于四境之内,曰:'有敢言美人者,族。'"

为看烟浦上,楚女泪沾裾——这两句是说:回望烟雾迷茫的河畔,没想到还有一个泪水沾满衣角的楚地女子。烟浦:烟雾迷濛的水畔。浦,水边或河流入海的地方。裾:衣角。

秋高气爽,诗人来到渠边垂钓,希望像古人那样获得长生不死之术。不料,钓丝被菱根缠住,所钓起的不是期待中的大鱼,反而是蜥蜴、蟾蜍之类。失望之馀,诗人想到了古之善钓者詹何和龙阳君。詹何从垂钓中悟出治国之理,龙阳君从钓鱼的过程中想到身处政治漩涡的危机。这一切对于有心用世、又深知政治险恶的李贺来说,自然是清楚的。就在此时,诗人无意中看到伤心流泪的楚女,由此触动悲生的复杂情感。

奉和二兄罢使遣马归延州

二兄罢职归延州,郁郁寡欢,写下了怀愁一诗。为宽慰二兄,李贺作诗奉和。延州:州名,治所在今陕西延安。唐时属关内道,在长安东北六百三十一里。

空留三尺剑,不用一丸泥。
马向沙场去,人归故国来。
笛愁翻陇水,酒喜沥春灰。
锦带休惊雁,罗衣尚斗鸡。
还吴已渺渺,入郢莫凄凄。
自是桃李树,何患不成蹊?

空留三尺剑,不用一丸泥——这两句是说:二兄解甲归田,空留下三尺宝剑,从此再也不能在战场上一展雄才了。三尺剑:言有才气。一丸泥:本指以极少兵力防守险要关隘,此言其有才能。南朝宋·范晔《后汉书·隗嚣传》:"而嚣将王元、王捷常以为天下成败未可知,不愿专心内事。元遂说嚣曰:'……元请以一丸泥为大王东封函谷关,此万世一时也。'"

马向沙场去,人归故国来——这两句是说:战马向往着沙场,人思念着家乡。故国:此指故乡。

笛愁翻陇水,酒喜沥春灰——这两句是说:如怨如诉的羌笛奏起思乡的《陇头吟》,家中准备好春天酿造的美酒,盼望您早日回来。陇水:乐府古曲。指《陇头流水曲》,又称《陇头吟》。元·马端临《文献通考》:"鼓角横吹十五曲,有《陇头吟》,亦曰《陇头水》。"灰:指石灰水。酒初熟时有浊色,和入少许的石灰水,可使之澄清,谓之"灰酒"。

锦带休惊雁,罗衣尚斗鸡——这两句是说:解甲后可以落得清闲,身上缠的锦带不会再使飞雁受惊,身着罗衣可以作为斗鸡时的装扮。锦带、罗衣:宴游时穿的服装。惊雁:惊弓之鸟。《战国策·楚策四》:"更嬴谓魏王曰:'臣为王引弓虚发而下鸟。'魏王曰:'然则射可至此乎?'更嬴曰:'可。'有间,雁从东方来。更嬴以虚发而下之。王曰:'然则射可至此乎?'更嬴曰:'此孽也。'王曰:'先生何以知之?'对曰:'其飞徐而悲鸣。飞徐者,故疮痛也;鸣悲者,久失群也。故疮未息而惊心未去也,闻弦音而高飞,故疮陨裂而也。'"

还吴已渺渺,入郢莫凄凄——这两句是说:到吴地的路途十分遥远,走进破败的郢都也不要悲悲凄凄。吴:吴地。唐·房玄龄等《晋书·顾荣传》:"及帝西迁长安,(顾荣)征为散骑常侍,以世乱不应,遂还吴。"郢:郢都,即今湖北江陵县北十里之纪南城。战国时期楚国的故都。屈原有《哀郢》,因楚都为秦攻破而作。

自是桃李树,何患不成蹊——这两句是说:你像花繁果茂的桃李,不用表白,人们也会因仰慕你的才能,将地面的泥土踩成小路。言外之意,总有一天,你还会得到重用。蹊:小路。汉·司马迁《史记·李将军列传》:"桃李不言,下自成蹊。"何患:一作何畏。

首两句以"空留"、"不用"对举,为二兄发泄不平之气。第三、四句作宽慰语,"马向沙场去,人归故国来"。马和人各有归属,解甲未必不是好事。第五、六句紧承上意而来,先以羌笛勾起二兄的思乡之绪,再以家中的春酒告之,表达亲人对二兄的思念。第七、八句为二兄着想,以"休惊雁"与"尚斗鸡"相对,为二兄勾勒一幅闲适的图景。第九、十句用典,借古人之事委婉地表达仕途险恶之意,以期从历史的角度宽慰二兄。结二句充分肯定二兄的才华,相信其必定有施展才华的一天。这首诗极富感染力,声情并茂,言语之中有抱打不平,有安慰,有开解,有信任,有鼓励,有祝福。面对如此真挚的情谊,二兄大概应该释怀了。

答　赠

贵公子新买小妾,大宴宾客。李贺有感而发,作此诗。

　　本是张公子,曾名萼绿华。
　　沉香熏小像,杨柳伴啼鸦。
　　露重金泥冷,杯阑玉树斜。
　　琴堂沽酒客,新买后园花。

本是张公子,曾名萼绿华——这两句是说:原来是张公子新买来的小妾,她的名字曾叫萼绿华。张公子:此指贵公子。东汉成帝时的童谣云:"燕燕尾涎涎,张公子,时相见。"汉成帝微行出游时,常与富平侯张放同游。燕燕指赵飞燕。张公子指富平侯张放。萼绿华：传说中的仙人。南朝齐、梁·陶弘景《真诰·运象篇第一》："萼绿华者，自云是南山人，不知是何山也？女子年可二十上下，青衣，颜色绝整，以升平（晋穆帝司马聃年号，357—362）三年十一月十一日夜降于羊权家，自此往来，一月之中辄四五过来耳。云本姓杨，赠权诗一篇，并致火浣布手巾一条，金玉条脱（手镯）各一枚。条脱似指环而大，异常精好。神女语权：'君慎勿泄我，泄我则彼此获罪。'访问此人，云是九疑山中得道女罗郁也。"这里指新买的小妾。此女似曾为女冠，故以"萼绿华"比之。

沉香熏小像，杨柳伴啼鸦——这两句是说：象形的香炉吹出缭绕的沉香，依依杨柳可以深藏啼鸦。像：指象形的薰炉。杨柳句：宋·郭茂倩《乐府诗集·清商曲辞》载《读曲歌八十九首》其第七十二："暂出白门前，杨柳可藏乌。欢作沉水香，侬作博山炉。"此言张公子与萼绿华相依不离。

露重金泥冷，杯阑玉树斜——这两句是说：夜深露重，金泥衣冷。张公子还在尽情地畅饮，不知不觉中已酒醉身斜。露重：指深夜。金泥：用金泥彩绘出来的衣服。杯阑：犹酒阑。玉树：指身体。南朝宋·刘义庆《世说新语·容止》："山公（山涛）曰：'嵇叔夜（康）之为人也，岩岩若孤松之独立；其醉也，傀俄若玉山之将崩。'"唐·杜甫《饮中八仙歌》："举觞白眼望青天，皎如玉树临风前。"

琴堂沽酒客，新买后园花——这两句是说：贵公子家新买来如花一般的美妾。琴堂：指琴台。司马相如善琴，在旧宅有琴台。元·陶宗仪《说郛》卷六十一上载《益州记》："司马相如宅在州西笮桥北百许步。李膺云：'市桥西二百步，得相如旧宅，今梅安寺南有琴台故墟。'"沽酒客：指司马相如。司马相如曾在临邛卖酒。这里借指贵公子。后园花：指宠妾。

诗以司马相如比张公子，以萼绿华比其宠妾。中四句言其欢爱的场景，从一个侧面道出了唐代权贵之家的糜烂生活。这首诗在内容和艺术上均没有值得称道的地方，但作为应酬之作，却起到了交际的作用。

题赵生壁

诗人作客，将所见所感题于赵生壁上。

　　大妇然竹根，中妇春玉屑。
　　冬暖拾松枝，日烟生蒙灭。

木薪青桐老,石泉水声发。
曝背卧东亭,桃花满肌骨。

大妇然竹根,中妇舂玉屑——这两句是说:大妇忙着烧柴做饭,中妇舂米准备食物。然竹根:指烧柴做饭。然,同燃。玉屑:指米粉细白如同玉屑。

冬暖拾松枝,日烟生蒙灭——这两句是说:冬天暖和的时候上山拾取松枝,阳光与山气相映,到处是一片烟雾迷濛的景象。日烟:阳光照到山上,山中生出氤氲之气。蒙灭:犹朦胧。

木薪青桐老,石泉水声发——这两句是说:枯老的青桐上生出鲜绿的苔痕,流淌在山石上的泉水发出汩汩的响声。石泉:一作石井。

曝背卧东亭,桃花满肌骨——这两句是说:坐卧在东亭中,任阳光晒在身上,宛如片片飘香的桃花沁入肌肤。

笔法轻灵。首两句白描,寥寥几笔勾画出赵妇款待客人热情忙碌的情景。在写法上,这首诗有承袭《古相逢曲》的一面。其诗云:"大妇织绮罗,中妇织流黄,小妇无所为,挟琴上高堂。"辛弃疾《青平乐·村居》云:"大儿锄豆溪东,中儿正织鸡笼,最喜小儿无赖,垂头卧剥莲蓬。"同样是承袭这一手法而来。从《古相逢曲》到李贺的《题赵生壁》,再到辛弃疾的《青平乐·村居》,从中可见民歌对文人诗词的哺育之功。第五、六句描摹赵生家居的生活环境,伴随着这一清幽的环境,再有一"曝背卧东亭,桃花满肌骨"的清雅闲适之人与之相配,真是令人企慕向往。在这中间,李贺又将诗题于壁上,则又为其庐增添一彩。这首诗言语朴素,读之却韵味十足,是李贺诗中少有的明快之作。

感 春

这首诗是诗人在春日感于贫困落魄,抒发愁闷之作。

日暖自萧条,花悲北郭骚。
榆穿莱子眼,柳断舞儿腰。
上幕迎神燕,飞丝送百劳。
胡琴今日恨,急语向檀槽。

【解】

　　日暖自萧条，花悲北郭骚——这两句是说：初春时节，大地还是一片萧条的景象。独居寒室的北郭骚家贫又有老母，连花朵也在为他悲愁。北郭骚：古代的孝子。秦·吕不韦《吕氏春秋·士节》："齐有北郭骚者，结罗网，捆蒲苇，织屦履，则养其母。"李贺家贫而且有老母，所以用北郭骚自比。

　　榆穿莱子眼，柳断舞儿腰——这两句是说：家中没有钱粮，院中的榆树花开，像是一串串穿起来的铜钱。院中的柳树随风舞动，好像有位女子在舞动她的细腰。莱子：二铢钱。南宋·吴正子注："'莱子'当作'来子'。宋废帝（刘子业）景和元年，铸二铢钱，文曰景和，形式转细，无轮郭，不磨凿者谓之来子，犹轻薄者，谓之荇叶。"柳断句：唐·杜甫《绝句漫兴·其九》："杨柳弱嫋嫋，恰似十五女儿腰。"

　　上幕迎神燕，飞丝送百劳——这两句是说：打开门帘迎接吉祥之鸟燕子的到来，在飞丝动荡的春天送走不祥之鸟伯劳。上幕：犹张幕。此指打开门帘。《礼记·月令》："仲春之月，玄鸟至，至之日，以太牢祀于高禖。"汉·郑玄注："高辛氏之世，玄鸟遗卵，娀简吞之而生契。后王以为媒官嘉祥，而立其祠焉，变媒言禖，神之也。"飞丝：指春天飘荡在空中的像蛛网一般的细丝。百劳：即伯劳。晋·张华《禽经注》："贝鸟，伯劳也。"三国魏·曹植《恶鸟论》："侍臣谓曰：'世同恶伯劳之鸣，何谓也？'王曰：'昔伊吉甫信后妻之谗而杀孝子伯奇，俗传云吉甫后悟，追伤伯奇，出游于田，见异鸟鸣于桑，其声嗷然。吉甫心动，曰："无乃伯奇乎？"鸟乃抚翼，其声尤切。吉甫曰："果吾子也。"乃顾曰："伯奇劳乎，是吾子，栖吾舆，非吾子，飞勿居。"言未卒，鸟寻声而集其盖，归入门，集于井干之上，向室而号。吉甫命后妻载弩射之，遂杀后妻以谢之，故俗恶伯劳，言所鸣之家必有凶也。好事者附会为之说，今俗人恶之，其实否也。'"

　　胡琴今日恨，急语向檀槽——这两句是说：拿起胡琴排遣胸中的遗恨，将满腔的心事向琴槽诉说。胡琴：一种像琵琶的乐器，传自西域。元·马端临《文献通考》："唐文宗（李昂）朝，女伶郑中承善弹胡琴。"檀槽：指用紫檀木做的琴槽。

　　王国维《人间词话》云："有我之境，以我观物，故物皆著我之色彩。"春天本是美好的季节，然而，在李贺看来，不但"日暖自萧条"，而且绚烂的春花也在悲愁。由此联想到李贺贫病交加、不为世用的身世，以及又要奉养老母的困苦境地。面对这一切，诗人如何能在明媚的春光里放声歌唱呢？第三、四句写院中的榆柳，以榆钱、柳断补足"萧条"之意。第五、六句深化首二句的意境，通过"迎神燕"、"送百劳"表达渴盼祥瑞、攘避凶灾的美好祝福。末二句扣题，以胡琴传恨，将"感春"落实在失意的愁苦之中。

仙 人

【题解】

诗讽刺了超然于物外的仙人,有很强的现实针对性。

弹琴石壁上,翻翻一仙人。
手持白鸾尾,夜扫南山云。
鹿饮寒涧下,鱼归清海滨。
当时汉武帝,书报桃花春。

【新解】

弹琴石壁上,翻翻一仙人——这两句是说:在高高的石壁上,有一位风度翩翩的仙人正在弹琴。翻翻:一作翩翩。翩翩的样子。

手持白鸾尾,夜扫南山云——这两句是说:他的手中拿着白鸾的尾巴,潇洒地扫去终南山上空的云彩。白鸾:传说中凤凰一类的祥瑞之鸟,色白。南山:指终南山。

鹿饮寒涧下,鱼归清海滨——这两句是说:仙人悠闲自得,宛如在泠洌的山涧中饮水的小鹿,又像鱼儿游向清澄的大海。

当时汉武帝,书报桃花春——这两句是说:但是,他一听到汉武帝好神仙,便急忙赶来报告西王母的仙树桃花开放了。桃花:指西王母种植的桃树。传说西王母的仙桃树三千年一开花,三千年一结实。

李贺作诗总有出奇之处。前六句极写仙人超然物外的形象,那不食人间烟火、清静悠然的形象令人心动。然而,"当时汉武帝,书报桃花春"一出,诗意陡变,原来,仙人的悠闲清静都是虚假的。这首诗有很强的现实针对性,元和年间,唐宪宗好神仙术,方士们曲意逢迎,诗人写下这首诗予以讽刺。末两句是全诗的诗眼,它构成了全诗的讽刺基调。

河阳歌

【题解】

李贺重过河阳,见狎官妓事,有感而发。河阳:县名,即孟津。旧治在今河南孟县。

染罗衣,秋蓝难著色。
不是无心人,为作台邛客。
花烧中潬城,颜郎身已老。
惜许两少年,抽心似春草。
今日见银牌,今夜鸣玉燕。
牛头高一尺,隔坐应相见。
月从东方来,酒从东方转。
觥船饫口红,蜜炬千枝烂。

染罗衣,秋蓝难著色——这两句是说:染罗衣,用秋蓝上色很困难。

不是无心人,为作台邛客——这两句是说:从河阳来的客人,不是无心而来,而是要做临邛令的客人。台邛:所指不明。南宋·吴正子注:"台邛,疑为临邛,用司马相如为临邛令客事。"

花烧中潬城,颜郎身已老——这两句是说:河阳的中城百花盛开,然而,我是已老的颜郎,不再有赏花的兴趣了。花烧:指红花盛开,光彩如火。潬(dǎn):河阳中城。宋·方勺《泊宅编》:"河阳三城,其中城曰潬。黄河两派贯于三城之间,秋水泛溢时,南北二城皆有濡足之患,惟中潬屹然如故,相传此潬随水高下。"颜郎:颜驷,生活在汉文帝时期。汉·班固《汉武故事》:"颜驷不知何许人,汉文帝时为郎,至武帝辇过郎署,见驷尨眉皓发。上问曰:'叟何时为郎?何其老也?'对曰:'臣文帝时为郎,文帝好文,而臣好武,至景帝好美,而臣貌丑。陛下即位好少,而臣已老,是以三世不遇,老于郎署。'"颜郎是李贺自称。

惜许两少年,抽心似春草——这两句是说:看那两个青年男女相依相许,两情欢洽,宛如春草蔓生,不能相离,令人羡慕。惜许:一作昔许。

今日见银牌,今夜鸣玉燕——这两句是说:白天才看到那身戴银牌的女子,没想到他们晚上就在一起欢宴了。银牌:指唐代的官妓。清·曾益注:"唐官妓佩银牌,刻名其上。"鸣玉燕:鸣玉佩为宴饮助兴。《国语·楚语下》:"王孙圉聘于晋,定公飨之。赵简子鸣玉以相。"三国吴·韦昭注:"鸣玉,鸣其佩玉以相礼。"

牛头高一尺,隔坐应相见——这两句是说:刻有牛头的酒樽虽有一尺高,想必他们隔坐畅饮时也能互相看到。牛头:指牛头形的酒樽,古称牺尊。《庄子·外篇·天地》:"百年之木,破为牺尊。"

月从东方来,酒从东方转——这两句是说:因月亮从东方升起,喝酒传杯时也应该从坐在东面的那个开始。

觥船饫口红,蜜炬千枝烂——这两句是说:大酒杯的杯沿上沾满了口红,千支用蜜汁制成的蜡烛照得室内灿烂辉煌。烛光下,他们的欢饮还在继续。觥船:大酒觥,形容酒杯之大,如船。饫:清·王琦注:"饫者,餍饱之意,着此似不称,当是沃字之讹。"沃,浇,即饮的意思。蜜炬:涂蜜的蜡烛。古人有蜜蜡混称的习惯。晋·葛洪《西京杂记》:"南越王献高帝蜜烛三百枚。"

诗人重过河阳,河阳自古繁荣,有三城重叠,其中又以中城最为繁荣。在这里,诗人看到了狎妓少年,为此写下了具有纪实性的诗歌。诗虽不着褒贬,但从纪实中可见诗人的嘲讽之意和愤懑之情。关于这首诗的意旨,清人王琦认为:"以三十未及之年,遽以老颜郎自比,恐拟非其伦,当是有客于河阳之人,年甲已过,风情不减,见少年官妓而爱恋者,长吉嘲调而作此诗欤?"可备一说。

春　昼

此诗通过写不同地方的春景,表达了诗人热爱春天的情绪。

　　　　朱城报春更漏转,
　　　　光风催兰吹小殿。
　　　　草细堪梳,柳长如线。
　　　　卷衣秦帝,扫粉赵燕。
　　　　日含画幕,蜂上罗荐。
　　　　平阳花坞,河阳花县。
　　　　越妇揩机,吴蚕作茧。
　　　　菱汀系带,荷塘倚扇。
　　　　江南有情,塞北无限。

朱城报春更漏转,光风催兰吹小殿——这两句是说:紫禁城里报春的钟声已经敲响,宫漏已尽,天已放晓。雨后天晴,阳光明媚,温暖的春风夹着兰花的香味吹入了宫殿。朱城:皇城,紫禁城。更漏转:言夜漏尽,时已破晓。光风:言雨后天晴,阳光明媚,和风煦煦。

草细堪梳,柳长如线——这两句是说:春风里,嫩绿的小草细长如丝,似乎可以用梳子梳理;春柳如线,长长的枝条迎风起舞。

卷衣秦帝,扫粉赵燕——这两句是说:秦帝卷起衣服,将它送给心爱的宠妃。面对大好的春光,宠妃赵飞燕精心地傅粉打扮。卷衣秦帝:乐府古曲。唐·吴兢《乐府古题要解》:"有《秦王卷衣曲》,叙说咸阳春景及宫阙的壮丽。秦王卷赠与欢爱之人。"扫粉:犹扑粉,傅粉。赵燕:即赵飞燕。汉·伶玄《赵后外传》:"飞燕姊弟事阳阿主为舍直,专事膏沐澡粉,其费无所爱。"

日含画幕,蜂上罗荐。平阳花坞,河阳花县——这四句是说:春天来了,平阳公主的花坞里鲜花盛开,河阳县满城的桃李一起怒放。阳光温暖地照射在这一幅幅绚丽的画面上,蜜蜂飞来,卧集在这花一般的席垫上。荐:即卧席。平阳花坞:汉代平阳公主的花圃。清·曾益注:"汉平阳公主治花坞,号平阳坞。"花县:指河阳县。唐·白居易《白帖》:"潘岳为河阳令,多植桃李,号曰花县。"

越妇搘机,吴蚕作茧——这两句是说:春天来了,越地的农妇支好织机,等候吴地的优质蚕作茧。搘:拄,支撑。

菱汀系带,荷塘倚扇——这两句是说:春天来了,菱丝像带子似的飘浮在水面上,新荷像扇子一样斜出水面。

江南有情,塞北无限——这两句是说:江南的春色固然有万种风情,塞北的春光也无限美好。

春天来了,诗人以无限的喜悦之情放声歌唱。"江南有情,塞北无限",从这一观察点出发,诗人展开想像,选择了几个不同的场景。如在吟咏中,李贺一写宫中和权贵人家享受春色,一写农家春天里的忙碌。两相对比,可知诗人的倾向和态度。这首诗别开生面,为造就明快的节奏,表达拥抱春天时迫不及待的心情,诗人有意识地采用四字句,通过减少诗句中的顿数,造成一种简洁有力而又急促的风格。

安乐宫

诗人过安乐宫,见残败之状,感慨万端。安乐宫:三国时东吴的宫殿。宋·乐史《太平寰宇记》:"安乐宫在武昌县西北,水路二百四十里,吴黄武(孙权的年号,222—229)二年筑宫于此,赤乌(孙权的年号,238—251)十三年取武昌材瓦缮修建业,遂停废。"唐·伶玄《乐府古题要解》:"'新城安乐宫'备言雕饰刻镂之美。"

深井桐乌起,尚复牵清水。
未盥邵陵瓜,瓶中弄长翠。
新成安乐宫,宫如凤凰翅。
歌回蜡板鸣,左悺提壶使。
绿繁悲水曲,茱萸别秋子。

深井桐乌起,尚复牵清水——这两句是说:安乐宫早已破败,现已成为老百姓居住的地方。村民来到宫中的深井汲取清水,乌鸦从井旁的梧桐树上惊起。深井:一作漆井。

未盥邵陵瓜,瓶中弄长翠——这两句是说:打到吊桶里的水清澈甘甜,村民将用它来洗涤珍贵的邵陵瓜。盥:洗。邵陵瓜:东陵瓜。汉·司马迁《史记·萧相国世家》:"召平者,故秦东陵侯。秦破,为布衣,贫,种瓜于长安城东,瓜美,故世俗谓之'东陵瓜',从召平以为名也。"这里不用"东陵",不用"召平",而用"邵陵",是李贺求新所为。瓶:此指打水的吊桶。弄:摇动的样子。长翠:指桶中的水清澈甘甜。

新成安乐宫,宫如凤凰翅——这两句是说:当年安乐宫落成时,远远望去,巍峨的宫殿像展翅的凤凰那样辉煌。

歌回蜡板鸣,左悺提壶使——这两句是说:当年,安乐宫里歌声婉转,拍板徐鸣。像左悺这样显赫一时的宦官,也以能当上吴帝孙权的提壶使为荣。蜡板:即拍板,木面上用蜡打光,故称。左悺:河南平阴人,汉末擅权的宦官。据南朝宋·范晔《后汉书·桓帝纪》,汉桓帝初年,小黄门史左悺以诛梁冀功迁中常侍,封上蔡侯。当时,同日封侯的宦官还有单超、徐璜、具瑗、唐衡等五人,世谓"五县侯"。提壶:亦称提壶芦,或称提胡芦。鸟名,鹈鹕。

绿繁悲水曲,茱萸别秋子——这两句是说:如今,淡绿色的白蒿一年又一年地在水边枯萎。一年一度的秋天,茱萸的果实不断地落下。繁:白蒿,一种植物。茱萸:椒类,气息芳烈,七八月结实,似椒。

时光荏苒,昔日辉煌的安乐宫现在是什么样子呢?首四句写眼前景,中四句系诗人的想像之辞,写昔日繁荣奢华的景象。尾两句照应首四句,进一步渲染安乐宫的荒凉衰败。玩味此诗,首句通过罗列"深井"、"桐"、"乌"等萧条的意象,为诗奠定了哀叹的基调。以下三句写眼前景,旨在为中四句蓄势。"旧时王谢堂前燕,飞入寻常百姓家",通过强烈而又鲜明的对比,表达伤古之情。尾两句回到现实,将深沉的历史沧桑感寓于其中。

梁公子

题解

此诗旨在批判和讽刺不问国事、寻花问柳的贵族子弟。梁公子：南朝萧梁的后裔，因萧氏建立梁朝，故称。

风采出萧家，本是菖蒲花。
南塘莲子熟，洗马走江沙。
御笺银沫冷，长簟凤窠斜。
种柳营中暗，题书赐馆娃。

风采出萧家，本是菖蒲花——这两句是说：风流而富有文采的人物出自萧家，他们的祖先是因菖蒲花开而出生的贵人。萧家：此指门第显赫的世家。南朝齐梁自称汉萧何之后，宗室萧瑀归唐后，一门出宰相八人，为唐代三百年最为显赫的世家大族。菖蒲花：唐·姚思廉《梁书·太祖张皇后传》："初，后（太祖萧顺之献皇后张氏）尝于室内，忽见庭前菖蒲生花，光彩照灼，非世中所有。后惊视，谓侍者曰：'汝见不？'对曰：'不见。'后曰：'尝闻见者当富贵。'因遽取吞之。是月产高祖。"

南塘莲子熟，洗马走江沙——这两句是说：南塘的莲子熟了，他假装洗马，沿着江边的沙滩去采摘。莲子：双关语，莲谐怜。南塘：地名。南朝民歌《西洲曲》："采莲南塘秋，莲花过人头。低头弄莲子，莲子清如水。"江沙：一作江涯。

御笺银沫冷，长簟凤窠斜——这两句是说：他用的纸是皇帝用的洒有银屑的笺纸，他用的长席是绘有团凤的长席。御笺：指皇帝用的笺纸。银沫：犹银屑。洒银沫在笺上，如现在的冷金笺。簟：竹席。凤窠：即团凤。唐时有独窠绫、两窠绫。窠，即今所谓团花。

种柳营中暗，题书赐馆娃——这两句是说：当年，陶侃镇守武昌时种在军营里的柳树已经成荫。然而，驻守武昌的梁公子根本不理军务，而是悄悄地写信给住在馆娃宫中的美女。种柳：用典。唐·房玄龄等《晋书·陶侃传》："（侃）尝课诸营种柳，都尉夏施盗官柳植之于己门。侃见后，驻车问曰：'此是武昌西门前柳，何因盗来此种？'施惶怖谢罪。"馆娃：馆娃宫，吴王夫差建筑的宫殿。旧址在今江苏苏州。

关于这首诗的题旨，清人吴汝纶说："此刺诸王绾兵而淫纵也。"所说甚是。梁公子当是率领军队的宗室。"风采出萧家,本是菖蒲花",点明他是皇家的宗室;"种柳营中暗"点明他是驻守一方的统帅。然而,身为一军统帅却不理军务,只知在江边寻欢,并于军营中"题书赐馆娃"。为此,诗人对梁公子的行为进行了鞭笞。

牡丹种曲

贞元(唐德宗李适年号,785—805)、元和(唐宪宗李纯年号,806—820)之际,京都贵族赏玩牡丹成风,为此挥霍大量金钱。诗人写下了这首诗对此事进行嘲讽。

莲枝未长秦蘅老,走马驮金劚春草。
水灌香泥却月盆,一夜绿房迎白晓。
美人醉语园中烟,晚华已散蝶又阑。
梁王老去罗衣在,拂袖风吹蜀国弦。
归霞帔拖蜀帐昏,嫣红落粉罢承恩。
檀郎谢女眠何处,楼台月明燕夜语。

莲枝未长秦蘅老,走马驮金劚春草——这两句是说:水中的莲枝还没有生长,香草秦蘅已经衰老。人们拉着马,驮着黄金去换刚砍下的牡丹。秦蘅(héng):香草。楚·宋玉《风赋》:"猎蕙草,离秦蘅。"唐·李善注:"秦,香草也;蘅,杜蘅也。"劚(zhǔ):斫,砍。春草:指牡丹。

水灌香泥却月盆,一夜绿房迎白晓——这两句是说:把牡丹移植到半月型的花盆里,浇上水,施好肥。一夜之间,那绿色的花蕊便盛开而迎来了黎明。却月盆:半月型的花盆。绿房:指含苞的花蕊。

美人醉语园中烟,晚华已散蝶又阑——这两句是说:宴饮拖了很长时间,侍酒的美人说着醉话,任凭园中的云烟慢慢地升起。暮色中,牡丹的花瓣已经松散,采花的蝴蝶也渐渐地离去。华:花。散:指花盛开后,花瓣松散。阑:尽,稀少。

梁王老去罗衣在,拂袖风吹蜀国弦——这两句是说:名贵的牡丹花种梁王虽然很快就要凋谢,但它那罗衣似的绿叶还在。在晚风的吹拂下,绿叶如同翩翩的舞袖随风摇曳,发出了乐府古曲《蜀国弦》的响声。梁王:牡丹的名贵品种。罗衣:轻软丝织品制成的衣服。此指牡丹的绿叶。蜀国弦:乐府曲名。

归霞帔拖蜀帐昏,嫣红落粉罢承恩——这两句是说:晚霞中花瓣摇曳欲坠,护花的蜀帐蒙上了一层暮色。暮色中,艳丽的牡丹花已经蔫萎,赏玩的人早已离去,如同卸妆后的宫女不再受到君主的恩宠。归霞:晚霞。帔(pèi)拖:指花瓣松散,摇曳欲落的样子。帔,本指披在肩上的服饰,指披肩。蜀帐:指用蜀帛做成的护花帐幕。嫣红:指艳丽的牡丹花。落粉:卸妆。指花朵蔫萎。承恩:受到君主的恩宠。

　　檀郎谢女眠何处,楼台月明燕夜语——这两句是说:赏花的檀郎、谢女早已入睡,楼台上空留下一轮明月,空荡荡的楼台中只有燕子在呢喃低语。檀郎:潘岳,西晋人,著名的文学家。这里泛指少年男子。宋·杨伯岩《臆乘》:"古之以郎称者,潘岳曰潘郎、檀郎,以奴得名者,潘岳曰檀奴。"谢女:指东晋才女谢道韫。南朝宋·刘义庆《世说新语·言语》:"谢太傅寒雪日内集,与儿女讲论文义。俄而雪骤,公欣然曰:'白雪纷纷何所似?'兄子胡儿曰:'撒盐空中差可拟。'兄女(谢道韫)曰:'未若柳絮因风起。'公大笑乐。"唐人常用谢女指少女。如唐·罗隐《七夕》:"应倾谢女珠玑箧,尽写檀郎锦绣篇。"

　　唐人有赏花之风,花中名贵者唯牡丹而已。以诗证史,此诗可见唐人争购名贵牡丹的风习。诗言"走马驮金"买牡丹是真实的。据唐人笔记,当时,牡丹之贵令人咋舌,常出现"一本有直数万者"(唐·李肇《唐国史补》),"数十千钱买一棵"(唐·段成式《酉阳杂俎》)的情况。白居易《买花》亦云:"一丛深色花,十户中人赋。"此外,白居易的《帝城春欲暮》还记录了贵族赏花时的疯狂与购花时的豪奢场面。这首诗用华美而浓丽的词藻真实地描绘了当时赏玩牡丹的风习,对于我们认识唐代观赏牡丹之风提供了生动的例证。

后园凿井歌

　　诗以民歌体写夫妻间的深情。后园凿井歌:唐·房玄龄等《晋书·乐志下》载《拂舞歌诗·淮南王》,中有"淮南王,自言尊,百尺高楼与天连。后园凿井银作床,金瓶素绠汲寒浆"等句。该诗题取于此,用旧调。

　　　　井上辘轳床上转;
　　　　水声繁,弦声浅。
　　　　情若何,荀奉倩。
　　　　城头日,长向城头住。

一日作千年,不须流下去。

　　井上辘轳床上转;水声繁,弦声浅——这三句是说:辘轳在井架上不停地转动,汲水时溢出的水流声与提水时的绳索声汇合在一起。辘轳:圆转木,提水的起重工具。床:指安装辘轳的木架。弦:指井绳。

　　情若何,荀奉倩——这两句是说:夫妻间的情感应如何?应该像荀奉倩夫妇那样地真心相爱,白头到老。荀奉倩:荀粲字奉倩,三国时魏人。南朝宋·刘义庆《世说新语·溺惑》:"荀奉倩与妇至笃,冬月妇病热,乃出中庭,自取冷还,以身熨之。妇亡,奉倩后少时亦卒。"

　　城头日,长向城头住。一日作千年,不须流下去——这四句是说:但愿悬挂在城头上的太阳,常驻在城头。一天的时间等于一千年,永远不要落下去。流:即落、沉的意思。

　　诗以转动的辘轳起兴,以"水声繁,弦声浅"比喻夫妇之间的和谐。为了突出和谐的意象,首先,诗人对"繁"、"浅"二字进行了特殊的处理,使之具有象声词的特点;其次,从音韵角度加强韵律节奏。首三句,句句用韵,以声韵相叠造成缠绵之势。第四、五句由首三句的比兴入赋。第四句借助于反问提出问题,第五句应答。一问一答仅六字,言简意赅,意趣丰赡。末四句直抒胸臆,很容易使人联想到"上邪!我欲与君相知,长命无绝衰。山无陵,江水为竭,冬雷震震,夏雨雪,天地合,乃敢与君绝"(《汉乐府·上邪》)的誓词。整首诗一气呵成,如行云流水,情感朴实而真切,深得汉乐府之神韵。

开愁歌

　　这是一首借酒浇愁、发泄愤懑的诗作。题注:"花下作"。开愁:开解忧愁。花下:指在秋天的花树下。有人解作华山下。

　　　　秋风吹地百草干,华容碧影生晚寒。
　　　　我当二十不得意,一心愁谢如枯兰。
　　　　衣如飞鹑马如狗,临岐击剑生铜吼。
　　　　旗亭下马解秋衣,请贳宜阳一壶酒。

壶中唤天云不开，白昼万里闲凄迷。
主人劝我养心骨，莫受俗物相填豗。

新解

秋风吹地百草干，华容碧影生晚寒——这两句是说：秋风吹动，地上的野草到处是一片干枯的景象。夜幕来临，花朵、树木也带上了侵骨的寒意。华容：指花。碧影：指树。

我当二十不得意，一心愁谢如枯兰——这两句是说：我才二十岁，正是大展身手的好时光。然而，世事维艰，一直不能实现自己的人生理想，满腔的忧愁无法排解，犹如枯谢的兰花。不得意：不得志，指理想抱负不能实现。

衣如飞鹑马如狗，临岐击剑生铜吼——这两句是说：我的衣衫破破烂烂，我的马瘦弱如狗。我走到岔路口时不知将向何处，只有大吼一声，通过击剑来抒发胸中的不平之气。衣如飞鹑(chún)：形容衣衫破烂。《荀子·大略》："子夏家贫，衣若悬鹑。"鹑，鹌鹑，鸟名，体似雏鸡，头小尾秃，羽赤褐，有暗黄色条纹。马如狗：形容马十分瘦弱。《后汉书·陈蕃传》："三府谚曰：'车如鸡栖马如狗，疾恶如风朱伯厚。'"岐：同歧，岔路。铜吼：形容怒吼的声音掷地有声。

旗亭下马解秋衣，请贳宜阳一壶酒——这两句是说：我在高悬酒旗的酒店旁下马，脱下御寒的衣服去换取一壶家乡的美酒，用它来浇去心头的愁闷。旗亭：这里指立有酒旗的饭店。贳(shì)：赊欠。宜阳：指李贺的家乡河南福昌县。福昌古称宜阳，武德元年(唐高祖李渊年号，618—626)改称福昌。

壶中唤天云不开，白昼万里闲凄迷——这两句是说：我对着酒壶呼唤苍天，天空浮云万里，一副凄迷的模样，阻隔了我和苍天的对话。壶中唤天：指酒醉失态。闲：同间，间隔，阻塞。

主人劝我养心骨，莫受俗物相填豗——这两句是说：酒店的主人劝我保重身体，不要因为世俗的打击而郁郁不乐。填豗(huī)：排挤、打击的意思。

新评

秋风萧瑟，花萎夜寒。诗人触景生情，一腔幽愤油然而起。"临歧击剑"，诗人希望在茫茫的人生旅途中能够实现人生的理想和抱负。然而，人生多有不得意。"秋风"、"晚寒"、"枯兰"等萧瑟的景象，给诗人投下前途迷茫、难以适从的阴影。为此诗人只好解衣换酒，以酒浇愁。没想到的是，"壶中唤天云不开"，沉醉之中依然无法得到解脱。末两句模拟酒店主人的口气来宽慰诗人。其实，诗人明白，有心用世与遭受打击的死结拧在一起，积极入世进取的抱负是无法实现的。故末两句只是借主人之口自我调适，以此来慰藉一腔悲愤无处诉说的情怀。

秦宫诗并序

这是一首咏史诗,诗人通过叙述秦宫之事,揭露了权贵者家奴的嚣张气焰及荒淫无度的生活。秦宫:东汉人,权臣梁冀的家奴。南朝宋·范晔《后汉书·梁冀传》:"冀爱监奴(监管家务的奴仆)秦宫,官至太昌令,得出入寿(冀妻孙寿)所。寿见宫辄屏御者,托以言事,因与私(私通)焉。宫内外兼宠,威权大震,刺史二千石皆谒辞之。"

汉秦宫,将军梁冀之嬖奴也。秦宫得宠内舍,故以骄名大噪于人。予抚旧而作长辞,辞以冯子都之事相为对望,又云《昔有之诗》。

越罗衫袂迎春风,玉刻麒麟腰带红。
楼头曲宴仙人语,帐底吹笙香雾浓。
人间酒暖春茫茫,花枝入帘白日长。
飞窗复道传筹饮,十夜铜盘腻烛黄。
秃襟小袖调鹦鹉,紫绣麻霞踏哮虎。
斫桂烧金待晓筵,白鹿清酥夜半煮。
桐英永巷骑新马,内屋深屏生色画。
开门烂用水衡钱,卷起黄河向身泻。
皇天厄运犹曾裂,秦宫一生花底活。
鸾篦夺得不还人,醉睡氍毹满堂月。

越罗衫袂迎春风,玉刻麒麟腰带红——这两句是说:秦宫身着越地出产的丝缎,衣衫的丝袖随春风舞动。玉雕的麒麟镶嵌在红色的腰带上,光彩夺目。越罗:越地(今浙江一带)出产的一种轻细的丝织品。衫袂(mèi):一作夹衫。袂,衣袖。麒麟:古兽名,象征祥瑞。

楼头曲宴仙人语,帐底吹笙香雾浓——这两句是说:他在高楼上举行私宴,罗帐里笙歌阵阵,浓香如雾。行人望见,以为是神仙在天上欢声笑语。曲宴:宫中的宴会,此指私人宴会。帐底:帐下,帐里。

人间酒暖春茫茫,花枝入帘白日长——这两句是说:春色茫茫无边,楼外的花枝探入帘中。人闲酒暖,春日漫长。人间:一作人闲。春茫茫:春色无边。

飞窗复道传筹饮，十夜铜盘腻烛黄——这两句是说：从楼阁的窗户和复道中不停地传来摆放酒筹的声音，秦宫举行的宴会从白天一直到黑夜还没有停歇，烛台上的蜡烛换了一枝又一枝，烛台下积满了烛泪。飞窗：高楼上的窗户。复道：指连接宫中楼阁与楼阁之间的复层通道。筹：酒筹，饮酒时计数的签筹。十夜铜盘：一作半夜朦胧。铜盘，蜡台底盘。腻烛黄：指蜡烛燃烧后流下的烛油。

秃襟小袖调鹦鹉，紫绣麻鞋踏哮虎——这两句是说：秦宫身着没有衣带的窄袖衣服，他能把孙寿驯服成鹦鹉。秦宫脚穿用紫线绣成的麻鞋，能镇住像梁冀这样暴虐的猛虎。秃襟：指没有衣带的衣服。调：指训练，驯服。鹦鹉：此指梁冀的妻子孙寿。以鹦鹉喻孙寿，是说秦宫能得到她的欢心。哮虎：一作吼虎。张牙露齿的虎头鞋。以哮虎喻梁冀，是说秦宫能柔其粗猛。鞋(xiá)：鞋子。

斫桂烧金待晓筵，白鹿清酥夜半煮——这两句是说：用砍来的桂枝烧制装在金锅里的白鹿肉，等待早宴的开始。珍异的白鹿肉之所以酥烂，是因为半夜就起来烧煮了。斫桂烧金：砍下桂枝烧金鼎。形容豪奢。金，指煮肉的铜鼎。白鹿：指稀有罕见的山珍。传说鹿活一千五百年毛色变白，是稀罕之物。清酥：一作青苏。

桐英永巷骑新马，内屋深屏生色画——这两句是说：在落满桐花的长巷中，他骑着刚买来的骏马；在里屋的屏风后他观赏色彩鲜明、形象生动的图画。桐英：桐花。永巷：宫中的长巷。深屏：内室的屏风。生色：色彩鲜明、形象生动。

开门烂用水衡钱，卷起黄河向身泻——这两句是说：出门后，秦宫用钱就像卷起的黄河水随意飞泻，没有任何节制。这些钱都是梁冀从天子那里盗来的。烂用：滥用。水衡钱：皇帝私藏和专用的钱财。指梁冀盗用皇帝钱财，秦宫跟着任意挥霍。向身泻：形容挥金如泻水，没有节制。

皇天厄运犹曾裂，秦宫一生花底活——这两句是说：老天爷也有过断裂的灾难，但是秦宫竟然一生都在花丛中生活。厄运：灾难。唐·房玄龄等《晋书·天文志中》："惠帝元康二年二月，天西北大裂。汉·刘向说：'天裂，阳不足；地动，阴有馀。'是时人主昏瞀，妃后专制。"花底活：在花丛中生活，暗喻秦宫与孙寿私通及荒淫的生活。花底，一作花里。

鸾篦夺得不还人，醉睡氍毹满堂月——这两句是说：深受梁冀信任的秦宫，与梁冀的妻子私通，在洒满月光的地毯上醉眼朦胧地和孙寿共度春宵。鸾篦：以象牙或玳瑁制成鸾凤形的篦子。这里暗指孙寿。氍毹：地毯，席子。

权贵者的家奴干预朝政，是中国政治进程中的怪胎。这首诗选择典型的事件和场景，揭露了秦宫借助权臣梁冀的势力荒淫无度的生活。言在此，意在彼。诗人明言古事，实有针对和批判现实之意。盛唐以后，唐代出现了宦官与外戚共持朝政的局面。宦官与外戚各自培育自己的党羽，任用家奴，不但为藩镇割据埋下了祸根，而且加速了唐王朝的政治危机。在这一背景下，诗人描述秦宫在宫廷、私宅随梁冀、孙寿日夜宴游及其荒淫无度的生活，应该说是有现实针对性的。

古邺城童子谣效王粲刺曹操

题解 这首诗运用童谣的形式，讽刺了曹操专横跋扈的行为，有很强的现实针对性。邺：汉时县名，在今河北临漳境内。曹操自立为魏公，即建都于此。童子谣：儿歌。王粲：建安七子之一，著名的文学家。晋·陈寿《三国志·魏书·王粲传》："王粲字仲宣……魏国既建，拜侍中，博物多识，问无不对……著诗赋论议垂六十篇。"刺：斥责，指责。一本无。曹操：《三国志·魏书·武帝纪》："太祖武皇帝，沛国谯人也，姓曹，讳操，字孟德……少机警，有权术，而任侠放荡，不治行业。……建安元年……天子(汉献帝刘协)假太祖节钺，录尚书事(丞相)。"

邺城中，暮尘起。
探黑丸，斫文吏。
棘为鞭，虎为马。
团团走，邺城下。
切玉剑，射日弓。
献何人，奉相公。
扶毂来，关右儿。
香扫涂，相公归。

邺城中，暮尘起。探黑丸，斫文吏——这四句是说：暮色中的邺城，尘土飞扬。恶少探取黑丸暗杀文官，城中到处是一片阴森可怕的景象。探黑丸：恶少杀害朝廷命官的游戏。汉·班固《汉书·尹赏传》："长安中奸猾浸(渐)多，闾里少年群辈杀吏，受赇报仇，相与探丸为弹，得赤丸者斫武吏，得黑丸者斫文吏，白者主治丧；城中薄暮尘起，剽劫行者，死伤横道，枹鼓不绝。"

棘为鞭，虎为马。团团走，邺城下——这四句是说：他们以荆棘为鞭，以猛虎为马，在邺城的四处横冲直撞，飞驰奔走。

切玉剑，射日弓。献何人，奉相公——这四句是说：那些恶少手中切玉的宝剑和射日的神弓将要献给谁呢?统统地奉献了曹操。切玉剑:利剑,可以切玉。日弓:射太阳的弓箭。汉·刘安《淮南子·本经训》:"逮至尧之时,十日并出,焦禾稼,杀草木,而民无所食。……尧乃使羿诛凿齿于畴华之野,杀九婴于凶水之上,缴大风于青丘之泽,上射十日而下杀猰貐,断修蛇于洞庭,禽封豨于桑林。"

扶毂来,关右儿。香扫涂,相公归——这四句是说:关右的健儿簇拥着车辇来到邺城,道路上四处飘香。可是,人们不知道是汉献帝移驾邺城,以为是曹相国回来了。扶毂来:指汉献帝移驾邺城。扫:犹洒。相公:指曹操。

诗以童谣的形式言曹操挟天子以令诸侯事。从诗的内容看,似有所本,应与邺城流传的童谣有一定的关联。诗的篇幅简短,寥寥数语尽现曹操的残暴阴险和专横跋扈。前八句写曹操借恶少之手弹杀朝廷官员,使邺城笼罩在阴森恐怖的气氛之中。后八句以"奉相公"揭露曹操与恶少之间的关系,末句以"相公归"写曹操挟天子以令诸侯的政治野心。该诗明写曹操,实为抨击中唐以来的藩镇割据,有很强的现实针对性。

杨生青花紫石砚歌

这是一首赞美朋友杨生端砚的诗,同时也称赞了端州砚台的精美。杨生:砚台的主人。青花紫石砚:有青色纹理的紫石端砚,是唐代的一种名贵砚台。

端州石工巧如神,踏天磨刀割紫云。
佣刓抱水含满唇,暗洒苌弘冷血痕。
纱帷昼暖墨花春,轻沤漂沫松麝薰。
干腻薄重立脚匀,数寸光秋无日昏。
圆毫促点声静新,孔砚宽顽何足云!

端州石工巧如神,踏天磨刀割紫云——这两句是说:端州的石工技巧如神,手中的磨刀可以割开天上的紫云,将一朵朵紫云琢磨成砚台。端州:今广东高要县一带,境内斧柯山出产砚石,砚石深紫色。紫云:喻紫色石。

佣刓抱水含满唇,暗洒苌弘冷血痕——这两句是说:均匀地削磨以后,在砚池中注满了水,砚台显示出青花纹理,犹如洒下苌弘的碧血。佣刓(wán):均匀地削磨。佣,均匀。刓,削,磨去棱角。抱水:注水。唇:喻指砚池。苌弘:周灵王时大夫。《庄子·外物》:"苌弘死于蜀。藏其血,三年而化为碧。"

纱帷昼暖墨花春,轻沤漂沫松麝薰——这两句是说:纱帐中的白天十分温暖,在端砚中蘸水磨墨,磨出的墨花散发出松烟和麝香的清香,使书房充满了春的气息。纱帷:纱帐,此指书房。沤:浸泡,指蘸水磨墨。松麝(shè)薰:磨墨时发出松烟和麝香般的芳香。松麝,墨用松烟和麝香做成。薰,香气。

干腻薄重立脚匀,数寸光秋无日昏——这两句是说:在端砚中磨墨,墨的干润程度、浓淡程度都很均匀。寸砚之中的墨汁明净生光,如同光洁的秋空,没有丝毫的昏暗。腻:润。薄:淡。重:浓。脚:墨脚,即墨锭下端接触砚石的部分。匀:均匀稳定。数寸:指砚上的墨。光秋:一作秋光。形容墨汁如光洁的秋空。

圆毫促点声静新,孔砚宽顽何足云——这两句是说:用毛笔蘸上杨生端砚磨出的墨,写字时声音细静,不伤笔锋。拿它与笨头笨脑的古砚相比,孔子用过的砚台简直不值得一提。圆毫:指毛笔。促点:用笔蘸墨时的动作。孔砚:孔子用过的砚台。唐·徐坚等《初学记》引伍辑之《从征记》:"孔子床前有石砚一枚,作甚古朴。盖孔子平生时物。"宽顽:笨头笨脑。顽,一作硕。何足云:不值得称道。

这是首咏砚诗。咏砚不提"砚"字,却笔笔写砚,是这首诗的最成功之处。此诗起笔不凡,用"割紫云"、"苌弘血",先言砚台来之不易,对石工"巧如神"的赞叹既昭示着端砚的奇巧精美,又激起人绚丽的联想。第五至第八句,写磨墨时的情状,其干、润、浓、薄的适度以及散发松麝般的芳香,似乎与咏砚无关,其实不然。这些均由端砚石质匀净细致所致,因此,磨出的墨汁才如明净万里的秋光一般。最后,用反跌的艺术手法,以孔砚为陪衬,将端砚品质托起。

房中思

这是一首写思妇愁怀的诗。

新桂如蛾眉,秋风吹小绿。
行轮出门去,玉鸾声断续。
月轩下风露,晓庭自幽涩。
谁能事贞素,卧听莎鸡泣。

新桂如蛾眉，秋风吹小绿——这两句是说：那很久没有描画的蛾眉，如同秋风吹起时桂树上新生的嫩叶。新桂如蛾眉：意为蛾眉如新桂，倒装句。小绿：言桂叶尚小，形容蛾眉很久没有描画的样子。

　　行轮出门去，玉鸾声断续——这两句是说：那出门远行的男子久无音信，我因牵挂他，耳边响起了车上传来的时断时续的玉铃声。行轮：行走的车轮。此指乘车远行的男子。玉鸾：车铃的美称。战国楚·屈原《离骚》："扬云霓之晻蔼兮，鸣玉鸾之啾啾。"朱熹《集注》："鸾，铃之著于衡者。"汉·张衡《思玄赋》："鸣玉鸾之譻譻。"唐·章怀太子李贤注："鸾，铃也。"

　　月轩下风露，晓庭自幽涩——这两句是说：我在月下的小亭中孤独地等待，只有秋风和霜露与我相伴。早晨起来独自徘徊在庭院，庭院里一片幽冷。幽涩：犹幽寂、幽冷。

　　谁能事贞素，卧听莎鸡泣——这两句是说：有谁能忍受这长久的寂寞？我独自躺卧在那里静听秋虫的悲鸣。贞素：指幽静寂寞。莎鸡：蟋蟀一类的昆虫。

　　这是一首思妇诗，写思妇的愁思极为细腻感人。首两句从"新桂"、"秋风"入笔，在点明时间的基础上交代思妇懒画蛾眉的原因。第三、四句怀远，表达思妇对远行人的关切。"玉鸾声断续"，远行的车铃声时断时续，给思妇带来无限的牵挂。第五、六句写景，直入思妇孤寂的情怀。第七句诉说思妇的心事，末句以"莎鸡泣"收尾，运用通感的艺术手法进一步渲染思妇难以承受的孤独和相思。诗首尾圆合，突出了"房中思"的意象。

苦昼短

　　这是一首思考人生短暂及如何改变这一状况的诗。苦昼短：意为慨叹时光流逝，生命短促。

　　　　飞光飞光，劝尔一杯酒。
　　　　吾不识青天高，黄地厚。
　　　　唯见月寒日暖，来煎人寿。
　　　　食熊则肥，食蛙则瘦。

144

神君何在，太一安有？
　　天东有若木，下置衔烛龙。
　　吾将斩龙足，嚼龙肉，
　　使之朝不得回，夜不得伏。
　　自然老者不死，少者不哭。
　　何为服黄金，吞白玉？
　　谁似任公子，云中骑碧驴？
　　刘彻茂陵多滞骨，嬴政梓棺费鲍鱼。

新解

　　飞光飞光，劝尔一杯酒——这两句是说：时光啊，请喝上一杯酒，听我细细地叙说。飞光：指飞逝的时光。南朝·沈约《宿东园》诗："飞光忽我适，岂止岁云暮。"唐·张铣注："飞光，日月光也。"唐·房玄龄等《晋书·孝武帝纪》，东晋孝武帝司马曜末年，长星见于华林园，举酒祝之曰："长星，劝汝一杯酒。"

　　吾不识青天高，黄地厚。唯见月寒日暖，来煎人寿——这四句是说：我不知道青天有多高，黄土地有多厚，只看到日月运行，寒暑交替，一直在消磨人的寿命。月寒日暖：日月运行，昼夜变更，寒暑交替。煎：煎熬，消磨。

　　食熊则肥，食蛙则瘦。神君何在，太一安有——这四句是说：我只知道吃熊肉的富贵之人身体肥壮，吃蛙肉的贫贱之人身体瘦弱。世上哪里有使人长生的神君和太一神呢？熊：熊掌及背中白脂，皆为珍味。此指富贵者吃的山珍海味。蛙：蛙肉，粗味。此指贫贱者吃的粗味。神君：长陵女子，汉武帝曾向她乞求长生。汉·司马迁《史记·封禅书》："是时上（汉武帝）求神君，舍之上林中蹏氏馆。神君者，长陵女子，以子死，见神于先后宛若，宛若祠之其室，民多往祠。"太一：最高的天神。《史记·封禅书》："置寿宫神君。寿宫神君最贵者太一。"

　　天东有若木，下置衔烛龙——这两句是说：天的东边有高大的若木，下有六龙驾日，不停奔走。若木：神话中的神树。《山海经·大荒北经》："西北海外……大荒之中，有衡石山、九阴山、洞野之山，上有赤树，青叶赤华，名曰若木。"晋·郭璞注："生昆仑西附西极，其华光赤，下照地。"按，若木生在西方，这里说"天东"，是将其比太阳。衔烛龙：口含烛火照亮大地的神龙。烛龙，此指羲和驾日车的六龙。楚·屈原《楚辞·天问》："日安不到，烛龙何照？"汉·王逸注："天之西北，有幽冥无日之国，有龙衔烛而留照之。"

　　吾将斩龙足，嚼龙肉，使之朝不得回，夜不得伏——这四句是说：我将斩断烛龙的脚，口嚼龙肉，使它早晨不能回去，晚上也不能栖息，使太阳永远停留在天空。之：

烛龙。回：运转。伏：躲藏，栖息。

自然老者不死，少者不哭。何为服黄金，吞白玉——这四句是说：如果这样的话，老人可以不死，年轻的可以不老。因此，哪里用得着服食黄金、白玉苦求长生不死之术呢？服黄金、吞白玉：古代方士认为服食黄金、白玉可以长生不死。晋·葛洪《抱朴子》："服金者寿如金；服玉者寿如玉。"服，一作饵。

谁似任公子，云中骑碧驴——这两句是说：如果这样的话，也就用不着像任公子那样骑着碧驴升天为仙了。似：一作是。任公子：仙人。碧：一作白。

刘彻茂陵多滞骨，嬴政梓棺费鲍鱼——这两句是说：然而，这一切都是徒劳的。你没有看到，追求长生不死的君主早已成为泥土。如今，汉武帝刘彻的茂陵上只留下一堆白骨。为了掩人耳目，秦始皇嬴政的棺木上浪费了许多鲍鱼。刘彻：汉武帝，死后葬茂陵。据汉·司马迁《史记·封禅书》，汉武帝好神仙术。滞骨：遗骨。嬴政：秦始皇。《史记·秦始皇本纪》："始皇崩于沙丘平台。丞相斯（李斯）为上崩在外，恐诸公子及天下有变，乃秘之，不发丧。棺载辒凉车中……会暑，上辒车臭，乃诏从官令车载一石鲍鱼，以乱其臭。"梓棺：梓木棺材。《礼记·檀弓上》："天子之棺四重，水兕革棺被之，其厚三寸，杝棺一，梓棺二。"

首句点明题意，以复沓的形式慨叹时光飞逝。"煎"字极佳，以日月之行煎熬人寿，意在用巨大的反差突出人生的短促。因而，不论饮食好坏，不论贫富，谁也不能逃脱死亡，能保佑人长生不死的神君、太一根本就不存在。那么，如何能解除人生"昼短"的痛苦呢？诗人展开绮丽的幻想，他要斩杀控制昼夜更替的衔烛龙。"斩龙足，嚼龙肉"，直白之中极为豪壮，张扬了人的主体意识，传达了诗人浪漫的情怀。既可以自我解救，又何必去求助于"服黄金，吞白玉"这样的长生不死之术呢？更何况，那为求仙而死的汉武帝、秦始皇的教训还不值得汲取吗？诗的结句以"多滞骨"、"费鲍鱼"又转向对唐宪宗求仙的荒唐予以讽刺和侧击。全诗波澜起伏，回旋跌宕，参差变化，瑰诡奔放。

章和二年中

这是一首歌诗，诗人袭用古鼙舞曲描绘了时和岁丰的景象。唐·房玄龄等《晋书·乐志下》："鼙舞，未详所起，然汉代已施于燕享矣。傅毅、张衡所赋，皆其事也。旧曲有五篇，一、《关东有贤女》，二、《章和二年中》，三、《乐久长》，四、《四方皇》，五、《殿前生桂树》，其辞并亡。"又据《晋书·乐志下》，曹魏时改《章和二年中》为《太和有圣帝》，晋改为《天命》。章和：汉章帝刘炟（dá）的年号（87—88）。

> 云萧索,田风拂拂,麦芒如彗黍如粟。
> 关中父老百领襦,关东吏人乏诟租。
> 健犊春耕土膏黑,菖蒲丛丛沿水脉。
> 殷勤为我下田租,百钱携偿丝桐客。
> 游春漫光坞花白,野林散香神降席。
> 拜神得寿献天子,七星贯断嫦娥死。

【注释】

云萧索,田风拂拂,麦芒如彗黍如粟——这三句是说:祥云萦绕在天空,微风吹拂,麦穗大如扫帚,高粱穗密如小米。清·王琦注:"黍大而粟细,黍如粟,似言颗粒之多亦如粟耳。"萧索:旋绕弯曲,萦回。元·黄公绍《韵会》:"萧索,萦纡貌。"汉·班固《汉书·艺文志》:"萧索轮囷,是为庆云。"田风拂拂:一本无田字。彗:扫帚。黍:指有黏性的高粱,北方称作黄米。粟:指小米。

关中父老百领襦,关东吏人乏诟租——这两句是说:关中的父老乡亲个个有一百多件短衣,关东也听不到官吏催租时的诟骂声。关中:指函谷关以西,陕西渭河流域一带。关东:指函谷关以东一带。百领:犹百件。襦:短衣。诟租:即诟骂催租。

健犊春耕土膏黑,菖蒲丛丛沿水脉——这两句是说:春天,健壮的牛犊耕种着肥沃的黑土地。放眼望去,一丛一丛的菖蒲沿着河边生长。

殷勤为我下田租,百钱携偿丝桐客——这两句是说:我主动缴纳田租后还有余钱,因此拿出了一百个铜钱酬劳演唱的艺人。殷勤:急于还租之意。下:犹缴。偿:酬的意思。丝桐客:指演唱艺人。

游春漫光坞花白,野林散香神降席——这两句是说:春光烂漫,山坞中白花点点。踏青春游,香雾缭绕的山林里正在举行赛神庙会,神听说后来到供奉它的席筵上。漫光:指烂漫的春光。坞:山阿,俗称山洼。散香:指香雾散布。神降席:指神听说祭神之事后,来到所供之席。

拜神得寿献天子,七星贯断嫦娥死——这两句是说:拜神时祝福天子永享帝位,健康长寿。愿天子像北斗七星那样终古不移,像嫦娥那样永远长生不老。七星:指北斗七星。贯:贯穿,谓七星在天,屈曲相次,仿佛有绳子贯穿,终古不移。嫦娥:一作姮娥。汉·刘安《淮南子·览冥训》:"羿请不死之药于西王母,姮娥窃以奔月。"

风调雨顺,李贺满怀激情写下了这首用古鼙舞乐曲为调的歌诗,忠实地记录了村民们的赛神活动。春明景和,岁丰乐业,百姓怀着感恩的心情举行了赛神大会。客观地讲,他们祝福君主健康长寿是发自内心的,从中可见百姓的善良与仁厚。结二句作决绝语表示对君主的祝福。明人毛先舒评论道:"李太白'苍梧山崩湘水竭',张文昌'菖蒲花开月长满',李长吉'七星贯断嫦娥死',俱是决绝语,遣词绝工。"堪为的评。

春归昌谷

诗人京城失意,无奈返乡,为此,写下此诗抒写心中的感慨。

束发方读书,谋身苦不早。
终军未乘传,颜子鬓先老。
天网信崇大,矫士常愗愗。
逸目骈甘华,羁心如荼蓼。
旱云二三月,岑岫相颠倒。
谁揭赪玉盘,东方发红照。
春热张鹤盖,兔目官槐小。
思焦面如病,尝胆肠似绞。
京国心烂漫,夜梦归家少。
发轫东门外,天地皆浩浩。
青树骊山头,花风满秦道。
宫台光错落,装画偏峰峤。
细绿及团红,当路杂啼笑。
香风下高广,鞍马正华耀。
独乘鸡栖车,自觉少风调。
心曲语形影,只身焉足乐。
岂能脱负担,刻鹄曾无兆。
幽幽太华侧,老柏如建纛。
龙皮相排戛,翠羽更荡掉。
驱趋委憔悴,眺览强笑貌。
花蔓闼行輈,縠烟暝深徼。

少健无所就,入门愧家老。
听讲依大树,观书临曲沼。
知非出柙虎,甘作藏雾豹。
韩乌处缯缴,湘鲦在笼罩。
狭行无廓落,壮士徒轻躁。

  束发方读书,谋身苦不早——这两句是说:我在束发之年才开始读书,恨没有尽早地读书为谋生作打算。束发:绾结头发。古代男子以十五岁为成童,把头发盘成髻。束发即成童之年的代称。汉·戴德《大戴礼记·保傅》:"王子八岁出就外舍,学小艺,履小节。束发而就大学。"
  终军未乘传,颜子鬓先老——这两句是说:终军没有拿到出入关口的凭证时,已发出了追求建功立业的壮语。颜回苦读,二十九岁时两鬓已经先白。终军:汉武帝时人。东汉·班固《汉书·终军传》:"终军,字子云,济南人也。少好学,以辩博能属文闻于郡中。年十八,选为博士弟子。……初,军从济南当诣博士,步入关,关吏予军繻(出入关卡的凭证,以帛制成)。军问:'以此何为?'吏曰:'为复传(回来的凭证),还当以合符。'军曰:'大丈夫西游,终不复传还(为官后,就不需凭证了)。'弃繻而去。"乘传:指为官后乘驿车过关,无需凭证。颜子:孔子的弟子颜回。《孔子家语》:"颜回,鲁人,字子渊,年二十九而发白,三十一早死。"
  天网信崇大,矫士常慅慅——这两句是说:国家撒下天网广泛地网罗人才,然而那些像我一样的强直之士往往愁劳过度,不被赏识和重用。天网:指广泛地招揽人才。三国魏·曹植《与杨修书》:"吾王于是设天网以该之,顿八纮(网)以掩之。"矫士:强直之士。慅慅:操劳,愁劳。《尔雅》:"慅慅,劳也。"《诗经·陈风·月出》:"劳心慅兮。"汉·郑玄笺:"愁也。"
  逸目骈甘华,羁心如荼蓼——这两句是说:放眼望去,美味华彩之物就陈列在眼前。然而,我身在羁旅之中,心事重重,无心品尝和玩赏。逸目:犹纵目。骈:并列,陈列。甘华:指色味美好的食物。荼蓼:喻心之苦辛。荼,苦菜也。蓼,木蓼,蓼味辛。
  旱云二三月,岑岫相颠倒——这两句是说:春旱已经两三个月了,旱气蒸人,天上的热云像倒立的峰峦。旱云:热云,形容旱情十分严重。《吕氏春秋·应同》有"旱云烟火"句。岑岫相颠倒:言旱云像倒立的峰峦。
  谁揭赪玉盘,东方发红照——这两句是说:是谁揭开了红色的玉盘,使早晨的太阳发出灼热耀眼的光芒?揭:高举。赪(chēng)玉盘:指太阳。赪,红色。
  春热张鹤盖,兔目官槐小——这两句是说:路边的官槐叶子小得像兔子的眼睛,为了抵御春天滚滚的热浪,人们张开了形如飞鹤的伞盖。鹤盖:外形像飞鹤的伞盖。三国魏·刘桢《鲁都赋》:"盖如飞鹤,马如游龙。"兔目:初生的槐叶。官槐:街道上公家种植的槐树。

思焦面如病,尝胆肠似绞——这两句是说:面对此景,我的肠胃像尝到苦胆一样绞痛。愁肠百结,我的脸色发黄如同生病一般。

京国心烂漫,夜梦归家少——这两句是说:京城之中,应酬繁杂,心事纷扰,无暇念及家事,即使夜中也很少梦到回家。京国:京城长安。心烂漫:指应酬繁杂,心事纷扰。

发轫东门外,天地皆浩浩——这两句是说:直到我在长安东门外乘车回家的时候,才感到天地宽广,顿时心胸开阔起来。发轫:乘车出发。楚·屈原《离骚》:"朝发轫于苍梧。"轫,放在车轮前的堵木,停车时防止车轮滚动。

青树骊山头,花风满秦道——这两句是说:途经骊山,山头上长满了绿树。大路上春风和煦,鲜花盛开。骊山:山名。《一统志》:"骊山在陕西临潼县东南二里,因骊戎(古代的一个民族)所居,故名。"秦道:陕西旧为秦地,故称。

宫台光错落,装画偏峰峤——这两句是说:骊山上宫苑楼台错落,阳光照在峰峦上,山间色彩斑斓,像一幅精心装饰的图画。宫台:骊山有华清宫、集灵台、舞马台等。错落:犹斑斓。装画:一作装尽。偏峰峤:一作遍峰峤。

细绿及团红,当路杂啼笑——这两句是说:沾满露水的小草和树叶仿佛在低声哭泣,一簇簇红花在太阳照射下微笑可人。细绿:草木之叶。团红:指花朵。

香风下高广,鞍马正华耀——这两句是说:游人身上的香气在郊野飘荡,他们的鞍马华美耀人。香风:一作香气。指游人身上的香气。高广:指郊野。陕西地处黄土高原,郊野地高且广,故称。

独乘鸡栖车,自觉少风调——这两句是说:我独自乘着只能载鸡的小车行走,与那些鞍马华美的大车相比,自己都感到没有情调。鸡栖车:形容车小只能载鸡。见《开愁歌》注。风调:人的品格情调。唐·李百药《北齐书·崔瞻传》:"偃弟儦,学识有才思,风调甚高。"

心曲语形影,只身焉足乐——这两句是说:我心中的委屈只能向自己的影子诉说,此身怎能快乐得起来呢?心曲:犹心里。《诗经·秦风·小戎》:"乱我心曲。"只身:即此身。

岂能脱负担,刻鹄曾无兆——这两句是说:我怎么能摆脱求取功名的负担呢?事先又怎能知道求取功名的艰难呢?就像天鹅,虽然有远大的志向,事先却并没有征兆出现。负担:往来奔走的劳苦,此指李贺追求功名带来的烦恼。刻鹄:画鹄。此指像天鹅那样远飞,胸怀远大的抱负。南朝宋·范晔《后汉书·马援传》载《马援诫兄子书》:"龙伯高敦厚周慎,口无择言,谦约节俭,廉公有威,吾爱之重之,愿汝曹效之。……效伯高不得,犹为谨敕之士,所谓刻鹄不成尚类鹜(鸭)者也。"鹄:天鹅。

幽幽太华侧,老柏如建纛——这两句是说:华山道的两侧排列着幽森的老柏树,古柏参天,像矗立的大旗。太华:华山,五岳之一。老柏:明·袁宏道《华山记》:"山下自华岳庙列柏南行十一里。"纛(dào):大旗。

龙皮相排戛,翠羽更荡掉——这两句是说:柏树皴裂的树皮像龙鳞一样有序地挤压排列在一起,细小的树叶像翠鸟的羽毛一样在树干上摇曳。排戛:挤压。

驱趋委憔悴,眺览强笑貌——这两句是说:奔波于路途中憔悴不堪,远眺大路两边的美景,脸上勉强地生出笑容。委:委顿。笑貌:一作容貌。

花蔓阂行辀,縠烟暝深徼——这两句是说:回家的路途十分艰难,路边垂挂的花枝花蔓不停地挡住车辕。太阳快要落山的时候,像轻纱似的薄雾笼罩大地,前面的小路一片昏暗。阂(hé):阻隔不通。辀(zhōu):车辕,车前面的曲木。縠(hú)烟:像轻纱一般的薄烟。縠,有皱纹的纱。徼(jiào):小路。

少健无所就,入门愧家老——这两句是说:我身当少壮之年却一事无成,回家后将要面对老母,真是惭愧万分。家老:指一家之中年龄最长者,此指李贺老母,李贺父早亡。汉·刘安《淮南子·泰族训》:"家老异饭而食,殊器而享。"

听讲依大树,观书临曲沼——这两句是说:回家后,每天依树听讲佛经,到河边看书来消磨时日。听讲:指听讲佛经。《金刚经》:"一时佛在舍卫国只树给孤独园,与大比丘众千二百五十人俱。"曲沼:指河边。

知非出柙虎,甘作藏雾豹——这两句是说:我知道自己不是出笼的猛虎,不是锐意进取的人,所以就甘愿退居乡里,像雾中的玄豹一样藏身远祸。出柙虎:出笼的猛虎。《论语·季氏》:"虎兕出于柙。"柙,大木笼。藏雾豹:藏在雨雾中的黑豹。此指藏身远害。汉·刘向《列女传》:"南山有玄豹,雾雨七日而不下食者,何也?欲以泽其毛而成文章也。"

韩鸟处缯缴,湘鲦在笼罩——这两句是说:北方韩地的鸟时常处在弓箭的威胁之中,南方湘地的鱼也常遇到被笼子捕捉的危险。言外之意,仕途险恶,不如尽早地回家隐居。韩鸟、湘鲦(tiáo):指北方韩地的鸟和南方湘地的鱼。此两句为互文。缯缴:同矰缴。矰,古代射鸟用的拴着丝绳的箭。缴,扣在弓箭上的丝绳。鲦:小鱼。笼:用竹子编制的捕鱼具。

狭行无廓落,壮士徒轻躁——这两句是说:狭步而行的人,面前不会有宽阔的大道。有雄心壮志的人何必要徒自轻率烦躁呢?廓落:一作廓路。

【新evaluation】

诗回荡着令人扼腕的愁苦之气。起句到"夜梦归家少"句,叙说了在京城的失意,借景抒情,通过渲染长安的春旱,写其功名未就身先衰的愁苦。从"发轫东门外"

到"縠烟暝深徼"句,描写返乡途中所见,然虽有美景,对于失意之人而言,乐景皆哀景。在这里,诗人建立了"鞍马正华耀"的游春之人与诗人"独乘鸡栖车"对比的关系,通过叙述给乐景蒙上苦涩的色彩,进而将美景的观赏纳入到"眺览强笑貌"的怨愤和愁苦之中。以下数句写回家后的感想,凄苦无奈明白可见,结六句语似作旷达的姿态,其实是愤懑之极后的自嘲自解。

铜驼悲

作者考进士受阻,为寻求解脱写下此诗。铜驼:铜骆驼。晋·陆机《洛阳记》:"铜驼街有汉铸铜驼二枚,在宫之南四会道头。高九尺,头似羊,颈似马,有肉鞍,夹路相对。俗语云:'金马门外聚群贤,铜驼陌上集少年。'言人物之盛也。"

落魄三月罢,寻花去东家。
谁作送春曲,洛岸悲铜驼。
桥南多马客,北山饶古人。
客饮杯中酒,驼悲千万春。
生世莫徒劳,风吹盘上烛。
厌见桃株笑,铜驼夜来哭。

落魄三月罢,寻花去东家——这两句是说:我参加科举考试,于三月落第。为宽解失意的情怀,来到东面的邻居家赏花。落魄:失意的样子。此指诗人因父讳被逐,不得参加进士考试而产生的失意感。寻花:出游观花。三月:唐·杜佑《通典》:"唐人选举以秋初就路,春末乃归。"东家:东面邻家。

谁作送春曲,洛岸悲铜驼——这两句是说:在这春天即将离开的时候,谁来作送春的歌曲呢?还是让我在洛水的岸边写一首《铜驼悲》吧。洛岸:洛水岸边。

桥南多马客,北山饶古人——这两句是说:铜驼街的桥南,尽是骑马游春之人;北面的邙山上,尽是古人的坟茔。桥南:游乐的地方。马客:骑马游乐的人。北山:北邙山,在今河南洛阳市东北。汉魏以来,王侯公卿贵族的葬地多在此。

客饮杯中酒,驼悲千万春——这两句是说:游客满饮杯中的美酒,铜驼悲伤地看着人世沧桑的变化。

生世莫徒劳,风吹盘上烛——这两句是说:人生为名利而奔波是徒劳的,这一切就像烛盘上的蜡烛,风吹之后便立即熄灭。

厌见桃株笑,铜驼夜来哭——这两句是说:桃花盛开的时候正是我落第的时候,为此,我不愿意去看那一株株盛开的桃花。铜驼得知此事后也感到悲哀,甚至到了深夜还在为我的不幸哭哭啼啼。笑:指花开。唐·刘知幾《史通》:"今俗文士谓乌鸣为啼,花发为笑。"

"落魄"总领全篇,失意之中自求宽解。第三、四句言伤春而转向"悲铜驼"。铜驼历尽苍凉,千百年来,那游乐的马客、豪饮之辈,皆化为北山上的坟墓。人世的可悲透过铜驼之悲可略窥一斑,因而,诗人一肚牢骚顷刻间倒出,人生不过像风前残烛一般,何必去为名利奔波烦恼,似乎是大彻大悟了。然而,"铜驼夜来哭"一语继续掀起巨大的悲情。这样,诗人欲罢不能休的悲愁便显得格外深长。

自昌谷到洛后门

这首诗写诗人从昌谷到洛阳后的犹豫和彷徨。

九月大野白,苍岑竦秋门。
寒凉十月末,雪霰蒙晓昏。
澹色结昼天,心事填空云。
道上千里风,野竹蛇蜒痕。
石涧冻波声,鸡叫清寒晨。
强行到东舍,解马投旧邻。
东家名廖者,乡曲传姓辛。
杖头非饮酒,吾请造其人。
始欲南去楚,又将西适秦。
襄王与武帝,各自留青春。
闻道兰台上,宋玉无归魂。
缃缥两行字,蛰虫蠹秋芸。
为探秦台意,岂命余负薪?

【新解】

九月大野白,苍岑竦秋门——这两句是说:九月的旷野,草木凋零,远远望去,只留下一片白色。青黑色的大山上树木耸立在两旁,犹如两扇洞开的大门。大野:犹旷野。苍岑:指青黑色的山峰。秋门:言秋天树木耸立两旁犹如门阙。

寒凉十月末,雪霰蒙晓昏——这两句是说:十月末的天气十分寒冷,雨雪纷飞,给清晨蒙上了一层昏暗的色彩。十月末:一作交月末。雪霰(xiàn):雨雪交加。霰,雪珠,小冰粒。

澹色结昼天,心事填空云——这两句是说:惨淡的颜色郁结在白天,我满腔的心事有如空中的阴云。

道上千里风,野竹蛇涎痕——这两句是说:路上刮起了大风,原野上的竹子遇雨而冻,竹子上的冻痕有如蟒蛇流出的口水。千里风:远处刮来的大风。

石涧冻波声,鸡叫清寒晨——这两句是说:石涧中的流水早已冻结,晨鸡在寒冷中啼叫报晓。

强行到东舍,解马投旧邻——这两句是说:勉强地行走,终于来到东舍,赶紧解鞍下马投宿到洛阳的旧舍。东舍:指李贺在洛阳的住处。东,一作都。旧邻:与东舍同义互说,即解马投宿东邻旁的旧舍。

东家名廖者,乡曲传姓辛——这两句是说:东边有个以廖为名的占卜之人,乡亲们都说他姓辛。辛廖:春秋时晋国的大臣,擅长占卜。《左传·闵公元年》:"毕万筮仕于晋,遇屯(易经卦名)之比(卦名)。辛廖占之,曰:'吉'。"

杖头非饮酒,吾请造其人——这两句是说:我的杖头上挂了一百个铜钱,这些钱主要是用来造访辛廖的,酬谢他给我所作的占卜。杖头:以百钱挂杖头。南朝宋·刘义庆《世说新语·任诞》:"阮宣子常步行,以百钱挂杖头,至酒店便独酣畅。"

始欲南去楚,又将西适秦——这两句是说:起初,我想到南方的楚地,后来,又想向西到秦地。

襄王与武帝,各自留青春——这两句是说:楚襄王和汉武帝都是一代著名的君主,他们喜爱文士的美名流传至今。襄王:楚顷襄王,楚怀王之子。此指唐代的藩镇。武帝:汉武帝刘彻。此指当时的皇帝。青春:此指美名。

闻道兰台上,宋玉无归魂——这两句是说:听说宋玉曾随楚襄王游兰台之宫,现在,宋玉早已死去,到哪里去招他的魂灵呢?兰台:战国时楚宫殿名。宋玉:战国时期楚国著名的文士,曾陪楚襄王游兰台之宫。传说屈原死后,宋玉曾作《招魂》哀悼屈原。

缃缥两行字,蠹虫蠹秋芸——这两句是说:如今,书籍上只留下两行字,早已没有人去读它了。藏身在书中的蛀虫把防蛀的芸粉都吃掉了。缃缥:缃帙和缥囊。南朝梁・萧统《文选・序》："词人才子则名溢于缥囊，飞文染翰，则卷盈于缃帙。"缥囊，用淡青绸制成的书囊。缃帙，用浅黄绸做的书套。此指书。蛰虫：指藏匿在书中的蛀虫。芸：豌豆叶上的白粉，可以防治跳蚤和虱虫。宋・罗愿《尔雅翼》："芸类豌豆，丛生，其叶极芳香，秋后叶间微白如粉，南人采置席下，能去蚤虱，今谓之七里香。"

为探秦台意，岂命余负薪——这两句是说：既然楚地不能前往，请帮我卜上一卦，看一看君主是否有起用我的意图。难道我命里注定要以卖柴为生，永远守着贫困吗？秦台：秦宫。此指君主。负薪：担柴。指靠卖柴为生，生活贫困。汉・司马迁《史记・滑稽列传》："优孟，故楚之乐人也。……楚相孙叔敖知其贤人也，善待之。病且死，属其子曰：'我死，汝必贫困。若往见优孟，言我孙叔敖之子也。'居数年，其子穷困负薪，逢优孟……"孙叔敖的儿子向优孟诉说了困境，为此，优孟到朝廷劝说楚庄王，使孙叔敖之子脱离了贫困的境地。

李贺从老家昌谷移居洛阳，希望寻找更多的入仕进取的机会。当时，士人进身有两种选择，一是投靠藩镇，一是投靠朝廷。面对这一重大选择，诗人难免要犹豫不决，为此，他要找一精通算卜的人通过卦象来化解心中的疑惑。"心事填空云"，景语皆情语，当诗人刻意渲染环境带来的重压时，更重要的是以此展示患得患失的心理变化，即描述面临人生抉择时难以名状的犹豫不决。"始欲南去楚，又将西适秦"二句耐人寻味，在诗人的皴染下，曲折地表达了诗人临歧时的彷徨。末两句用典，"探"字描述了诗人心存魏阙的念想，"负薪"二字补足"探"意，含蓄地表达了想为朝廷服务的愿望。

七月一日晓入太行山

这首诗写诗人离开昌谷老家后行至太行山的观感。太行山：山名。《山西志》："太行山跨山西、河南、直隶三省，形大而原远，延袤千馀里不绝，地界中外，省画东西，耸为恒岳，融为霍镇，秀如中条，奇如五台，险如三关，灵境名迹，随地异称，皆其支脉云。"

　　一夕绕山秋，香露溘蒙蒙。
　　新桥倚云阪，候虫嘶露朴。
　　洛南今已远，越衾谁为熟？
　　石气何凄凄，老莎如短镞。

一夕绕山秋,香露溘蒙菉——这两句是说:一夕之间由夏而秋,沾满露水的蒙菉散发着诱人的清香。溘:依。蒙:女萝。菉:又名黄草,细茎贴地,茎叶煮汁,可作染料。中药称淡竹叶。
　　新桥倚云阪,候虫嘶露朴——这两句是说:新桥背倚云雾缭绕的山坡,候时而鸣的小虫在洒满清露的密林里嘶叫。云阪:云气蒸腾的山坡。候虫:指候时而鸣的虫,如蝉、蟋蟀等。朴:形容山林茂密。
　　洛南今已远,越衾谁为熟——这两句是说:现在已远离洛南老家。我早起出行,夜里身上盖着越地的衾被怎能熟睡呢?洛南:一作洛阳。指昌谷。越衾:指用越地(南方)布帛制成的衾被。
　　石气何凄凄,老莎如短镞——这两句是说:晓色侵绕的山石,发出森然的寒气。路旁的莎草,坚硬得像箭锋一般。镞:箭头。

　　诗由"一夕"领起,写太行山由夏入秋的景色。第三句写太行山路的险峻之势,"新桥倚云阪",选择具体的物象突出了行路难的意象。第四句借景伤情,"候虫嘶"三字含义丰富,在这里,诗人没有明确地说是什么样的候虫,但候虫的生活习性是春生秋亡,入秋时节,行知将亡,故鸣叫之声嘶哑,进而引起诗人的心悸。第五、六句紧承上意,点明愁苦的原因。"洛南今已远",思乡之情和羁旅之情交织在一起,使诗人难解愁怀。末两句写景,石气森森,老莎如箭。通过眼前景暗示出门远行时的艰难,又通过行路难抒写难以名状的愁怀,使诗人的愁绪在清旷的山野中显得格外悠长。

秋凉诗寄正字十二兄

　　这首诗抒发了对十二兄的离别相思之情。正字:官名,掌校雠典籍、刊正文字、订正讹误的官员。

　　　　闭门感秋风,幽姿任契阔。
　　　　大野生素空,天地旷肃杀。
　　　　露光泣残蕙,虫响连夜发。
　　　　房寒寸辉薄,迎风绛纱折。
　　　　披书古芸馥,恨唱华容歌。

百日不相知,花光变凉节。
弟兄谁念虑,笺翰既通达。
青袍度白马,草简奏东阙。
梦中相聚笑,觉见半床月。
长思剧循环,乱忧抵覃葛。

闭门感秋风,幽姿任契阔——这两句是说:闲居在家,感受到秋风的来临。为此,我想到已经很久没有见到姿态幽雅的十二兄了。幽姿:幽雅的姿态,此指十二兄。契阔:指疏阔,久不相见。

大野生素空,天地旷肃杀——这两句是说:原野上秋气清明,天地空旷,到处是一派萧索的景象。素空:明净的天空。

露光泣残蕙,虫响连夜发——这两句是说:露水沾在衰败的蕙兰上,晶莹如泪。秋虫哀鸣,终夜不停。露光:一作光露。

房寒寸辉薄,迎风绛纱折——这两句是说:房屋十分寒冷,烛光十分黯淡,秋风吹动绛色的帐帷,帐帷因风而不停地飘动。寸辉:指灯。绛纱:指帐幔之类。南朝宋·范晔《后汉书·马融传》:"常坐高堂,施绛纱帐,前授生徒,后列女乐。"折:指因风而转折。

披书古芸馥,恨唱华容歇——这两句是说:翻开书本,古书透出阵阵的香气。愁吟之中,容颜已经衰老。披书:翻阅书籍,指读书。华容:容颜。歇:止,指衰老。

百日不相知,花光变凉节——这两句是说:不知不觉中已过去百日,转眼间,百花争艳的春天已变成了凉爽的秋季。花光:指春景。凉节:指秋时。

弟兄谁念虑,笺翰既通达——这两句是说:我和十二兄相互牵挂,书信传达了我们之间的情谊。笺翰:书信。

青袍度白马,草简奏东阙——这两句是说:我仿佛看到,十二兄身着青袍,意气风发地骑着白马而过。又仿佛看到,你正在草拟奏章,准备上奏朝廷。青袍:正字一职从九品,官服为青色。故云。度:过。白马:一作瘦马。简:手版。此指奏章。唐·房玄龄等《晋书·傅玄传》》:"为御史中丞,每有奏劾,或值日暮,捧白简,整簪带,竦踊不寐,坐而待旦,于是贵游慑服、台阁生风。"东阙:指朝廷。汉·司马迁《史记·高祖本纪》:"萧丞相营作未央宫,立东阙、北阙。"阙,皇宫大门前两边供瞭望的门楼。

梦中相聚笑,觉见半床月——这两句是说:我梦中看到了我们相聚时欢笑的场景,醒来时只有明月照在床上。

长思剧循环,乱忧抵罨葛——这两句是说:我渴望与十二兄相见的思绪一遍又一遍地袭来,无法相见的愁绪就像蔓延的葛藤萦绕在心头。循环:形容思绪周而复始,不断地萦绕在心头。晋·傅玄《朝时篇》:"情思如循环,忧来不能遏。"罨葛:葛藤蔓延的样子,形容思绪很乱。南朝宋·鲍照《绍古辞》:"忧来无行伍,历乱如罨葛。"《诗经·周南·葛覃》:"葛之覃兮,施于中谷。"覃,蔓延。

首句从"感秋风"入笔,第二句以"契阔"二字扣"秋凉诗寄"之题。秋风骤起,凉气袭人,引起诗人的怀远之情。第三到第八句写景,层次分明。第三、四句总写秋景,秋空明净,万物萧索,给人以不尽的联想。第五、六句以"露光"、"残蕙"、"虫响"等词汇将秋景具象化,充分调动人的视觉和听觉,突出萧瑟的景象。第七、八句以"房寒"、"迎风"、"纱折"续写"秋凉"之景,为抒写思念之情作铺垫。景语皆情语,经过反复地皴染,思念十二兄之情便显得格外地悠长。"披书"四句明写苦读,暗借物候变化写诗人感叹时光易逝之情。"青袍"二句为想像之辞,通过想像表达诗人对十二兄的敬重。"梦中"二句写与十二兄的浓厚情谊。末二句直入愁怀,通过比喻写无法与十二兄相见的愁绪。至此,全诗戛然而止,然馀味无穷,将诗人与十二兄的情谊洋溢到诗外。

艾如张

这是一首政治诗,诗借诱捕鸟雀的罗网比喻统治阶级暗设害人的圈套。艾如张:意为割除草木,张网捕鸟。汉乐府旧题,属铙歌十八曲。其词曰:"艾而张罗,夷于吾行,成之四时和。山出黄雀亦有罗,雀以高飞奈雀何?"艾,割。张,张网。

锦襜褕,绣裆襦。强饮啄,哺尔雏。
陇东卧穟满风雨,莫信笼媒陇西去。
齐人织网如素空,张在野田平碧中。
网丝漠漠无形影,误尔触之伤首红。
艾叶绿花谁剪刻,中藏祸机不可测。

锦襜褕,绣裆襦。强饮啄,哺尔雏——这四句是说:这只鸟儿非常漂亮,身上的羽毛就像丝锦做的对襟单衣,腿上的羽毛就像刺绣精美的裤子。它为了哺育巢中的幼鸟,在不停地寻找食物。襜褕(chānyú):对襟单衣。袴襦(rú):裤子。雏(chú):幼鸟。

陇东卧穟满风雨,莫信笼媒陇西去——这两句是说:一场风雨过后,田垄的东边到处是倒伏的麦穗。鸟儿啊,你可以尽心地啄食,千万不要相信引诱你的鸟儿,跟着牠,到田垄的西边去自投罗网。陇:同垄,田垄。卧穟(suì):倒伏的庄稼。穟,同穗。笼媒:鸟媒。指经过驯养,招引同类的鸟儿,即诱捕同类的鸟。一作良媒。

齐人织网如素空,张在野田平碧中——这两句是说:你要警惕啊,齐人编织的罗网如同透明的天空,很难发觉。这张网正放在平原绿野之中,等待你的到来。齐:齐国,周开国功臣姜子牙的封国。在今山东泰山以北、黄河流域和胶东半岛一带。相传齐人善捕鸟鱼,织网技术很高。素空:明净的天空。平碧:平原绿野。

网丝漠漠无形影,误尔触之伤首红——这两句是说:这张大网没有形影,你很容易误入其中,并撞得头破血流。漠漠:形容罗网巨大。伤首红:被伤害而头破血流。

艾叶绿花谁剪刻,中藏祸机不可测——这两句是说:网上点缀的花草是谁剪刻的呢?其中深藏祸机,险不可测。艾叶绿花:指伪装在网上的花草。艾,蓬艾,草名。

诗的寓言气息浓厚。"中藏祸机不可测",结句极为警策。由此反观全诗,那无形的巨网撒在平原绿野之上,既无形无踪,又无所不在,如同"素空"一般。更让人难以承受的是,除了这些精心的设计之外,还有"笼媒"作为诱饵,"艾叶绿花"作为伪装,读之,无不令人望而生畏,无不令人心惊肉跳。余光评此诗时说:"世网高张,祸机不测,托之戒雉,以为讽也。"此言极是。人心的机巧,深不可见,此诗可谓意远旨遥。

摩多楼子

这是一首写征戍之苦的边塞诗。摩多楼子:乐府曲名。清·王琦注:"《摩多楼子》,乐府曲名,莫详所自,大抵言从军征戍之事,乐府收入杂曲歌辞中。"

玉塞去金人,二万四千里。
风吹沙作云,一时渡辽水。
天白水如练,甲丝双串断。
行行莫苦辛,城月犹残半。
晓气朔烟上,趑趄胡马蹄。

行人临水别,陇水长东西。

玉塞去金人,二万四千里——这两句是说:玉门关距离匈奴休屠单于祭祀金人的地方有二万四千里。玉塞:玉门关,在今甘肃玉门境内。南朝宋·谢庄《舞马赋》:"乘玉塞而归宝。"金人:佛像。匈奴祭天以金人为主。此指休屠单于的右地。汉·班固《汉书·霍去病传》:"元狩(汉武帝年号,前122—前117)三年春,(霍去病)为骠骑将军,将万骑出陇西,有功。……转战六日,过焉支山千有馀里……收休屠王祭天金人。"

风吹沙作云,一时渡辽水——这两句是说:大风吹动茫茫的黄沙,直上云天,很快就渡过了辽河。风吹:一作风卷。辽水:辽河。东汉·班固《汉书·地理志下》:"大辽水出塞外,南至安市入海,行千二百五十里。"

天白水如练,甲丝双串断——这两句是说:白色的天空与明净如练的河水相映,出征的路途十分遥远,身上用双线缝纫的铠甲都已磨断。

行行莫苦辛,城月犹残半——这两句是说:城头上的月亮才缺了一半,离天亮还有一段时间,极为辛苦的将士们已经出征。

晓气朔烟上,趢趗胡马蹄——这两句是说:天就要亮了,北地的烟雾伴随着早晨的寒气直上云霄,将士们驱赶骏马十分艰难地行进。趢趗(lù cù):局促,形容路途艰难。东汉·张衡《东京赋》:"狭三王之趢趗,轶五帝之长驱。"

行人临水别,陇水长东西——这两句是说:征行的人在水边相互告别,就像陇水一样从此各分东西。陇水:一作隔陇。指陕西陇山的分水岭。

首两句写西北边塞,"二万四千里"言路途遥远,并非确指。第三、四句写东北边塞。从军出征,有的往西北,有的往东北,所以,结二句有"行人临水别,陇水长东西"之语。临水相别,互为勉励,不知何日是归期,大有"风萧萧兮易水寒"的悲壮苍凉之势。然而,无论从军何处,行军之路都是非常艰难辛苦的,中八句以简笔写从军路途的辽远、边塞的荒凉以及将士不辞劳苦地奔波。悲壮而不悲观,艰苦而不退却,苍凉的笔调中见出了将士们的爱国热情和奔放的豪气。

猛虎行

这首诗表明了诗人主张消除藩镇之祸的政治态度。猛虎行:乐府旧题,属平调曲。

长戈莫舂，长弩莫抨。
乳孙哺子，教得生狞。
举头为城，掉尾为旌。
东海黄公，愁见夜行。
道逢驺虞，牛哀不平。
何用尺刀，壁上雷鸣。
泰山之下，妇人哭声。
官家有程，吏不敢听。

新解

长戈莫舂，长弩莫抨——这两句是说：虽有长戈，却没有能力去刺杀老虎；虽有强弓，却没有能力去射杀老虎。这一切，是因为面前的老虎太强大了。戈：古代的一种兵器。舂(chōng)：冲，引申为刺。长弩：强弓。一作强弩。弩，用机械力量发箭的弓。抨：弹、射。

乳孙哺子，教得生狞——这两句是说：老虎喂养和哺育自己的子孙，教给他们为恶的本领。乳：喂养。哺：哺育。比喻藩镇世袭。狞：凶恶。

举头为城，掉尾为旌——这两句是说：老虎抬起头，就像筑起了一座城池；掉一下尾巴，就像树起一面旌旗。汉·王充《论衡·率性篇》："尧以天下让舜，鲧为诸侯，欲得三公，而尧不听，怒甚，欲以为乱，比兽之角，可以为城，举尾以为旌，奋心盛气，阻战为强。"

东海黄公，愁见夜行——这两句是说：老虎让有法术的东海黄公感到害怕，甚至为夜间行走而提心吊胆和发愁。东海黄公：晋·葛洪《西京杂记》："东海人黄公，少时为术，能制蛇御虎，佩赤金刀，以绛缯束发，立兴云雾，坐成山河，及衰老，气力羸惫，饮酒过度，不能复行其术。秦末有白虎见于东海，黄公以赤刀往压之，术既不行，遂为虎所杀。"

道逢驺虞，牛哀不平——这两句是说：路上遇到义兽驺虞，牛哀为它的仁义感到愤愤不平。言外之意，驺虞虽有虎皮，但没有老虎的凶残，空担虚名。驺(zōu)虞：义兽，性温和，有德性。《毛诗注疏》："驺虞，义兽也，白虎黑文，不食生物，有至信之德则应之。"牛哀：人名。汉·刘安《淮南子·俶真训》："昔公牛哀转病也，七日化为虎，其兄掩户而入觇之，则虎，搏而杀之。"

何用尺刀，壁上雷鸣——这两句是说：宝刀挂在墙上独自悲鸣，何不取下这把宝刀，用它来搏杀凶残的老虎呢？尺刀：短的宝刀。雷鸣：指宝刀弃置不用，空自发出雷鸣之声。元·陶宗仪《说郛》卷九十五上载陶弘景《刀剑录》:"南凉秃发乌孤,以太初(汉武帝刘彻年号,前104—前101)三年造一刀,狭小,长二尺五寸,青色。匠人曰,当作之时,梦见一人被朱服云:'吾是太一神,来看汝作云。此刀有献必鸣。'后落突厥可汗所有也。"

泰山之下,妇人哭声——这两句是说:你没有看到,在泰山的脚下,有位妇人因一家数口死于虎口而痛哭流涕吗?妇人哭:用典。《礼记·檀弓》:"孔子过泰山侧,有妇人哭于墓者而哀。夫子式而听之,使子路问之曰:'子之哭也,一似重有忧者?'而曰:'然。昔者吾舅死于虎,吾夫又死焉,今吾子又死焉。'夫子曰:'何为不去也?'曰:'无苛政。'"李贺活用此典,以此揭露藩镇残害百姓的罪恶。

官家有程,吏不敢听——这两句是说:官府虽然规定了捕虎的期限,但是,无能的小吏畏惧老虎,哪里敢去捕捉呢? 程:期限。

诗别具一格,在借用乐府旧题的同时,诗人将笔墨落实在关注"猛虎"行为的方面。经过诗人的反复强调,"猛虎"具有了新的意象。具体地讲,这与藩镇割据的现实有关。中唐以降,藩镇割据日益严重,直接危及到中央政权。他们擅立旗号,父死子继,残害百姓,根本不听中央的节制,严重地破坏了国家的统一和人民生活的安定。所有这些,都在这首诗中得到高度的艺术概括。在以猛虎残暴的形象喻藩镇之祸的同时,诗人亦把批判的锋芒刺向了腐朽的唐王朝。平藩不力,吏之畏虎,甚于畏王法。"官家有程,吏不敢听"是其生动的写照。

日 出 行

这是一首感慨时光易逝、无所成就的诗。

　　　　白日下昆仑,发光如舒丝。
　　　　徒照葵藿心,不照游子悲。
　　　　折折黄河曲,日从中央转。
　　　　旸谷耳曾闻,若木眼不见。
　　　　奈尔铄石,胡为销人?
　　　　羿弯弓属矢,那不中足。
　　　　令久不得奔,讵教晨光夕昏!

白日下昆仑,发光如舒丝——这两句是说:太阳从昆仑山上缓缓地落下,夕阳的微光如同舒展的长丝。白日:汉·司马迁《史记·大宛列传》:"《禹本纪》言'河出昆仑。昆仑其高二千五百馀里,日月所相避隐为光明也。'"

徒照葵藿心,不照游子悲——这两句是说:阳光只照在向它表示忠诚的葵心,游子因太阳落山无法照到阳光而感到悲哀。葵藿:向日葵。三国魏·曹植《求通亲亲表》:"若葵藿之倾叶,太阳虽不为之回光,然向之者诚也。"

折折黄河曲,日从中央转——这两句是说:黄河虽急,但有一个又一个弯曲。太阳从中央升起又落下,升降速度远远地超过了黄河的流速。黄河曲:旧说黄河有九个大的弯曲。《河图》:"河出昆仑,千里一曲,九曲入海。"

旸谷耳曾闻,若木眼不见——这两句是说:我曾经听说太阳是从旸谷升起来的,但是从没有看到过太阳落到若木时的景象。旸谷:汉·刘安《淮南子·墬行训》:"旸谷、榑桑在东方。"东汉·高诱注:"旸谷,日之所出也。"若木:神树,相传为日落的地方。

奈尔铄石,胡为销人——这两句是说:太阳啊,谁也不能阻挡你销金铄石。可是,为什么还要消磨人生的大好时光呢?奈尔:一作奈何。铄石:楚·宋玉《招魂》:"十日代出,流金铄石。"东汉·王逸注:"铄,销也。"

羿弯弓属矢,那不中足。令久不得奔,讵教晨光夕昏——这四句是说:后羿弯弓上射十日的时候,为什么偏偏要留下一个,不射中它的脚呢?如果射中的话,那么,太阳就永远不会走动,也不会有清晨的阳光和夕阳下的黄昏了。羿:后羿,神话传说中的人物,曾上射十日,射下九个。

诗人感慨时间飞逝写下此诗。首二句从落日入笔,写景抒情,将人生的慨叹落实在"游子悲"方面。第三句以"徒照"写客观存在,第四句以"不照"写主观情志。两相对应,抒写时光无情的感慨。第五、六句以黄河作比,黄河虽急,尚有弯曲,尚有流淌的时间。太阳突然升起又突然落下,时间过得真是太快了。为此,诗人大声疾呼道:"奈尔铄石,胡为销人?"为此,他想起了后羿射日的神话,质问道:后羿你为什么不射中最后一个太阳的脚跟,"令久不得奔"呢?虽然问得无理,却在无理中得趣,将游子慨叹时光飞逝之情通盘托出。

苦篁调啸引

题解

这首诗记黄帝制乐事,别有感慨和寄托。苦篁调啸引:乐府旧题。南宋·吴正子注:"乐府有《调笑引》,'笑'一作'啸'。"引:歌引。唐、宋杂曲(词)的一种体裁。

请说轩辕在时事,伶伦采竹二十四。
伶伦采之自昆邱,轩辕诏遣中分作十二。
伶伦以之正音律,轩辕以之调元气。
当时黄帝上天时,二十三管咸相随,
唯留一管人间吹。
无德不能得此管,此管沉埋虞舜祠。

请说轩辕在时事,伶伦采竹二十四——这两句是说:请让我说一说黄帝在世时的事情吧。当时,伶伦砍下了二十四根竹子,制成二十四枝吹奏音乐的乐管。轩辕:黄帝,轩辕氏。汉·司马迁《史记·五帝本纪》:"黄帝者,少典之子,姓公孙,名曰轩辕。生而神灵,弱而能言,幼而徇齐,长而敦敏,成而聪明。"伶伦:传说为黄帝时代的人物。东汉·应劭《风俗通》:"黄帝使伶伦自大夏之阴,取竹于嶰谷,生其窍厚均者,断两节而吹之,以为黄钟之管,制十二箫以听凤之鸣,其雄鸣为六,雌鸣亦为六,天地之风正,而十二律之,五声于是乎生,八音于是乎出。"

伶伦采之自昆邱,轩辕诏遣中分作十二——这两句是说:伶伦从昆邱这个地方砍伐了上好的竹子。黄帝下达诏令将二十四乐管从中分开,作十二律。昆邱:一作昆仑。

伶伦以之正音律,轩辕以之调元气——这两句是说:从此以后,伶伦拿它来校正天下的音律,黄帝用它来调和天地间的元气。

当时黄帝上天时,二十三管咸相随,唯留一管人间吹——这三句是说:当年黄帝成仙的时候,二十三枝乐管都跟随他升天而去,只留下黄钟一管在人间继续吹奏。黄帝上天:指黄帝得道成仙事。汉·司马迁《史记·封禅书》:"上(汉武帝)曰:'吾闻黄帝不死,今有冢,何也?'或曰:'黄帝已仙上天,群臣葬其衣冠。'"一管:指黄钟一管。

无德不能得此管,此管沉埋虞舜祠——这两句是说:此管埋藏在祭祀虞舜的神庙中,没有高尚品德的人是无法得到的。此管:指黄钟乐管。东汉·应劭《风俗通》:

"昔章帝时,零陵文学奚景于冷道舜祠下得笙,白玉管,知古以玉为管,后乃易之以竹耳。"

诗十分口语化,娓娓道来,似讲述中国音乐来源的故事。清人王琦读解此诗时写道:"想当时新声竞作,上下之人,皆习闻之而溺好焉,任古律之日沦于亡,而不能正,长吉身为协律郎,有掌和律吕之职,目击其弊,思欲正之而作此诗欤。"此说可备参考。不过,我们认为,读解此诗的关键是"唯留一管人间吹"句,此句耐人寻味。黄帝留下的唯一乐管是黄钟乐管,古人认为,黄钟是天下的纯正之音,万事的根本。本来,将黄钟正音留在人间是件美好的事,然而,世风日下,乃至黄钟无人掌握。末句"此管沉埋虞舜祠",寄意遥深。黄钟具有正人心、正风俗的功能,没有圣德的人如何能掌握其中的奥妙呢?在诗人的反复强调和渲染下,能否掌握黄钟已与治国之理联系在一起了。金人元好问指出:"七言长诗于中独一句九言,韦郎(韦应物)有此例,长吉亦有此例。"这里所说的九言句,是指"轩辕诏遣中分作十二"句,将九字句嵌入诗中,在唐诗中较为少见。以拗口之句嵌入诗中,给诗增添别样的意味,尤为少见,此可谓是李贺的创新之处。

拂舞歌辞

这首诗在写长生不可求的同时,暗寓针砭时事之意。拂舞:流行于吴地的歌舞。唐·房玄龄等《晋书·乐志下》:"拂舞,出自江左。旧云吴舞。检其歌,非吴辞也。亦陈于殿庭。杨泓序云:'自到江南见《白符舞》,或言《白凫鸠舞》,云有此来数十年矣。察其辞旨,乃是吴人患孙皓虐政,思属晋也。'"清·王琦注:"拂舞者,持拂而舞,兼歌其辞也。"

吴娥声绝天,空云闲徘徊。
门外满车马,亦须生绿苔。
樽有乌程酒,劝君千万寿。
全胜汉武锦楼上,晓望晴寒饮花露。
东方日不破,天光无老时。
丹成作蛇乘白雾,千年重化玉井土。
从蛇作土二千载,吴堤绿草年年在。

背有八卦称神仙,邪鳞顽甲滑腥涎。

吴娥声绝天,空云闲徘徊——这两句是说:当年,吴女的歌声直冲云霄,响遏行云,如今只留下白云在空中悠闲地徘徊。绝天:指声音高亮,直达于天。空云:指歌声嘹亮,响遏行云。见《李凭箜篌引》注。

门外满车马,亦须生绿苔——这两句是说:当年,吴女的门外排满了车马,如今门前早已生满了绿苔。

樽有乌程酒,劝君千万寿——这两句是说:酒杯中有乌程盛产的美酒,你多喝上几杯,它可以使你长寿。乌程酒:美酒。唐·李善《文选注》:"盛弘之《荆州记》曰:'渌水出豫章康乐县,其间有乌程乡,有酒,官取水为酒,酒极甘美。'"《郡国志》:"古有乌氏、程氏居此,能酿酒,故以名县。"

全胜汉武锦楼上,晓望晴寒饮花露——这两句是说:乌程酒的长寿功能,远远地胜过汉武帝锦楼上的仙露。为了求得仙露,汉武帝每天早晨总要看一看天气晴寒的情况,然后和着玉屑喝下承露盘中的露水。汉武:汉武帝。汉武帝为了求仙,曾在宫中建仙人承露盘,通过饮服露水追求长生不死。晴寒:一作晴空。花露:指掺有玉屑的露水。《三辅黄图》卷三:"神明台,武帝造祭仙人处。上有承露盘,有铜仙人舒掌捧铜盘玉杯以承云表之露,以露和玉屑服之,以求仙道。"

东方日不破,天光无老时——这两句是说:如果东方的太阳永远不落下去,那么,就没有什么朝暮之分了。言外之意,人怎能长生不死呢?破:残。日落时,先没其半,如圆物残破一般,故云。

丹成作蛇乘白雾,千年重化玉井土——这两句是说:神龟服食仙丹后成为飞蛇,可以在云雾中飞腾。可是,千年之后它终究要化为玉井中的土灰。按,"丹成"以下六句化用三国魏·曹操《步出夏门行·龟虽寿》的句意。《龟虽寿》:"神龟虽寿,犹有竟时。腾蛇乘雾,终为土灰。"

从蛇作土二千载,吴堤绿草年年在——这两句是说:吴堤上的春草一年又一年地生长。由神龟化成的飞蛇成为土灰已有二千年了。二千载:一作一千载。

背有八卦称神仙,邪鳞顽甲滑腥涎——这两句是说:背上有八卦图形的乌龟即使成了神仙,也仍然是邪鳞硬壳、腥涎滑浊的异类。

拂舞是流行于吴地,带有地方色彩的歌舞。因为这样的缘故,当李贺以"拂舞歌辞"为题时,首先从"吴娥"入笔。首四句先写吴娥美妙的歌声和门庭若市的热闹景象,随即以"空云"、"绿苔"补足,通过今昔对比,强调盛时不能长久的意象。第五到第八句并写两面,一写现实中的乌程美酒可以延寿,一写历史中的汉武帝饮露求仙的荒诞行为。从"全胜"一词可见诗人反对求仙的态度。"东方"二句承上启下,通过直抒议论的形式,进一步强化反对求仙的人生态度。后六句化用曹操《步出夏门行·龟虽寿》句意,先言腾蛇化为土灰事,再写"吴堤绿草年年在"事,言外之意,大自然的规律谁也不能违背。末两句乃骂世语,"背有八卦称神仙,邪鳞顽甲滑腥涎",即使背上有八卦图象的乌龟能够成为神仙也只是异类。李贺生活的时代,像唐宪宗这样的迷恋于服食求仙的君主时有出现,联系这一事实,可知这首诗是有现实针对性的。

夜坐吟

【题解】

这是一首女子夜坐怀人的诗。夜坐吟:乐府旧题。南朝宋·鲍照《代夜坐吟》:"冬夜沉沉夜坐吟,含声未发已知心。霜入幕,风度林,寒灯灭,朱颜寻,体君歌,逐君音,不贵声,贵意深。"

踏踏马蹄谁见过,眼看北斗直天河。
西风罗幕生翠波,铅华笑妾颦青娥。
为君起唱长相思,帘外严霜皆倒飞。
明星烂烂东方隥,红霞稍出东南涯。
陆郎去矣乘班骓。

踏踏马蹄谁见过,眼看北斗直天河——这两句是说:夜深人静,眼看着北斗星高高地升起,直上银河。可是,还没有听到那远行人回来的马蹄声。踏踏:形容马蹄声。天河:银河。

西风罗幕生翠波,铅华笑妾颦青娥——这两句是说:西风吹动饰有绿纹的罗帐,仿佛荡漾着绿波。看到我独坐闺房、紧皱愁眉的模样,连涂抹在脸上的脂粉都要笑话我了。罗幕:罗帐。铅华:粉。颦:皱眉头。青娥:青色的蛾眉。唐人画眉流行青色。娥,通蛾。

为君起唱长相思,帘外严霜皆倒飞——这两句是说:思念你的情绪越来越浓,为此,我唱起了《长相思》曲。歌声诉说了我对你的深情,歌声中,帘外的严霜被震动得飞向空中。起唱:一作起舞。长相思:乐府曲名。南朝梁·徐陵《长相思》:"长相思,好春节,梦里恒啼悲不泄。帐前起,窗前咽……"

明星烂烂东方陲,红霞稍出东南涯。陆郎去矣乘班骓——这三句是说:长夜难眠,我陷入深深的思念之中。转眼间,明亮的星星向东方落去,红色的霞光从东南方微微地升起。此时此刻,我想起了远行人乘着班骓马离开的景象。明星烂烂:指天将放晓。《诗经·郑风·女曰鸡鸣》:"子兴视夜,明星有烂。"古《鸡鸣歌》:"东方欲明星烂烂。"陲:边。陆郎:此指远游不归的男子。骓:苍黑杂毛的马。

诗以细腻的笔触描摹了女子独处、怀念所思的场景。"踏踏马蹄谁见过",夜深人静,孤独之中只有星斗相伴。为此,空守闺房的女子特别希望听到远人归来的马蹄声。然而,这一切都不可能成为现实,甚至连傅在脸上的铅粉都要笑话这位痴情女子了。希望获得解脱,然而,才下眉头,又上心头。伴随着越来越强烈的思念,痴情女子又唱起了《长相思》一曲,热切地盼望远人归来,但是,梦想又一次落空了,当那凄楚动人的歌声将地上的严霜震向天空的时候,远人依旧没有回来。此时此刻,"明星烂烂"、"红霞稍出",天已放亮,痴情女子只能通过回忆来宽慰难以开解的情怀。诗至此戛然而止,然余音绕梁,耐人寻味。

箜篌引

这是一首拟古辞的诗作。箜篌引:又名公无渡河。晋·崔豹《古今注》:"《箜篌引》,朝鲜津卒霍里子高妻丽玉所作也。子高晨起刺船而濯,有一白首狂夫披发提壶,乱流而渡。其妻随呼,止之不及,遂堕河水死,于是援箜篌而鼓之,作《公无渡河》之歌,声甚凄怆,曲终亦投河而死。霍里子高还,以其声语妻丽玉。丽玉伤之,乃引箜篌而写其声。闻者莫不堕泪饮泣。丽玉以其声传邻女丽容,名曰《箜篌引》焉。"丽玉《箜篌引》曰:"公无渡河,公竟渡河,堕河而死,当奈公何?"箜篌,古代弹拨乐器。

公乎公乎,提壶将焉如?
屈平沉湘不足慕,徐衍入海诚为愚。
公乎公乎,床有菅席盘有鱼。
北里有贤兄,东邻有小姑。
陇亩油油黍与葫,瓦瓯浊醪蚁浮浮。
黍可食,醪可饮,公乎公乎其奈居。
被发奔流竟何如,贤兄小姑哭呜呜。

公乎公乎,提壶将焉如?屈平沉湘不足慕,徐衍入海诚为愚——这四句是说:那一位男子啊,你提着水壶想到哪里去?屈原自沉到湘江不值得羡慕,徐衍投海也实在是愚蠢的行为。如:往。屈平:战国时期楚国的爱国诗人。汉·刘向《新序》:"屈原者名平,疾阘王乱俗,汶汶默默,以是为非,以清为浊,不忍见于世,遂自投湘水汨罗之中而死。"徐衍:周末人。汉·班固《汉书·邹阳传》:"徐衍负石入海,不容于世,义不苟取比周于朝以移主上之心。"汉·服虔注:"周之末世人也。"

公乎公乎,床有菅席盘有鱼。北里有贤兄,东邻有小姑——这四句是说:床上有白菅之席,盘中有鱼肉,北面有贤兄作邻里,东边有温顺的小姑为邻居。菅(jiān):白菅。《山海经·南山经》:"白菅为席。"晋·郭璞注:"菅,茅属也。"

陇亩油油黍与葫,瓦甒浊醪蚁浮浮——这两句是说:田野中的禾黍和大蒜绿油油的一片,长势喜人。装在大瓦罐里的新酒上飘着像蚂蚁一样的酒花。油油:绿油油的,形容禾苗光亮悦目。葫:大蒜。南朝梁陈间·顾野王《玉篇》:"葫,大蒜也。"清·王琦注:"然与上陇亩油油不甚合。按箕子歌曰:'麦秀渐渐兮禾黍油油。'《索引》曰:'油油者,禾黍之苗光悦貌。'一本有作'禾'字者,近是,然嫌其出韵。"甒(wǔ):大瓦罐。《礼记·礼器》:"……五献之尊,门外缶,门内壶,此以小为贵也。君尊瓦甒。"汉·郑玄注:"壶大一石,瓦甒五斗。"醪:质地差的村酒。蚁浮:浮蚁。酒中的浮花。酒初开时,上有浮花,形如蚂蚁。

黍可食,醪可饮,公乎公乎其奈居——这三句是说:黍米可以吃,村酒可以喝,那位男子啊,你完全可以安居安业啊。其奈居:一作其奈君。

被发奔流竟何如,贤兄小姑哭呜呜——这两句是说:你披头散发地奔到急流之中,究竟是为什么呢?你死后,让贤兄和小姑悲痛欲绝、痛哭流涕。被:披的意思。

此诗借旧调写本事,可与旧辞相互发明。细细品味,可知诗人对其本事进行了必要的改造,不写未知名男子赴流的原因,而重在写其举动给亲人带来的痛苦及轻生赴流之举的愚笨之处。

巫山高

这是以古辞所作的诗歌,寓意深刻。巫山高:乐府旧题。据《宋书·乐志四》,《汉鼓吹铙歌十八曲》,有《巫山高曲》:"巫山高,高以大;淮水深,难以逝。我欲东归,害梁不为。我集无高,曳水何梁。汤汤回回,临水远望。泣下沾衣,远道之人心思归。谓之何?"巫山:山名。在四川、湖北两省边境。北与大巴山相连,因形如"巫"字,故名。《四川省志》:"巫山在夔州巫山县东三十里,形如巫字。"

　　　　　　碧丛丛,高插天,大江翻澜神曳烟。
　　　　　　楚魂寻梦风飒然,晓风飞雨生苔钱。
　　　　　　瑶姬一去一千年,丁香筇竹啼老猿。
　　　　　　古祠近月蟾桂寒,椒花坠红湿云间。

　　碧丛丛,高插天,大江翻澜神曳烟——这三句是说:巫山十二峰如同碧绿的丛林,高高地插入云端。大江在它的脚下翻滚咆哮,行云缠绕在山间,仿佛有神女从这里走过。碧丛二句:一作巫山丛碧高插天。高插天:一作齐插天。宋·陆游《入蜀记》:"过巫山凝真观,谒妙用真人祠,真人即世所谓巫山神女也。祠正对巫山,峰峦上霄汉,山脚直插江中,议者谓泰、华、衡、卢皆无此奇,然十二峰不可悉见,所见八、九峰,惟神女峰最为纤丽、奇峭,宜为仙真所托。"《入蜀记》又说:"所托祝史云:每八月十五夜月明时,有丝竹之音,往来峰顶,山猿皆鸣,达旦方渐止。"大江:一作巴江。曳烟:指行云缭绕。烟,云。

　　楚魂寻梦风飒然,晓风飞雨生苔钱——这两句是说:过去,楚襄王曾在这里寻梦,神女乘着飒飒作响的风儿与梦中的楚襄王相见。如今,在晨风和飞雨的侵蚀下,山上只留下铜钱状的苔藓。楚魂寻梦:指楚襄王梦神女事。楚·宋玉《神女赋》:"楚襄王与宋玉游于云梦之浦,使玉赋高唐之事。其夜,王寝,果梦与神女遇。"楚·宋玉《高唐赋》:"昔者先王尝游高唐,怠而昼寝,梦见一妇人曰:'妾巫山之女也……'去而辞曰,'妾在巫山之阳,高丘之阻,旦为朝云,暮为行雨,朝朝暮暮,阳台之下。'"飒然:一作飓然。苔钱:指苔藓如钱。

　　瑶姬一去一千年,丁香筇竹啼老猿——这两句是说:神女离开这里已有一千年了,如今,山中只有老猿在丁香和筇竹中悲啼。瑶姬:指巫山神女。晋·习凿齿《襄阳耆旧传》:"赤帝女曰瑶姬,未行(出嫁)而卒,葬于巫山之阳,故曰巫山之女。楚怀王游于高唐,昼寝,梦见与神遇,自称是巫山之女,遂为置观于巫山之阳。"筇竹:邛山之竹。汉·司马迁《史记·大宛列传》:"(张)骞曰:'臣在大夏时,见邛竹杖、蜀布……'"唐·张守节《正义》:"邛都邛山出此竹,因名邛竹,高节实中可为杖。"

　　古祠近月蟾桂寒,椒花坠红湿云间——这两句是说:山上的古祠耸入云端,与月宫的蟾蜍、桂树近在咫尺。古祠旁寂寞无人,花椒落下红红的果实,坠入潮湿的云层之中。椒花:此指四川盛产的花椒。晋代刘臻妻陈氏有《椒花颂》。坠红:此指成熟后落下的红花椒。云间:一作云端。

诗借乐府旧题写本事。巫山在诗人的笔下不但富有神韵,而且披上了一层神秘的面纱。首两句言巫山秀美而峻峭的形象。第三句以"神曳烟"补足"碧丛丛,高插天"的句意。随后四句通过今昔对比,将笔墨的一端深入到富有浪漫色彩的神话传说之中,将另一端深入到现实的景物之中。两者交融在一起,从而造就了清幽而瑰丽的情境。末两句借"古祠近月"、"椒花坠红"呼应诗题,以丰富的想像力突出巫山的高峻和奇伟。

平城下

这是一首以守边士卒口吻写下的边塞诗。平城:指秦代的平城(今山西大同一带),辖境在长城以北。不是指唐代的平城县(今山西上党一带)。

> 饥寒平城下,夜夜守明月。
> 别剑无玉花,海风断鬓发。
> 塞长连白空,遥见汉旗红。
> 青帐吹短笛,烟雾湿画龙。
> 日晚在城上,依稀望城下。
> 风吹枯蓬起,城中嘶瘦马。
> 借问筑城吏:去关几千里?
> 惟愁裹尸归,不惜倒戈死!

饥寒平城下,夜夜守明月——这两句是说:我饥寒交迫地戍守在平城,每天夜晚孤独地与明月相伴。

别剑无玉花,海风断鬓发——这两句是说:当年从家中带来的宝剑已经生锈,瀚海吹来的大风吹断了我的鬓发。别剑:离别家乡时携带的剑。玉花:晶莹闪亮的剑光。海风:指瀚海吹来的风。唐边塞诗多指西北地区的沙漠地带。

塞长连白空,遥见汉旗红——这两句是说:长长的边塞连着塞外白茫茫的天空,远远地望见驻扎在塞外的汉军红旗。塞:边塞。白空:原野白茫茫的一片,与天相接。形容塞外空旷之色。汉旗:两汉以后,长城以外的人把长城以内的地方叫汉地。唐人有以汉称唐的习惯,此指唐王朝军队的旗帜。

青帐吹短笛,烟雾湿画龙——这两句是说:军帐里吹起了短笛,如烟的云雾打湿了军中飘扬的龙旗。青帐:军帐、军营。画龙:指绘龙的旗帜。

日晚在城上,依稀望城下——这两句是说:黄昏的时候,我戍守在城楼上,模糊不清地观望城下的动静。依稀:模糊不清。

风吹枯蓬起,城中嘶瘦马——这两句是说:大风吹起城外干枯的蓬草,城内的瘦马在饥苦中嘶鸣。嘶:马鸣。

借问筑城吏:去关几千里——这两句是说:请问建筑边关的小吏,我们远征离开边关有几千里了?

惟愁裹尸归,不惜倒戈死——这两句是说:为了保卫国家,我们不惜战死在沙场。如果就这样饥寒交迫地死去,用马革裹尸回来,怎能让人不发愁呢?裹尸:马革裹尸。南朝宋·范晔《后汉书·马援传》:"男儿要当死于边野,以马革裹尸还葬耳。何能卧床上,在儿女的手中耶?"此言死于饥寒,裹尸而归。倒戈死:指战死沙场,倒戈于地。

首四句以"饥寒"领起,诉说了戍边士卒的困苦。在饥寒交迫的背景下,戍边的士卒夜夜与孤寂的明月为伍,与锈迹斑斑的刀剑为伴,与吹断鬓发的大风朝夕相处。这一切,无不给人以沉重之感。次四句写景状物,分别以远景、近景描绘军营。随后四句进一步突出戍边的困苦。"嘶瘦马",力透纸背,连马都饿得长鸣不已,更何况人呢!末两句,字字千钧,为了报效国家,士卒们宁愿战死沙场,绝不愿意无声无息地饿死边地。可谓是悲壮而心地苍凉。

神弦曲

这是一首祭神娱神的歌诗。神弦曲:即《神弦歌》,民间祭神的乐曲,乐府旧题。宋·郭茂倩《乐府诗集》引《古今乐录》:"《神弦歌》十一曲。一曰阿宿,二曰道君,三曰圣郎,四曰娇女,五曰白石郎,六曰清溪小姑,七曰湖就姑,八曰姑恩,九曰采菱童,十曰明下童,十一曰同生。"清·王琦注:"神弦曲者,乃祭祀神祇弦歌以娱神之曲也。此诗言狸哭狐死,火起鸮巢,是所祈者其诛邪讨魅之神欤。"

  西山日没东山昏,旋风吹马马踏云。
  画弦素管声浅繁,花裙绰纚步秋尘。
  桂叶刷风桂坠子,青狸哭血寒狐死。
  古壁彩虹金贴尾,雨工骑入秋潭水。

百年老鸮成木魅,笑声碧火巢中起。

【新解】

西山日没东山昏,旋风吹马马踏云——这两句是说:西边的太阳落山了,日出的东山也是一片昏暗。此时此刻,天神骑马乘风踏云来到人间。旋风:旋转的风。古人认为,风旋转而吹,其中必有鬼神。并认为低于三尺以下的风是鬼风,高于一丈以上的是神风。此指神驾风而来。

画弦素管声浅繁,花裙綷縩步秋尘——这两句是说:人们拿起画弦、素管用音乐迎接神的到来。为了博得天神的欢心,女巫身着漂亮的花裙,碰撞时衣服发出沙沙的响声,她们翩翩起舞,扬起了秋天的灰尘。綷縩(cuìcài):衣服发出的响声。汉·班固《汉书·孝成班婕妤传》:"纷綷縩兮纨素声。"唐·颜师古注:"綷縩,衣声也。"

桂叶刷风桂坠子,青狸哭血寒狐死——这两句是说:天神听到祈求后,兴起大风,驱除妖邪。此时此刻,树叶刮落,桂子飘坠,青狸和寒狐行知灭亡,绝望地哭泣吐血,直到死去。刷:刮、拂。狸:狐类的动物。宋·罗愿《尔雅翼》:"狸者,狐之类。狐口锐而尾大;狸口方而身文,黄黑彬彬,盖次于豹。"唐·徐坚《初学记·兽部》:"郭氏《玄中记》曰:'千岁之狐为淫妇,百岁之狐为美女。'"

古壁彩虬金贴尾,雨工骑入秋潭水——这两句是说:古壁上的彩龙画着贴金的尾巴,如果它们成妖作怪的话,可以让雷霆骑上它们,把它们赶到秋潭的深水中。雨工:雷霆。唐·李朝威《柳毅传》:"(柳毅)因复问曰:'吾不知子之牧羊,何所用哉?神祇岂宰杀乎?'女曰:'非羊也,雨工也。''何为雨工?'曰:'雷霆之类也。'"骑入秋潭水:一作夜骑入潭水。

百年老鸮成木魅,笑声碧火巢中起——这两句是说:百年的鸱鸮与栖息的树木一起成为精怪,天神点起一把翠绿的大火,它们的巢穴燃烧时发出如笑的响声。鸮(xiāo):鸱鸮。古人认为是恶鸟。宋·陆佃《埤雅》:"鸮大如斑鸠,绿色,所鸣,其民有祸证。俗云,鸮,祸鸟也,今谓之画鸟,盖声之误也。"木魅:由树木变成的精怪。南朝宋·鲍照《芜城赋》:"木魅山鬼,野鼠城狐。"笑声:火焰四起,发出如笑的响声。碧火:指鬼神所作之火。

中唐以降,尚巫之风日盛。诗人为此写下《神弦曲》、《神弦》和《神弦别曲》三诗,以抒写胸中的感慨。首两句写日暮之际,神腾云而来的情景。第三、四句写女巫迎神。第五至第八句写天神给妖孽如青狸、寒狐一类带来的震慑。末两句以"笑"字写大快人心事。诗真实地记录了民间祭神娱神的场面,表达了诗人的美好愿望,有很强的现实针对性。

高轩过

【题解】

这首诗是李贺为答谢韩愈、皇甫湜而写下的即兴诗。诗抒写了诗人的心志。高轩:高大华贵的车子。过:拜访。元·陶宗仪《说郛》卷三十五上引《撼言》:"李贺年七岁,名动京师。韩退之、皇甫湜览其文曰:'若是古人,吾曾不知,若是今人,岂有不知之理?'二公因诣其门。贺总角荷衣而出,二公令面赋一篇,目为《高轩过》。"韩员外愈:韩愈,字退之,河南南阳(今河南孟县南)人。任监察御史、都官员外郎、刑部侍郎、国子监祭酒等职,是唐代古文运动的倡导者,享誉文坛。皇甫侍御湜:见《仁和里杂叙皇甫湜》注。韩愈、皇甫湜十分赏识李贺的才学。

韩员外愈、皇甫侍御湜见过,因而命作。

华裾织翠青如葱,金环压辔摇玲珑。
马蹄隐耳声隆隆,入门下马气如虹。
云是东京才子,文章巨公。
二十八宿罗心胸,元精耿耿贯当中;
殿前作赋声摩空,笔补造化天无功。
庞眉书客感秋蓬,谁知死草生华风;
我今垂翅附冥鸿,他日不羞蛇作龙。

华裾织翠青如葱,金环压辔摇玲珑——这两句是说:韩退之、皇甫持正二公华贵的衣服上绣着绿色的图案,青翠如葱;马蹄伴着悦耳的铃声渐走渐近,饰金的缰绳上闪闪发光。华裾(jū):华贵的衣服。裾,衣襟。辔(pèi):缰绳。玲珑:指马笼头上的金环发出悦耳的响声。

马蹄隐耳声隆隆,入门下马气如虹——这两句是说:马蹄声声,车声隆隆,他们屈驾来到我的门前,他们轩昂的气势直贯长虹。隐耳:一作隐隐。隆隆:指车声。气如虹:指气宇轩昂。

云是东京才子,文章巨公——这两句是说:他们一个是东京的才子,一个是擅长写文章的巨公。东京才子:指皇甫湜。文章巨公:指韩愈。一本无"云"、"是"、"巨"三字。

二十八宿罗心胸,元精耿耿贯当中——这两句是说:他们学识丰富,宽广的胸怀可以装下二十八星宿。他们凝聚了天上的精气,具有光明磊落的品德。宿(xiù):星宿,星座。元精:指天的精气。一作九精。耿耿:光亮,明亮。

殿前作赋声摩空,笔补造化天无功——这两句是说:他们在皇帝面前写文章,赢得皇帝的高度赞赏。他们下笔如神,可补天地造化之功。殿前:指在皇帝面前。声摩空:喻身价很高。

庞眉书客感秋蓬,谁知死草生华风——这两句是说:秋风骤起,我一介书生深深地感受到蓬草干枯飘零的光景。没想到,春风吹过,枯草出现了生机勃勃的景象。言外之意,我正在穷愁欲死的时候,韩愈与皇甫湜前来造访,使我看到了人生的希望。庞眉:又粗又浓的眉毛。书客:指书生,李贺自称。秋蓬:秋天的蓬草。死草:枯草。华风:指使万物欣欣向荣的春风。

我今垂翅附冥鸿,他日不羞蛇作龙——这两句是说:我现在虽如垂翅之鸟,但是我依托志向高远的鸿雁,有朝一日,一定会由蛇变成天龙。言外之意,今天虽不得意,但在二人的提携下,一定会有腾达显赫的一天。冥鸿:飞入云天的鸿雁。喻指韩愈、皇甫湜二人。蛇作龙:由蛇变龙。喻实现人生抱负,走上仕途。

名人屈驾来访,感激之馀,诗人挥笔成章。诗前六句记相见时情景,以韩愈、皇甫湜外表,即服饰、乘坐的车马写他们的气势——不同常人的气宇。由表及里,中间四句称颂他们的学识,并将诗人对他们的敬仰之情隐于其中。最后四句,表示不负期望,要振作精神在未来施展抱负。整首诗文情并茂,跌宕多姿,很有韩诗雄豪奇崛的风格。这可能与因赠韩,而仿效韩体有关。

送韦仁实兄弟入关

这是一首送别诗。韦仁实:李贺的朋友。据后晋·刘昫等《旧唐书·王播传》,长庆(唐穆宗年号821—824)四年,补阙韦仁实等人曾上疏,揭露王播厚贿贵要,求领盐铁转运使一事。

送客饮别酒,千觞无赭颜。
何物最伤心,马首鸣金环。
野色浩无主,秋明空旷间。
坐来壮胆破,断目不能看。

　　行槐引西道,青梢长攒攒。
　　韦郎好兄弟,叠玉生文翰。
　　我在山上舍,一亩硗碛田。
　　夜雨叫租吏,春声暗交关。
　　谁解念劳劳,苍突唯南山。

【注解】

　　送客饮别酒,千觞无赭颜——这两句是说:请喝上一杯离别的酒吧,我与韦仁实兄弟的情谊深厚,千杯万盏也喝不醉。觞:酒杯。赭(zhě)颜:红色的脸。此指喝酒后脸色变红。一本作赪颜。

　　何物最伤心,马首鸣金环——这两句是说:什么事情最令人伤心呢?那就是马首的佩环发出丁当的响声,带走我的情谊使你我被迫分离。

　　野色浩无主,秋明空旷间——这两句是说:原野上一片苍茫,连一个人影也没有。空旷的秋野一片明净,无边无际。

　　坐来壮胆破,断目不能看——这两句是说:你越走越远,顷刻之间,我肝胆俱裂,望断前程,直到看不到你的身影。坐来:顷刻。断目:望断。

　　行槐引西道,青梢长攒攒——这两句是说:大路上的官槐青梢簇聚在一起,将你引向入关的西路。行槐:道路上种植的官槐。西道:指西入长安的道路,洛阳在长安的东面,故称。

　　韦郎好兄弟,叠玉生文翰——这两句是说:韦仁实兄弟品行高尚,所写的文章十分华美,如同美玉堆积在一起。叠玉:如玉堆积在一起。

　　我在山上舍,一亩硗碛田——这两句是说:我贫弱愁苦,在山上只有一间茅舍和一亩贫瘠得只能生长蒿草的田地。硗(qiāo):瘠薄多石的地。

　　夜雨叫租吏,春声暗交关——这两句是说:夜里,下着大雨的时候,催租吏上门催租了。此时此刻,催租声和舂米声交错混杂在一起。舂声:舂米的声音。一作春声。交关:交错混杂。

　　谁解念劳劳,苍突唯南山——这两句是说:还有谁能忧念我的劳苦呢?自韦氏兄弟离开以后,我只有面对那苍翠突兀的南山了。劳劳:一作劳苦。苍突:苍翠突兀。

　　知己远行,自然是令人伤怀的事情。面对韦氏兄弟的离别,李贺难以舒解愁怀。诗从送别饮酒说起,随后写惜别时的深情,最后写韦氏兄弟走后独处的痛苦。本来,诗人完全可以向韦氏兄弟倾诉胸中的愁苦,如今韦氏兄弟离别,那么,还有谁可以诉说呢?末两句以"谁解"设问,将笔墨转向"苍突唯南山"句,言外之意,今后,诗人只能向南山倾吐郁积在胸的不幸了。由此可见,韦氏兄弟离别后给诗人带来的痛苦。也就是说,由送别转向叙述自己的困境,旨在突出诗人与韦氏兄弟的深情。

洛阳城外别皇甫湜

这是李贺离开洛阳时告别皇甫湜写下的诗作。

> 洛阳吹别风,龙门起断烟。
> 冬树束生涩,晚紫凝华天。
> 单身野霜上,疲马飞蓬间。
> 凭轩一双泪,奉堕绿衣前。

洛阳吹别风,龙门起断烟——这两句是说:离别时,洛阳刮起阵阵大风。龙门升起迷蒙的烟雾,将断隔朋友之间的消息。龙门:地名,在河南洛阳南。《一统志》:"龙门在河南府城南二十五里,两山对峙,东曰香山,西曰龙门,石壁峭立,伊水中出,又名伊阙。"

冬树束生涩,晚紫凝华天——这两句是说:冬天,树木凋零,森然林立的树干生涩地捆束在一起,失去了往日枝繁叶茂的风采。晚霞呈现出深紫色,凝聚在遥远的天边。

单身野霜上,疲马飞蓬间——这两句是说:我独自骑着疲惫不堪的老马,奔波在飞蓬霜野之间。单身:指李贺独自一人往返于长安、洛阳之间。唐·李商隐《李长吉小传》:"长吉独骑往还京、洛。"

凭轩一双泪,奉堕绿衣前——这两句是说:靠在门前,我禁不住流下难舍难分的泪水,洒落在友人的面前。凭:靠着。绿衣:此指官服。据后晋·刘昫等《旧唐书·职官志》,贞观(唐太宗李世民年号,627—649)四年,诏三品以上服紫,五品以上服绯,六品、七品以上服绿,八品、九品服青。上元(唐高宗李治年号,674—676)元年,敕文武官三品以上服紫,四品深绯,五品浅绯,六品深绿,七品浅绿,八品深青,九品浅青,侍御七品衣浅绿。此诗当作于皇甫湜为侍御史时。

王国维《人间词话》云:"有我之境,以我观物,故物皆着我之色彩。"在首四句中,诗人以别风、断烟、树木生涩、晚霞凝紫等物象渲染了伤心离别时的重压。第五、六句想像远行后的孤独、单身、野霜、疲马、飞蓬,意象幽冷,营造了孤寂无依的氛围。末两句写以泪相别的情景,"奉堕"二字生动传神。"奉"有捧出、献给等意,当诗人临行无以赠别时,将泪水献给友人,将泪水洒落在友人的面前,可谓是此处无声胜有声,突出了诗人与友人的深厚情谊。

江楼曲

诗写江楼女子的怀远之情。

　　楼前流水江陵道,鲤鱼风起芙蓉老。
　　晓钗催鬓语南风,抽帆归来一日功。
　　鼍吟浦口飞梅雨,竿头酒旗换青苎。
　　萧骚浪白云差池,黄粉油衫寄郎主。
　　新槽酒声苦无力,南湖一顷菱花白。
　　眼前便有千里愁,小玉开屏见山色。

　　楼前流水江陵道,鲤鱼风起芙蓉老——这两句是说:楼前的流水直通江陵,在春夏交替的时节,风儿吹老了水中摇曳的荷叶。江陵:唐郡,治所在今湖北江陵。鲤鱼风:指春夏交替时节的风。清·吴景旭《历代诗话》卷七十二:"《石溪漫志》云:'鲤鱼风,春夏之交。'"芙蓉:荷花。此指荷叶。春夏之交,荷花未开,故指荷叶。

　　晓钗催鬓语南风,抽帆归来一日功——这两句是说:早晨起来精心地梳妆打扮,和迎面扑来的南风说话。远行的人儿,你为什么还不回来?要知道,扬起风帆回到家中,只需要一天的工夫。晓钗催鬓:指晓起梳妆,犹言晓色催促她理鬓梳妆。催:一作摧。抽帆:引帆。功:犹事。

　　鼍吟浦口飞梅雨,竿头酒旗换青苎——这两句是说:扬子鳄在小河入江的地方不停地鸣叫,天空中飞洒着梅雨,酒店的旗竿换上了用青麻制成的酒旗。鼍(tuó)吟:鼍鸣叫。古人听鼍叫以占雨。鼍:扬子鳄,俗称猪婆龙。宋·陆佃《埤雅》:"狐,将风则涌;鼍,欲语则鸣。"浦口:小河入江处。梅雨:指初夏持续在江淮流域的阴雨天气,因此时正是梅子黄熟的季节,故称。唐·徐坚等《初学记》:"梅熟而雨曰梅雨,江东呼为黄梅雨。"青苎:用青麻制成的酒旗。麻制的布匹坚固耐沤。

　　萧骚浪白云差池,黄粉油衫寄郎主——这两句是说:江中的水波不停地扰动,天上的白云也参差不齐。面对此情此景，我真想把黄色的油衣寄给我日夜思念的夫君。萧骚：水波扰动的样子。差池：参差不齐的样子。黄粉油衫：黄色的油衣，即雨衣。郎主：此指丈夫。宋·胡三省《通鉴注》："门生家奴呼其主为郎，今俗犹谓之郎主。"

新槽酒声苦无力，南湖一顷菱花白——这两句是说：新酒酿成，在槽床里滴注有声。酒香真是宜人啊，喝上一口并不能浇愁，反而觉得酒苦无力。明净的百亩南湖如同刻有菱花的镜子，照出我因相思而生出的白发。槽：指制酒的槽床。一顷：百亩。菱花：指镜子。宋·罗愿《尔雅翼》："昔人取菱花六斛之象以为镜。"

眼前便有千里愁，小玉开屏见山色——这两句是说：侍女小玉推开屏风，远处重叠的山峦跃入眼帘。面对眼前的这一切，如何能化解我那缭绕千里的愁绪呢。千里愁：一作千里思。小玉：指侍女。唐·元稹《暮秋》："小玉上床铺夜衾。"唐·路德延《小儿诗》："酒暵丹砂暖，茶催小玉煎。"

【新evaluation】

诗从"楼前流水"入笔，写江南女子的怀远之情。"晓钗催鬓"二句细腻入微，梳洗打扮后，独倚江楼，寄语南风，然望断江水，远人不归。由此掀起巨大的波澜。中四句借景抒情，由眼前恼人的梅雨写起，想到为远人寄上雨衣之事，通过关心远人，以突出离别后的相思之苦。后四句承上意而来，酒槽中流淌的新酒声，点点滴滴打在江楼女子的心上。本想借酒解愁，然而带来的只有"苦无力"的结果。此时此刻，侍女小玉似乎想化解女主人郁积的愁苦，不料，那重重叠叠的群山更牵动江楼女子挂念千里之外的情思。诗深入江楼女子的情怀，曲尽其妙，颇有情致。

塞下曲

【题解】

这首诗写戍边将士的困苦。塞下曲：汉代古曲。宋·郭茂倩《乐府诗集》："《晋书·乐志》曰：'《出塞》、《入塞》曲李延年造。'唐有《塞上》、《塞下》曲，盖出于此。"

胡角引北风，蓟门白于水。
天含青海道，城头月千里。
露下旗濛濛，寒金鸣夜刻。
蕃甲锁蛇鳞，马嘶青冢白。
秋静见旄头，沙远席羁愁。

帐北天应尽,河声出塞流。

胡角引北风,蓟门白于水——这两句是说:吹奏胡角时引来了凄厉的北风,蓟门白茫茫的旷野上扬起了漫天的风沙。胡角:北方胡人的吹乐器。蓟门:古地名,蓟丘。今北京城西德胜门外西北的土城关一带。《通志地理略》:"蓟门在幽州北。"白于水:言旷野上的风沙之色。

天含青海道,城头月千里——这两句是说:登高远望,天含着奔向青海的道路。城头上明月照耀千里之外。青海道:唐时为吐谷浑所据。唐·李延寿《北史·吐谷浑传》:"(吐谷浑)居伏俟城,在青海西十五里。"

露下旗濛濛,寒金鸣夜刻——这两句是说:寒露濛濛,旗帜迷茫难辨。报时的铜器声透着寒气从远处传来。金:指军中警夜时击打的铜器,如刁斗之类。夜刻:记录夜更深浅的刻数。

蕃甲锁蛇鳞,马嘶青冢白——这两句是说:番兵的铠甲锁衔细密,状如蛇鳞。战马吃尽了青冢上的野草,青冢一片光秃。蕃甲:番兵的铠甲。蕃:同番。青冢:汉代王昭君的坟墓。在今内蒙古自治区呼和浩特以南。

秋静见旄头,沙远席羁愁——这两句是说:塞外的秋夜十分安静,抬头看到旄头星在空中闪耀。将士们睡卧在沙中,预感到胡人正准备入侵,为此生出将受蹂躏的愁恨。旄头:星名。汉·司马迁《史记·天官书》:"昴曰髦头,胡星也,为白衣会。"唐·张守节正义:"昴七星为髦头,胡星,亦为狱事。明,天下狱讼平;暗为刑罚滥。六星明与大星等,大水且至,其兵大起;摇动若跳跃者,胡兵大起;一星不见,皆兵之忧也。"席羁:当为"席箕"之讹。席箕,草名。唐·段成式《酉阳杂俎》:"席箕一名塞芦,生北方胡地。"唐·王建《咏席箕帘》:"单于不向南牧马,席箕遍满天山下。"

帐北天应尽,河声出塞流——这两句是说:从军帐中北望,杳然不见天边。黄河之水流向塞外,发出奔流不息的响声。帐:军中的帐幕。出塞流:黄河源出青海,曲折东流入甘肃境内,复流向东北出长城之外,经内蒙古自治区然后才又南入长城,故称。

诗从"胡角"入笔,极写边塞萧瑟凄凉的景象。从结构上看,诗并写两面,一写戍边将士的孤独无依和异常艰苦的环境,在诗人的笔下,与将士们相伴的只有北风、城月、寒露等令人心悸的阴冷物象;一写敌寇厉兵秣马,随时准备入侵的势态。"蕃甲锁蛇鳞,马嘶青冢白"刻意渲染敌寇的嚣张气焰。末两句写景,以缓解剑拔弩张的紧张气氛。两句虽不正面写将士们应对敌寇来势凶猛的场景,但借景抒情,以景语这一曲笔描绘了将士们岿然不动、众志成城的形象。言尽意犹未尽,令人玩味。

野 歌

诗表达了诗人"屈穷心不穷"的高远志向。

鸦翎羽箭山桑弓,仰天射落衔芦鸿。
麻衣黑肥冲北风,带酒日晚歌田中。
男儿屈穷心不穷,枯荣不等嗔天公。
寒风又变为春柳,条条看即烟濛濛。

鸦翎羽箭山桑弓,仰天射落衔芦鸿——这两句是说:用乌鸦的羽毛做成箭羽,用山桑的木头做成良弓。拿起它,仰首可以射落天空中衔着芦苇北飞的大雁。鸦翎羽箭:用乌鸦羽毛作箭羽的箭。山桑:梥(yǎn)桑,木质坚韧,可制弓。衔芦鸿:口衔芦苇的大雁。晋·崔豹《古今注》:"雁自河北渡江南,瘦瘠能高飞,不畏缯缴,江南沃饶,每至还河北,体肥不能高飞,恐为虞人(猎人)所获,常衔芦数寸以防缯缴。"

麻衣黑肥冲北风,带酒日晚歌田中——这两句是说:我这个寒微的举子,身着又脏又大的麻衣冲着北风狂舞,带着酒在黄昏的田野中饮酒高歌。麻衣:旧时举子所穿的麻料衣服。清·王琦注:"唐时举子皆着麻衣,盖苎葛之类。"黑肥:形容麻衣肮脏肥大。

男儿屈穷心不穷,枯荣不等嗔天公——这两句是说:男儿虽然穷困,但高远的胸怀却没有贫困的时候。人的枯荣和发达虽然有不一样的地方,但不会因此而怨恨苍天的不公。屈穷:指有才志而不能施展。屈,不伸。穷,困。枯荣:贵贱,指人生的得意和失意。嗔:生气,发怒。天公:老天。

寒风又变为春柳,条条看即烟濛濛——这两句是说:寒风过后,春柳又绿。条条枯枝绿叶初生,远望如同笼罩了一层濛濛的烟雾。看即:随即,转眼。

首两句以弓箭射雁起兴,暗喻寒士卓越不群的才能。第三、四句写寒士狂放不羁。"冲"字言寒士为北风所困,身处逆境;"歌"字言寒士达观的精神。第五、六句直抒胸臆,传达了诗人敢于抗争的精神风貌。末两句宕开一笔写景,当寒风过去的时候,当枯枝抽绿的时候,这一切均预示着,寒风过后是生机勃勃的春天。诗以高昂的乐观主义怀抱,抒写了诗人积极入世进取的情怀。

京　城

这是一首写京城失意不畅的诗。

　　驱马出门意,牢落长安心。
　　两事向谁道,自作秋风吟。

　　驱马出门意,牢落长安心——这两句是说:驱马出门的时候,我意气奋发。没想到,来到长安后只有孤寂,处处碰壁。牢落:孤寂,无聊。晋·陆机《文赋》:"心牢落而无偶,意徘徊而不能揥。"

　　两事向谁道,自作秋风吟——这两句是说:这种心情向谁诉说呢?如今,只能面对秋风作诗以自慰情怀。两事:即"出门意"和"牢落心"。

　　诗言简意赅,将理想幻灭后失意、悲愤、牢骚、无奈凝聚在短短的二十字中。前两句一写出门时的意气风发,一写失意后的困顿。由此引出"两事向谁道"的心事。"向谁道"以反诘写其愤懑。那么,应如何化解心中的不快呢?诗人试图通过"自作秋风吟"抚慰受伤的心灵。也就是说,既然无处诉说理想的幻灭和无故遭受打击的不平事,干脆作诗自解以求宽慰。读之,不难看到诗人内心萌动的悲愤之情。

经沙苑

　　诗人经过废弃已久的沙苑时写下此诗。沙苑:地名,今陕西大荔县南,临渭水,宜于牧畜。《元和郡县志》:"沙苑,一名沙阜,在同州冯翊县南十二里,东西八十里,南北三十里,今以其处宜六畜,置沙苑监。"

　　野水泛长澜,宫牙开小茜。
　　无人柳自春,草渚鸳鸯暖。

晴嘶卧沙马,老去悲啼展。
今春还不归,塞嚶折翅雁。

野水泛长澜,宫牙开小茜——这两句是说:泛滥的野水泛起长长的波澜,宫中的牙门上长满了茂密的野草。宫牙:宫中的牙门。清·姚文燮注:"沙苑南有兴德宫,为高祖(李渊)趋长安所次,言此宫之牙门竟长新丛也。"茜:草茂盛的样子。

无人柳自春,草渚鸳鸯暖——这两句是说:沙苑中的牧人早已逃走,只有摇曳的绿柳迎来寂寞的春光,只有鸳鸯在水草丰茂的沙洲上悠闲自得。

晴嘶卧沙马,老去悲啼展——这两句是说:瘦弱的老马独卧沙中,对天嘶鸣,流露出无力驰骋疆场的悲哀。

今春还不归,塞嚶折翅雁——这两句是说:春天了,为什么还不回来?折断翅膀的大雁为无法北飞而哽咽悲啼。塞嚶:哽咽,指悲啼的雁声。雁为候鸟,秋末南飞,春暖北还,因折翅不能飞还,所以悲啼。

沙苑是唐代饲养战马的地方,曾为维护中央集权、打击入侵之敌立下了汗马功劳。然物是人非,随着唐王朝出现宦官专政、藩镇割据的局面,沙苑也随之废弃。在这样的政治文化背景下,诗人经沙苑见其颓败,难免要激发无限的感慨之辞。诗从沙苑颓败的景象入笔,野水泛泛、宫牙长满茂密的小草、无人游赏春柳等画面无不给人以触目惊心之感。至此,诗人犹嫌不足,又以沙马悲啼、断翅大雁悲鸣续写其哀景,在一定的程度上表达了心有馀而力不足的喟叹。可以说,在这些意象的背后,隐藏着诗人对时局的深切关心。读之,有回肠荡气之感。

南　园

这是诗人夏日在南园中触景生情之作。宋·鲍钦正云:"此篇第一卷所脱。"

方领蕙带折角巾,杜若已老兰苕春。
南山削秀蓝玉合,小雨归去飞凉云。
熟杏暖香梨叶老,草稍竹栅锁池痕。
郑公乡老开酒樽,坐泛楚奏吟招魂。

方领蕙带折角巾，杜若已老兰苕春——这两句是说：我穿着有小方领的上衣、系着散发蕙香的衣带、头上戴着折角的林宗巾，兴致勃勃地游览南园。南园中的香草杜若已渐渐地衰老，迟开的兰花依旧洋溢着春的气息。方领：方形衣领。指儒者之服。南朝梁·范晔《后汉书·儒林传》："建武（汉光武帝刘秀年号，25—56）五年，乃修起太学……服方领习矩步者，委它乎其中。"蕙带：饰有香蕙的衣带。楚·屈原《九歌·少司命》："荷衣兮蕙带，儵而来兮忽而逝。"折角巾：林宗巾。南朝梁·范晔《后汉书·郭太传》："（东汉名士郭太，字林宗）周游郡国，尝于陈梁间。行遇雨，巾一角垫。行人乃故折巾一角，以为林宗巾。"杜若：香草。兰苕：兰花。

　　南山削秀蓝玉合，小雨归去飞凉云——这两句是说：南山秀丽如削的山峰像晶莹剔透的青玉合在一起，小雨过后，天空中飞起了片片凉云。

　　熟杏暖香梨叶老，草稍竹栅锁池痕——这两句是说：杏子熟了，传来阵阵暖香。此时此刻，梨叶老翠，四周环绕的草蒲和竹栏锁住了布满倒影的池塘。草稍：一作草蒲，一作草满。竹栅：一作竹色。池痕：一作池根，一作池湄。

　　郑公乡老开酒樽，坐泛楚奏吟招魂——这两句是说：郑公乡的父老乡亲们打开了飘香的酒坛，姑且干上一杯吧，听一听楚国的民歌和吟诵的《招魂》。郑公：郑公乡，本指东汉大学问家郑玄的家乡。此为赞誉家乡古风淳厚之辞。《后汉书·郑玄传》："国相孔融深敬于玄（郑玄），屣履造门，告高密县为玄特立一乡，曰：'公者仁德之正号，不必三事大夫也。今郑君乡宜曰：郑公乡。'"酒樽：一作酒盅。坐：姑且，暂且。泛(fěng)：泛卮，把酒杯翻过来，意为干杯。楚奏：楚国的民歌。招魂：《楚辞》有《招魂》篇，一说为宋玉所作，一说为屈原所作。

　　诗写闲居之景。诗人以闲适平静的心情游览南园，南山秀丽如玉、雨后凉云片片、熟杏飘香送暖、梨叶老翠、小草竹栏围住池塘，又有父老乡亲打开美酒，这一切是那样地甜美诱人，置身其中，真是令人神往。然而，如果联系首句中诗人一副儒生的打扮以及末句中吟诵《招魂》的意象，则不难发现诗人在面向山林之时，活跃着一颗心存魏阙的用世之心。儒生一向以入世进取为己任，屈原更是有忧国忧民之情，在此背景下，此诗旨在曲折地表达诗人不甘寂寞的情怀。

高平县东私路

　　诗传达了诗人追求闲适的心境。高平县：县名，今山西高平。唐·李吉甫《元和郡县志》:"河东道泽州有高平县,南至州八十里。"私路:私人所造的路,与官道相对。

> 侵侵槲叶香,木花滞寒雨。
> 今夕山上秋,永谢无人处。
> 石溪远荒涩,棠实悬辛苦。
> 古者定幽寻,呼君作私路。

【新解】

侵侵槲叶香,木花滞寒雨——这两句是说:蜿蜒的小路上,茂密的槲树叶散发出阵阵清香,树上的花朵滞留着透着寒意的雨水。侵侵:树叶稠密的样子。槲(hú):树木名。《本草》:"槲,树叶俱似栗,长大粗厚,冬月凋落,三、四月开花,亦如栗,八、九月结实,似橡子而较短小,其蒂亦有斗,其实僵涩,味恶。"

今夕山上秋,永谢无人处——这两句是说:今夜,大山迎来了秋天,槲树在没人走动的地方悄然地落下了果实。今夕:今晚,当晚。

石溪远荒涩,棠实悬辛苦——这两句是说:石路与溪谷向远处延伸,道路上长满了茂密的荒草,路旁的棠梨树上悬挂着苦涩的果实。荒涩:荒远偏僻,杂草丛生,行路不畅。棠:棠梨,杜梨。《本草》:"棠梨树似梨而小……二月开白花,结实如小楝子大,霜后可食。"因棠梨果实苦涩,这里借指槲实,故曰"悬辛苦"。

古者定幽寻,呼君作私路——这两句是说:想必这里是古人探幽的地方,因此才把这里叫作私路。君:犹汝,指石路。

一条蜿蜒的山中小路本无奇特之处,但经过摄物取相遂生出别样的意味。诗营造了幽冷的意境。寒雨、秋夜、荒涩的山路和石涧等,经过诗人的选择遂传达出清幽的意象。也就是说,点染古人探幽的雅趣,是与诗人厌倦世俗的情绪联系在一起的。

听颖师弹琴歌

【题解】

诗赞美了琴师的高超琴艺。颖师:唐代著名的琴师。韩愈亦有《听颖师弹琴》诗。

> 别浦云归桂花渚,蜀国弦中双凤语。
> 芙蓉叶落秋鸾离,越王夜起游天姥。

暗佩清臣敲水玉,渡海蛾眉牵白鹿。
谁看挟剑赴长桥,谁看浸发题春竹。
竺僧前立当吾门,梵宫真相眉棱尊。
古琴大轸长八尺,峄阳老树非桐孙。
凉馆闻弦惊病客,药囊暂别龙须席。
请歌直请卿相歌,奉礼官卑复何益。

别浦云归桂花渚,蜀国弦中双凤语——这两句是说:银河上飘过片片云彩,云彩回到了明月栖息的桂花洲上。颖师取出蜀地的古琴,挥手弹琴,曲中传出了凤凰合鸣的声音。别浦:指银河。为牛女二星隔绝之地。桂花:指月。月中有桂树,故称。蜀国弦:指名贵的古琴。唐时蜀地出产的琴材最为名贵。双凤:指两手挥弹,声如凤凰之雌雄和鸣。

芙蓉叶落秋鸾离,越王夜起游天姥——这两句是说:那美妙的琴声,让荷花悲伤地落下叶子,宛如秋天的鸾凤悲离;那美妙的琴声,催越王半夜起身,乘兴去游天姥山。天姥:山名。在浙江新昌东,东接天台山。《太平寰宇记·江南东道·越州》:"天姥山在县南八十里。……传云登者闻天姥歌谣之响。"

暗佩清臣敲水玉,渡海蛾眉牵白鹿——这两句是说:琴声清远,宛如廉洁的大臣取出玉佩敲击水晶发出清明的声音;又像描有蛾眉的仙女跨上白鹿悠然地渡海。暗佩:因佩玉在衣衫间,不易外露,故云。清臣:德行廉洁的臣子。水玉:水晶。渡海蛾眉:指渡海的仙女,其事未详。

谁看挟剑赴长桥,谁看浸发题春竹——这两句是说:富于变化的笛声,时而像周处挟剑斩蛟;时而纵横酣畅如张旭浸发疾书。谁看:倒装,犹言看谁。长桥:言周处赴长桥斩蛟事。见《春坊正字剑子歌》注。浸发题春竹:言张旭以发沾墨书法事。《宣和书谱》:"张旭喜酒,叫呼狂走方落笔。一日酣醉,以发濡墨作大字,既醒视之,自以为神,不可复得。"

竺僧前立当吾门,梵宫真相眉棱尊——这两句是说:颖师曾来家门造访我,他的相貌像寺庙中的菩萨、罗汉那样可尊可亲。竺僧:僧人,佛教出于天竺(古印度),故称。此指颖师。梵宫真相:以庙中菩萨、罗汉像来比颖师。真相,佛家语,犹言真容。

古琴大轸长八尺,峄阳老树非桐孙——这两句是说:他那长达八尺的古琴,是用峄山南坡的老桐树制成的,而不是用桐树的孙子。轸:弦乐器上系弦线的小柱。可转动以调节弦的松紧。八尺:指大琴。古制,中琴为三尺六寸六分,大琴为八尺一寸。汉·司马迁《史记·乐书》:"其(琴)长八尺一寸,正度也。"峄阳:山名。又称峄山,在今江苏邳县西南,山上多梧桐树,宜于制琴。东汉·应劭《风俗通》:"梧桐生于峄阳山岩石之上,采东南孙枝为琴,声甚雅。"

凉馆闻弦惊病客,药囊暂别龙须席——这两句是说:我体弱多病,在冰凉的客舍中听到如此高妙的琴声,起身不再吃药,暂时告别了久卧的龙须席。病客:李贺自谓。龙须:草名。可用来编席。

请歌直请卿相歌,奉礼官卑复何益——这两句是说:请人听歌,应该请那些有卿相之位的高官来听,他们可以提高你的身价。像我奉礼郎这样的小官,听了又有什么好处呢?

唐诗题材广泛,无所不包,吟咏艺术是唐诗艺术宝库中的重要内容。如杜甫《观公孙大娘弟子舞剑器行》、韩愈《听颖师弹琴》、李贺《李凭箜篌引》等都是其中的佳作。《听颖师弹琴歌》一诗在引导我们欣赏艺术的同时,也让我们看到了诗人抒发坎坷不遇、官卑愁病的忧愤。这首诗最大的艺术特点是,以具象写难以言传的音乐,将诉诸听觉的音乐之美借助于言语表现出来,生动可感,具有很高的艺术张力。

◎ 附 录

李贺年表简编

李贺,字长吉,唐宗室郑王之后。常以"唐诸王孙李长吉"、"宗人"、"宗孙"、"皇孙"自谓。

唐德宗贞元六年庚午(790),一岁

李贺出生于福昌的昌谷(今河南宜阳境内),世居福昌县之昌谷,有《春归昌谷》、《昌谷》等诗可证。父李晋肃,边上从事。母郑氏。

李贺友人沈亚之《序诗送李胶秀才》云:"贺年二十七,官卒奉常。"杜牧《李长吉歌诗叙》言作于"大和五年十月(831)",叙又云,"贺生二十七年死矣","贺死后凡十五年,京兆杜牧为其叙",可知贺当生于是年。另有异说,谓贺生二十四年,论据不足,今从沈、杜之说。

贞元九年癸酉(793),四岁

是年元稹十五岁,两经擢第,后毁贺。

贞元十二年丙子(796),七岁

七岁能辞章。据《太平广记》卷二零二引《摭言》,贺七岁即"以长短歌名动京师"。韩愈、皇甫湜始闻未信,过其家,使贺赋诗,援笔立就,作《高轩过》,二人大惊,自是名声更盛。

然《高轩过》诗应非作于此时,详见后。

贞元十九年癸未(803),十四岁

是年杜牧生。贺死后十五年,杜牧为作歌诗序。

唐宪宗元和元年丙戌(806),十七岁

时贺已两鬓斑白。《春归昌谷》诗云:"终军未乘传,颜子鬓先老。"据《汉书·终军传》,终军"乘传"在十八岁,则李贺发白当于十八岁之前。

《绿章封事》诗疑作于是年。

元和二年丁亥(807),十八岁

是年,贺至东都,以《雁门太守行》拜见韩愈,颇受赏识。

友人杨敬之、权璩于是年登进士第。贺作《出城寄权璩杨敬之》一诗。

元和三年戊子(808),十九岁

是年,贺作《黄家洞》。

元和四年己丑(809),二十岁

《高轩过》诗当作于是年。诗题云:"韩员外愈、皇甫侍御湜见过,因而命作。"韩愈于是年改官员外郎;皇甫湜于元和元年(806)擢进士第,此时与牛僧孺、李宗闵应同为监察御史。故贺诗有云"庞眉书客感秋蓬,谁知死草生华风"句,对韩、皇甫二人引荐其入仕充满信心。

贺友人张彻于是年登进士第。贺后来作《酒罢张大索赠》、《潞州张大宅病酒,遇江使寄上十四兄》。

元和五年庚寅(810),二十一岁

是年,韩愈为河南令。贺应河南府试,作《河南府试十二月乐词并闰月》,获隽。冬,入京参加进士试。然而,与贺争名者诋毁贺云,其父名晋肃,则贺不应举进士。韩愈愤而为作《讳辩》,未果,贺不试而归。作《出城》。

元和六年辛卯(811),二十二岁

是年春,贺为奉礼郎。入京思乡,作《始为奉礼忆昌谷山居》。四月,与朔客李氏对舍,同居崇义里,二人诗酒唱和。朔客李氏以贺不能作五字歌诗相激,贺作《申胡子觱篥歌》。

奉礼官卑,贺心中郁愤难平,于是年冬作《赠陈商》抒发心中不平之气。

元和七年壬辰(812),二十三岁

是年,友人沈亚之落第,归吴江,贺作《送沈亚之歌》诗送别。友人李汉登进士第。贺后来作《出城别张又新酬李汉》。

李商隐于是年生,后为贺作《李长吉小传》。

元和八年癸巳(813),二十四岁

是年春,贺以病辞官,归昌谷。离京时作《春归昌谷》、《出城别张又新酬李汉》等,《金铜仙人辞汉歌》疑亦作于此时,将离京之悲寄托于金铜仙人辞汉之泪;归途所见所感,皆形诸诗篇,有《经沙苑》、《过华清宫》、《新夏歌》、《铜驼悲》、《三月过行宫》、《兰香神女庙》等。

归家后,作《示弟》,向小弟倾吐不遇之情怀。

家居期间,著书读诵,自得其乐,然亦时有困顿不遇之伤感。《昌谷诗》、《南园》、《昌谷北园新笋》、《咏怀》二首即作于此时。其间,贺送小弟至庐山谋生,作《勉爱行二首送小季之庐山》。

秋,多愁善感的诗人屡生感伤,有《昌谷读书示巴童》、《巴童答》、《秋来》、《秋凉诗寄正字十二兄》寄托感慨。《南山田中行》当亦作于是时。

冬十月,贺复入京。行前,先至陆浑与任陆浑尉的皇甫湜辞别。有《仁和里杂叙皇甫湜》、《官不来题皇甫湜先辈厅》。后归昌谷省视,由昌谷出发,十月末到洛阳后门,《自昌谷到洛后门》有"寒凉十月末"句可证。在洛阳,又作诗《洛阳城外别皇甫湜》,可见其对先辈的恋恋难舍之情。

元和九年甲午(814),二十五岁

是年,贺离京师,前往潞州(今山西长治市)。先抵河阳(今河南孟州市),作《河阳歌》;然后入太行山,作《七月一日晓入太行山》;经长平(今山西高平县西北),凭吊古战场,作《长平箭头歌》;后经高平(今山西高平),作《高平县东私路》。

秋,至潞州。《酒罢,张大彻索赠诗,时张初效潞幕》、《潞州张大宅病酒,遇江使寄上十四兄》诗皆作于此时。

元和十年乙未(815),二十六岁

在潞州。

元和十一年丙申(816),二十七岁

作《客游》诗。诗中有云"老作平原客",用赵国之典,和《酒罢,张大彻索赠诗,时张初效潞幕》"葛衣断碎赵城秋"、《潞州张大宅病酒,遇江使寄上十四兄》"当知赵国寒"等句一致,当亦作于在潞州时。而诗中又云"三年去乡国",则当作于是年。

自潞州归,卒。关于贺之死,李商隐《李长吉小传》、《太平广记》所引《宣室志》都附以怪异之说,虽怪诞不足信,却道出贺之奇诡之才。

按,贺诗多有不可系年之作。可知作于京师者,有《李凭箜篌引》、《同沈驸马赋得御沟水》、《春坊正字剑子歌》、《老夫采玉歌》、《伤心行》、《宫娃歌》、《送秦光禄北征》、《酬答》、《谢秀才有妾缟练,改从于人,秀才引留之不得,后生感忆。座人制诗嘲诮,贺复继四首》、《难忘曲》、《夜饮朝眠曲》、《崇义里滞雨》、《奉和二兄罢使遣马归延州》、《答赠》、《花游曲》、《牡丹种曲》、《秦宫诗》、《杨生青花紫石砚歌》、《章和二年中》、《五粒小松歌》、《吕将军歌》、《京城》、《官街鼓》、《许公子郑姬歌》、《沙路曲》、《题归梦》、《昆仑使者》、《听颖师弹琴歌》等,所吟咏者皆为京师人、事或京师风物。又,李贺曾有江南三游。《潞州张大宅病酒,遇江使寄上十四兄》云:"觉骑燕地马,梦载楚溪船。"所写可能即是对往日泛舟情景的追忆。集中多处写到江南情事,如《追和柳恽》、《大堤曲》、《蜀国弦》、《苏小小墓》、《湘妃》、《黄头郎》、《湖中曲》、《罗浮山人与葛篇》、《画角东城》、《钓鱼诗》、《安乐宫》、《石城晓》、《巫山高》、《江南弄》、《贝宫夫人》、《江楼曲》、《莫愁曲》等。《七夕》诗云:"钱塘苏小小,更值一年秋。"亦可为证。

李贺著作主要版本

李长吉集四卷

  唐百家诗·中唐二十七家　(明)朱警辑　明嘉靖十九年(1540)刊本

李长吉歌诗四卷外一卷

刘须溪评点九种书　（宋）刘辰翁评点　（明）杨人驹辑　明天启四年(1624)武林杨氏小筑刊本

李长吉诗集四卷外集一卷
陶李合刊　（明）王锡衮辑　明天启崇祯间刊本

歌诗编四卷集外诗一卷
唐人四集　（明）毛晋辑

明崇祯中海虞毛氏汲古阁刊本
民国五年(1916)上海商务印书馆据明毛氏本影印

唐四名家集　（明）毛晋辑

明海虞毛氏汲古阁刊本
1926年上海涵芬楼影印明汲古阁刊本

四部丛刊　张元济等辑

民国八年(1919)上海商务印书馆初次影印本

民国十八年(1929)上海商务印书馆第二次影印本

民国二十五年(1936)上海商务印书馆缩印本

李长吉昌谷集句解定本四卷
（清）姚调笺　（清）丘象升等评　（清）丘象随辨注　北京大学图书馆藏影印清初丘象随西轩刻本

笺注评点李长吉歌诗四卷外集一卷
（宋）吴正子笺注　（宋）刘辰翁评点

四库全书　清乾隆三十一年(1766)敕辑

清文渊阁钞本

清文溯阁钞本

清文津阁钞本

清文澜阁钞本

上海古籍出版社1987年版

影印文渊阁四库全书　台湾商务印书馆1983年版

昌谷集四卷外集一卷
四库全书　清乾隆三十一年(1766)敕辑

清文渊阁钞本

清文溯阁钞本

清文津阁钞本

清文澜阁钞本

上海古籍出版社1987年版

影印文渊阁四库全书　　台湾商务印书馆1983年版

李长吉诗歌汇解四卷卷首一卷外集一卷

　　(清)王琦汇解　影印清乾隆宝笏楼刻本

李长吉歌诗四卷外集一卷首一卷

　　(清)王琦汇解　清乾隆间王氏宝笏楼刻本

昌谷集注四卷

　　(清)姚文燮撰

　　龙眠丛书　(清)光聪谐辑　清桐城光氏刊本

协律钩玄四卷外集一卷

　　(清)陈本礼　(清)陈逢衡撰

　　江都陈氏丛书　清嘉庆、道光间递刊本

协律钩玄四卷外集一卷

　　(清)陈本礼笺注　影印浙江省图书馆藏清嘉庆陈氏裛露轩刻本

唐李长吉诗集四卷外集一卷首一卷

　　(明)徐渭　(明)董懋策批评

　　董氏丛书　(清)董金鉴辑　清光绪三十二年(1906)会稽董氏取斯家塾刊本

批注唐李长吉诗集四卷外集一卷

　　(明)徐渭　(明)董懋策批评

　　董氏丛书　(清)董金鉴辑　清光绪三十二年(1906)董氏取斯家塾刊本

歌诗编四卷

　　铁琴铜剑楼丛书　(民国)瞿启甲辑　清光绪至民国间刊本影印本(民国据金本影印)

　　密韵楼影宋本七种　蒋汝藻辑　民国乌程蒋氏乐地盫刊本(据北宋本影刊)

李长吉文集四卷

　　续古逸丛书　张元济等辑　1922年至1957年上海商务印书馆影印本(民国十一年据宋蜀本影印)

李贺歌诗编四卷集外诗

　　《世界文库》　郑振铎辑　1935年至1936年上海生活书店陆续印行

李长吉歌诗四卷首一卷外集一卷

　　(清)王琦汇解

　　四部备要本　中华书局辑

　　民国二十五年(1936)上海中华书局排印本

　　民国二十五年(1936)上海中华书局缩印本

李贺歌诗集

生活书店 1936 年版

李贺诗集

叶葱奇疏注　人民文学出版社 1959 年版

三家评注李长吉歌诗

(清)王琦等注

中华书局 1959 年版

上海古籍出版社 1998 年版

唐李贺协律钩玄四卷外卷一卷补遗一卷

(清)陈本礼笺注　香港中文大学古籍出版委员会 1973 年版

李贺诗选注

江苏苏州人民纺织厂、苏州师范学院《李贺诗选注》注释组选注　江苏人民出版社 1976 年版

李贺诗选读

钦州电厂工人理论组等注　广西人民出版社 1976 年版

李贺诗歌集注

蒋凡、储大泓点校　上海古籍出版社 1977 年版

李贺诗选

上海市橡胶工业公司、上海师范大学中文系《李贺诗选》小组选注　人民文学出版社 1978 年版

李贺诗选读

《李贺诗选读》编写组编　河南人民出版社 1978 年版

李贺诗歌集注

(清)王琦等注

上海人民出版社 1977 年版

上海古籍出版社 1978 年版

李贺诗选译

钟琰、祖性选译　青海人民出版社 1979 年版

李贺诗选析

吴企明、尤振中选析　江苏人民出版社 1981 年版

李贺诗歌选注

流沙选注　百花文艺出版社 1982 年版

李贺诗选

刘斯翰选注　广东人民出版社 1984 年版

李贺诗选译

冯浩菲、徐传武选译　巴蜀书社1991年版

李贺诗集译注

徐传武译注　山东教育出版社1992年版

李贺诗选注

沈惠乐选注　上海古籍出版社1994年版

李贺李商隐韦应物杜牧诗精选200首

霍松林、张强选注　山西古籍出版社1995年版

李贺歌诗编　李商隐诗集

董乃斌校点　辽宁教育出版社1997年版

中国古典文学宝库·李贺诗集

齐豫生、夏于全主编　延边人民出版社1999年版

李商隐全集附李贺诗集

朱怀春、曹光甫、高克勤标点　上海古籍出版社1999年版

李贺诗选注

李力选注　吉林文史出版社2000年版

李贺刘禹锡诗选

迟乃鹏选注　巴蜀书社2001年版

李贺全集

（清）王琦注释

王步高、刘林辑校汇评　珠海出版社2002年版

李贺集

王友胜、李德辉校注　岳麓书社2003年版

中华再造善本·唐宋编·集部·李长吉文集

北京图书馆出版社2004年版

李贺歌诗编

上海古籍出版社2005年版

李贺诗

黄世中评注　人民文学出版社2005年版

唐李长吉歌诗四卷外卷一卷

（宋）吴正子笺注　（宋）刘辰翁评点

昌平丛书　（日）富田铁之助辑　日本京都圣华房用昌平坂学问所刊版印，京都帝国大学藏版

李贺集四卷外集一卷

《郡斋读书志》卷四中　（宋）晁公武撰

《四库全书》第674册,第263页,上海古籍出版社1987年版

李贺歌诗四卷集外诗一卷

《廉石居藏书记》内编卷上 （清）孙星衍撰

《丛书集成初编》第52册,第37页,中华书局1983年版

李贺歌诗编四卷集外诗一卷(影钞宋本)

《铁琴铜剑楼藏书目录》卷十九 （清）瞿镛撰

《清人书目题跋丛刊(三)》第286页,中华书局1990年版

李长吉诗集四卷外集一卷(明弘治刊本,叶子寅藏书)

《善本书室藏书志》卷二十五 （清）丁丙撰

《续修四库全书》第927册,第451—452页,上海古籍出版社2003年版

唐李长吉诗集四卷(明刊本)

《善本书室藏书志》卷二十五 （清）丁丙撰

《续修四库全书》第927册,第452页,上海古籍出版社2003年版

李长吉歌诗四卷外集一卷(明刊本,钱氏旧藏)

（唐）陇西李贺撰 （宋）卢陵刘辰翁评

《抱经楼藏书志》卷五十二 （清）沈德寿撰 第597页,中华书局1990年版

李贺歌诗编四卷集外诗一卷

《读书敏求记》卷四 （清）钱曾撰

《丛书集成初编》第49册,第144页,中华书局1983年版

吴正子笺注李长吉歌诗四卷诗外集一卷

《读书敏求记》卷四 （清）钱曾撰

《丛书集成初编》第49册,第144页,中华书局1983年版

徐渭注李长吉集四卷又外集一卷

《千顷堂书目》卷三十二 （清）黄虞稷撰

《四库全书》第676册,上海古籍出版社1987年版

余光注李贺诗集二卷

《千顷堂书目》卷三十二 （清）黄虞稷撰

《四库全书》第676册,上海古籍出版社1987年版

曾益注昌谷集四卷

《千顷堂书目》卷三十二 （清）黄虞稷撰

《四库全书》第676册,上海古籍出版社1987年版

李贺歌诗编四卷集外诗一卷(宋本影钞)

《钱遵王述古堂藏书目录十卷》 （清）钱曾

《四库全书存目丛书·史部》第277册,齐鲁书社1996年版

李长吉诗四卷外集一卷　二册

　　明凌氏朱墨印本　八行十九字(20.1cm×13.8cm)

　　"原题：'唐陇西李贺撰，宋庐凌刘辰翁评。'凌濛初跋云：'今世词家为歌诗者，无不喜拟长吉，亦一时之变也。先辈称，善言诗者，咸服贋宋刘须溪先生。李文正公《麓堂诗话》，称其语简意切，别自一机轴，诸人评诗者皆不及，良然。自杜少陵以下，诸名家皆有评，而其于长吉击节弥甚，至谓千年长吉，甫有知己。近世徐文长亦有评，恐未必能及先生，当自有辨之者。'凌濛初跋后记'侄毓楠校'一行。杜牧序　李长吉小传　凌濛初跋"。

李长吉歌诗四卷外诗集一卷　二册

　　明朱墨印本　八行十九字(20.3cm×13.8cm)

　　"原题：'唐陇西李贺撰，宋庐陵刘辰翁评。'杜牧序　凌濛初跋"。

李贺研究主要著述

《李长吉歌诗》　贺扬灵著，光华书局1930年版

《李长吉评传》　王礼锡著，神州国光社1930年版

《诗人李贺》　周阆风著，商务印书馆1936年版

《唐集叙录·李贺歌诗》　万曼著，中华书局1980年版

《李贺诗研究》　杨文雄著，台湾文史哲出版社1980年版

《李贺传论》　傅经顺著，陕西人民出版社1981年版

《李贺》　刘瑞莲著，中华书局1981年版

《李贺传记资料》　朱传誉主编，台湾天一出版社1982—1985年版

《李贺研究资料》　陈治国编，北京师范大学出版社1983年版

《李贺诗传》　刘衍著，山西人民出版社1984年版

《李贺诗索引》　唐文等编，齐鲁书社1984年版

《李贺》　吴企明著，上海古籍出版社1985年版

《李贺诗歌赏析》　梁超然选析，广西教育出版社1987年版

《李贺研究论集》　杨其群著，北岳文艺出版社1989年版

《李贺诗校笺证异》　刘衍著，湖南出版社1990年版

《李贺哑谜诗歌新揭》　陈苍麟著，台湾文津出版社1990年版

《全唐诗索引·李贺卷》　栾贵明著，中华书局1992年版

《三李诗鉴赏辞典》　宋绪连、初旭主编，吉林文史出版社1992年版

《中国名人轶事丛书·诗坛鬼才李贺》　吴洪激主编，李盾著，武汉大学出版社

1994年版;台湾汉欣文化公司1994年版

《李贺资料汇编》 吴企明编,中华书局1994年版
《李贺诗新探》 李卓藩著,台湾文史哲出版社1996年版
《李贺诗歌赏析集》 傅经顺主编,巴蜀书社1996年版
《李贺》 石蔷编著,中国国际广播出版社1996年版
《李贺传》 姚思源编著,北岳文艺出版社1996年版
《李贺诗解谜》 王晓强编著,山东友谊出版社1998年版
《李贺》 王祥著,春风文艺出版社1999年版
《李贺及其作品选》 吴企明、沈惠乐选著,上海古籍出版社1999年版
《李贺诗歌研究》 李军著,三秦出版社2002年版
《李贺诗选评》 陈允吉、吴海勇选评,上海古籍出版社2004年版
《生死攸关:李贺诗歌的哲学解读》 寥明君著,东方出版社2005年版
《李贺歌诗愚解稿》 耿仲琳编著,中国文史出版社2005年版

《李贺集》名言警句

△昆山玉碎凤凰叫,芙蓉泣露香兰笑。(《李凭箜篌引》)(第001页)
△梦入神山教神妪,老鱼跳波瘦蛟舞。(《李凭箜篌引》)(第001页)
△自言汉剑当飞去,何事还车载病身?(《出城寄权璩、杨敬之》)(第005页)
△酥醽今夕酒,缃帙去时书。(《示弟》)(第006页)
△长铳江米熟,小树枣花春。(《始为奉礼忆昌谷山居》)(第010页)
△不知船上月,谁棹满溪云?(《始为奉礼忆昌谷山居》)(第010页)
△蜀王无近信,泉上有芹芽。(《过华清宫》)(第012页)
△吴兴才人怨春风,桃花满陌千里红。(《送沈亚之歌并序》)(第013页)
△陇月斜明刮露寒,练带平铺吹不起。(《春坊正字剑子歌》)(第018页)
△提出西方白帝惊,嗷嗷鬼母秋郊哭。(《春坊正字剑子歌》)(第018页)
△黑云压城城欲摧,甲光向日金鳞开。角声满天秋色里,塞上燕脂凝夜紫。(《雁门太守行》)(第021页)
△莫指襄阳道,绿浦归帆少。今日菖蒲花,明朝枫树老。(《大堤曲》)(第022页)
△惊石坠猿哀,竹云愁半岭。(《蜀国弦》)(第023页)
△幽兰露,如啼眼。(《苏小小墓》)(第024页)
△骨重神寒天庙器,一双瞳人剪秋水。(《唐儿歌》)(第027页)
△金塘闲水摇碧漪,老景沉重无惊飞,堕红残萼暗参差。(《河南府试十二月乐

词并闰月·四月》)(第 033 页)

△星依云渚冷,露滴盘中圆。好花生木末,衰蕙愁空园。(《河南府试十二月乐词并闰月·七月》)(第 035 页)

△悠悠飞露姿,点缀池中荷。(《河南府试十二月乐词并闰月·八月》)(第 036 页)

△离宫散萤天似水,竹黄池冷芙蓉死。(《河南府试十二月乐词并闰月·九月》)(第 036 页)

△玉壶银箭稍难倾,缸花夜笑凝幽明。(《河南府试十二月乐词并闰月·十月》)(第 037 页)

△东指羲和能走马,海尘新生石山下。(《天上谣》)(第 041 页)

△羲和敲日玻璃声,劫灰飞尽古今平。(《秦王饮酒》)(第 046 页)

△花枝草蔓眼中开,小白长红越女腮。可怜日暮嫣香落,嫁与春风不用媒。(《南园十三首》其一)(第 053 页)

△男儿何不带吴钩,收取关山五十州。请君暂上凌烟阁,若个书生万户侯。(《南园十三首》其五)(第 055 页)

△舍南有竹堪书字,老去溪头作钓翁。(《南园十三首》其十)(第 055 页)

△魏官牵车指千里,东关酸风射眸子。(《金铜仙人辞汉歌并序》)(第 057 页)

△衰兰送客咸阳道,天若有情天亦老。(《金铜仙人辞汉歌并序》)(第 057 页)

△南浦芙蓉影,愁红独自垂。(《黄头郎》)(第 060 页)

△大漠沙如雪,燕山月似钩。何当金络脑,快走踏清秋。(《马诗二十三首》其五)(第 061 页)

△今夕岁华落,令人惜平生。心事如波涛,中坐时时惊。(《申胡子觱篥歌并序》)(第 064 页)

△斜山柏风雨如啸,泉脚挂绳青袅袅。(《老夫采玉歌》)(第 065 页)

△云根台藓山上石,冷红泣露娇啼色。(《南山田中行》)(第 070 页)

△石脉水流泉滴沙,鬼灯如漆点松花。(《南山田中行》)(第 070 页)

△欲剪湘中一尺天,吴娥莫道吴刀涩。(《罗浮山人与葛篇》)(第 075 页)

△愿君光明如太阳,放妾骑鱼撇波去。(《宫娃歌》)(第 078 页)

△小雁过炉峰,影落楚水下。长船倚云泊,石镜秋凉夜。(《勉爱行二首送小季之庐山》其一)(第 081 页)

△我有迷魂招不得,雄鸡一声天下白。(《致酒行》)(第 083 页)

△无情有恨何人见,露压烟啼千万枝。(《昌谷北园新笋四首》其二)(第 089 页)

△风吹千亩迎雨啸,鸟重一枝入酒樽。(《昌谷北园新笋四首》其四)(第 090 页)

△天远星光没,沙平草叶齐。风吹云路火,雪污玉关泥。(《送秦光禄北征》)(第 096 页)

△雪下桂花稀,啼乌被弹归。关水乘驴影,秦风帽带垂。(《出城》)(第 106 页)
△岸帻褰纱幌,枯塘卧折莲。(《潞州张大宅病酒,遇江使寄上十四兄》)(第 111 页)
△诗封两条泪,露折一枝兰。(《潞州张大宅病酒,遇江使寄上十四兄》)(第 111 页)
△觉骑燕地马,梦载楚溪船。(《潞州张大宅病酒,遇江使寄上十四兄》)(第 111 页)
△白草侵烟死,秋藜绕地红。(《王濬墓下作》)(第 114 页)
△天眼何时开,古剑庸一吼。(《赠陈商》)(第 120 页)
△自是桃李树,何患不成蹊?(《奉和二兄罢使遣马归延州》)(第 124 页)
△曝背卧东亭,桃花满肌骨。(《题赵生壁》)(第 127 页)
△草细堪梳,柳长如线。(《春昼》)(第 131 页)
△我当二十不得意,一心愁谢如枯兰。(《开愁歌》)(第 137 页)
△从蛇作土二千载,吴堤绿草年年在。(《拂舞歌辞》)(第 165 页)
△为君起唱长相思,帘外严霜皆倒飞。(《夜坐吟》)(第 167 页)
△百年老鸮成木魅,笑声碧火巢中起。(《神弦曲》)(第 173 页)
△我今垂翅附冥鸿,他日不羞蛇作龙。(《高轩过》)(第 174 页)
△野色浩无主,秋明空旷间。(《送韦仁实兄弟入关》)(第 175 页)
△眼前便有千里愁,小玉开屏见山色。(《江楼曲》)(第 178 页)
△男儿屈穷心不穷,枯荣不等嗔天公。(《野歌》)(第 181 页)
△无人柳自春,草渚鸳鸯暖。(《经沙苑》)(第 182 页)
△南山削秀蓝玉合,小雨归去飞凉云。熟杏暖香梨叶老,草稍竹栅锁池痕。(《南园》)(第 183 页)
△今夕山上秋,永谢无人处。(《高平县东私路》)(第 185 页)

图书在版编目（CIP）数据

李贺集／（唐）李贺著；张强，田金霞解评. —2版. —太原：三晋出版社，2008.6（2012.1重印）
（中国家庭基本藏书·名家选集卷）
ISBN 978-7-80598-886-3

Ⅰ.李… Ⅱ.①李…②张…③田… Ⅲ.唐诗—选集 Ⅳ.I 222.742

中国版本图书馆CIP数据核字（2008）第090780号

李贺集

著　　者：	（唐）李　贺	解评者：	张　强　田金霞
责任编辑：	沈小燕	审订者：	郭平凡
封面设计：	敬人工作室	版式设计：	敬人工作室
责任校对：	沈小燕	责任印制：	李佳音

出版发行：山西出版传媒集团·三晋出版社（原山西古籍出版社）
地　　址：太原市建设南路21号
电　　话：（0351）4956036（咨询）　　4922268（邮购）
传　　真：（0351）4922102
网　　址：http：//sjs.sxpmg.com
邮　　编：030012
E－mail：sj@sxpmg.com

印刷装订：山西出版传媒集团·山西新华印业有限公司
（本书如有破损、缺页、装订错误，请与承印厂联系调换　0351-4120948）

开　　本：787mm×960mm　　1/16
字　　数：230千字
印　　张：13.5
版　　次：2008年6月第2版
印　　次：2012年1月第2次印刷
书　　号：ISBN 978-7-80598-886-3
定　　价：18.00元

版权所有，翻印必究。本书图文未经书面授权，不得以任何方式转载或公开发表。